文治
© wénzhì books

第八日的蝉

八 日 目 の 蝉

[日] 角田光代 著　　刘子倩 译

浙江人民出版社

目 录

CONTENTS

第2章 / 179

第1章 / 05

第0章 / 01

第 0 章

握住门把手，手心如握寒冰。那种冰冷，仿佛在宣告已无退路。

希和子知道工作日上午八点十分左右，这间屋子会有大约二十分钟不锁门。她知道只有婴儿被留在屋里，无人在家。就在刚才，希和子躲在自动贩卖机后面目送这家的妻子与丈夫一同出门。希和子毫不犹豫地转动冰冷的门把手。

门一开，烤焦的面包、油、廉价粉底、柔顺剂、尼古丁、湿抹布……这些东西混杂在一起的味道扑面而来，稍微缓和了室外的寒意。希和子扭身溜入门内，走进屋里。不可思议的是，明明一切都是初次见到，她却像在自己家一样行动自如。不过，她并非气定神闲。心跳剧烈得像要从内撼动整个身体，手脚颤抖，脑袋深处随着心跳阵阵刺痛。

希和子伫立在玄关，瞥向厨房后方那扇关得严实的纸门。她凝视着边角已经褪色发黄的纸门。

她并不想做什么——只不过，是来看看。只是来看看那个人的宝宝。这样就结束了。一切就此结束。明天——不，今天下午，她就会去买新家具、找工作，把过去那段日子通通忘掉，展开新的人生。希和子再三这么告诉自己，脱下鞋子。她按捺住跑过去一把拉开纸门的冲动，只是转动眼珠环视厨房。厨房中央有张小圆桌。桌上，残留着面包屑的盘子、吐司的袋子、烟蒂堆积如山的烟灰缸、人造奶油、橘子皮全都乱七八糟地堆在一起。流理台上排放着水壶、奶粉罐和被捏扁的啤酒罐。过度浓重的生活气息，令希和子几乎忘记呼吸。

这时，纸门后面传来哭声——像是觉得差不多可以探探情况似的——令希和子的身体猛地一僵，目光再次被纸门吸引。她一步一步地踩过沁凉的油毡地板。她在纸门前站定，一鼓作气拉开门。窒闷的热气扑面而来，婴儿孱弱的哭声也随之放大。

和室里铺着没有收拾过的凌乱的垫被。掀开盖被，毯子扭曲隆起。两组被褥的另一头，有张婴儿床。沐浴在透过蕾丝窗帘射入的阳光中，婴儿床看起来光辉洁白。电暖炉在床下发出红光。希和子踩过被褥走近婴儿床。婴儿手舞足蹈地哭个不停。细细的呜咽渐渐变大。婴儿的奶嘴落在枕边。奶嘴前端被口水沾湿，闪闪发光。

希和子的脑中嗡然响起刺耳的金属声。婴儿的哭声一高，金属声也跟着变得响亮。二者混为一体，希和子感到婴儿"哇——哇——哇——"的哭声，仿佛发自自己体内。

工作日的早上，这家的妻子会开车送丈夫到离家最近的车站。她从不带婴儿去。希和子猜想，一定是因为婴儿在睡觉，时间又短，所以就这么出门了吧。实际上，做妻子的十五至二十分钟后就会回来。所以，希和子本来只打算看看安静入眠的婴儿。她以为只要看一眼，就能对一切彻底死心了，而且她打算看完之后不惊动婴儿就蹑足离开。

现在，婴儿在婴儿床里哭得满脸通红。希和子像要触碰炸弹一般，战战兢兢伸出手。手掌从穿着毛巾布衫的婴儿的腹部探入背后。正欲这么抱起的瞬间，婴儿的小嘴往下一撇，仰望着希和子。婴儿用清澈纯真的眼神看着希和子。睫毛被泪水沾湿，含在眼睑的泪水倏地滑落到耳朵。然后，明明眼中还含着泪水，婴儿却笑了——的确是在笑。希和子浑身僵硬动弹不得。

我认得这孩子，这孩子也认得我。不知为何，希和子如此暗想。

把脸凑近，近得足以令那双干净的眼眸映出自己的身影，婴儿笑得越发开心，扭动着手脚，嘴角流下口水。缠在婴儿腿上的毛毯滑落，露出那双小得惊人的脚丫，趾甲宛如玩具，白皙的脚底想必连泥土都没踩过。希和子把婴儿抱在胸前，将脸埋进那细软蓬松的头发中，用力吸一口气。

好暖，好软，软得可以轻易压扁，却又有种绝对压不扁的铿锵坚硬。如此脆弱，如此坚强。小手黏糊糊地触摸希和子的脸颊。湿湿的，但是好温暖。不能放手，希和子想。如果是我，绝对不会把孩子一个人扔在这种地方。让我来保护你吧。我会让你免于一切痛苦、悲伤、寂寞、不安、恐惧、煎熬。希和子已经无法再思考任何事。她像念咒般不断喃喃自语。由我来保护。保护。保护。直到永远。

怀中的婴儿，依旧对希和子微笑。宛如嘲弄，宛如安慰，宛如认同，宛如宽宥。

第
1
章

一九八五年
二月三日

　　解开大衣纽扣，裹住婴儿将其抱起，我便没命般地往前跑。我完全不知道跑向哪里，脑袋一隅却冷静地想到，如果朝车站去或许会撞上那个女人，于是脚自动往车站的反方向跑去。看到"甲州街道"这个路标，我便朝着白色箭头指的方向加快脚步。一发现迎面驶来的出租车是空车，我就立刻条件反射般地招手。

　　我钻进后座，这才发觉自己无处可去。后视镜里只映出司机偷窥我的眼睛。

　　"去小金井公园。"我说。

出租车驶出。转头一看，陌生的街景安静地渐渐远去。罩着大衣的婴儿开始微微挣扎。"噢，好乖好乖，宝宝最乖了。"这种话脱口而出，令我吃了一惊。"噢，好乖好乖，宝宝最乖了。"我再次重复，轻抚孩子的背。

路上堵车，出租车停下来动弹不得。本来一直哼哼唧唧哭闹的婴儿开始含着大拇指打起瞌睡，又倏地回过神睁开双眼，发出细声，似乎打算哭泣，但昏昏欲睡的双眼旋即翻白。种种念头逐一浮现在我的脑海。得去买尿片，还得买奶粉，得决定今晚睡觉的地方。这些念头才刚冒出，还来不及整理思绪，就已被更多新冒出的念头取代。

该做什么呢？我现在，该做什么呢？不知为何，越是拼命思索，睡意越是席卷而来。我像婴儿一样昏昏欲睡，直到轻搔鼻尖的柔软触感令我赫然睁眼。我连忙抱紧带着奶味的婴儿，就这么再三重复。

"停在公园入口吗？"司机用毫不客气的平板语调问。

我瞥向车外："麻烦你在下一个十字路口右转。"

我情急之下脱口而出。一大清早的，如果去公园一定会惹人怀疑，还是在住宅区随便找个地方下车比较明智。

"请在下个拐弯处，那栋房子前面让我们下车。"我说得好像那栋房子就是目的地似的。付了车钱，接过找的零钱，说了声谢谢，我含笑下车。连我自己都惊讶，居然挤得出笑容。

确定出租车已消失后，我才走回刚才出租车开过来的那条路。就这么沿着街道步行，寻找已开门营业的商店。我在写着"关野桥"的路口转弯，零零星星有商店出现，但这些店铺的卷帘门都是拉下的。我走了一会儿，又回到公园。我自己也不明白为何脱口说出"小金井公园"这个词，是因为以前和那个人来过吗？

早晨的公园，冷清闲散，只有穿运动服跑步的人，以及带狗散步的女人。我在靠近入口的长椅上坐下，看着熟睡的婴儿。婴儿微微张开小嘴，从中缓缓淌下透明的口水，我用自己的手指抹去。

当务之急——取名字。对，名字。

熏——当下这个字浮现于脑海。这是以前我和那个人决定的名字。我们挑出一些无论男孩女孩都适用且响亮好听的名字，从中选择了这个。

"熏。"我试着喊熟睡的婴儿。婴儿的一侧脸颊猛地抽动，似乎知道这是在喊自己。

"熏，小熏。"我开心地喊了又喊。

等到快十点，我才离开公园，回到刚才走过的马路，走进开始营业的药店。我浏览陈列着纸尿片、湿纸巾以及其他商品的架子。虽然这里售有奶粉和奶瓶，但就算买了，我也不知该怎么冲牛奶。我蹲在货架前忙着看奶粉罐上的说明，熏开始不停扭动，还呜咽着发出孱弱的哭声。我慌忙起身，轻轻摇晃熏。我轻轻拍熏的背，抚摩，把脸凑近低声对熏说话："没事，没事的，小熏。"熏不仅没停止哭泣，反而越哭越大声。

"怎么了，要喝奶？"

听到有人出声招呼，我转头一看，一位身穿围裙的大婶正把脸凑近熏。

"朋友托我帮忙照顾小孩，可是没交代怎么换尿片和喂奶，她就出门了。"我情急之下说道。

大婶目瞪口呆地看着我："要买哪种，这个行吗？"她从货架上取出奶粉罐和奶瓶，走进里屋。这是一间老旧的药房，我望着蒙尘的蚊虫止痒药，轻抚哭个不停的小熏的背部。持续的哭声令我的脑袋逐渐空白。我原本打算做什么来着？

"这年头的年轻人真是的。"大婶拿着装了奶粉的奶瓶从里屋走出来，"把自己的玩乐看得比小孩还重要。上次报纸上不是也写了嘛，亲生父母活活打死小孩。在我们那个时代绝对不可能发生这种事。"她用若是自言自语未免太大声的音量说着，从我怀里一把抢过婴儿。"噢，乖乖，乖乖，肚子饿饿是吧。"她柔声安抚着，把奶瓶抵在熏的嘴上。哭泣的熏，摇头抵抗了一阵子，最后终于含住奶嘴，睁大双眼，一脸认真地开始喝奶。

"今天一整天都是你照顾？关于奶粉的分量，这上面写了，每隔三四小时喂一次。我想想啊，一天大概喂四次奶，记得喂完要让宝宝打嗝……拜托，怎么连你也是一样的表情。"

被大婶取笑，我才发现自己死盯着熏，慌忙也笑了。我付了钱，道谢后走出药店，把塞满东西的塑料袋挂在手上，抱着婴儿，沿路不停换手拿行李，就这么回到公园。我走向公厕，但里面没有婴儿床。无奈之下，我只好找了张空的长椅让熏躺下，轻轻脱下尿片。纸尿片已湿透了。我用湿纸巾仔细擦拭熏光滑的身体，给她套上新的尿片。

喂奶和换尿片的动作不知在我脑海中重复过多少次。我在脑海里为幻想中的熏喂奶、换尿片、洗澡，哄她入眠，逗她开心。

照顾婴儿的经验我也有。学生时代的好友仁川康枝生下女儿时，我去她家做客，帮忙照顾过宝宝——换尿片，喂奶，哄宝宝睡觉，抱在怀里安抚。我总是一边回想当时的触感，一边照料幻想中的熏，所以照理说做起来应该得心应手，但当我仔细套上纸尿片，纸尿片却在熏的大腿根处挤到一块，我只好撕开胶带重新粘贴。

康枝。

我抬起头。蔚蓝如洗的冬季晴空一望无垠。对了，康枝。还有康枝。

明知那是不可能的，但我仍觉得好像一切问题都在瞬间解决了。我抱起熏，将她举得高高的，熏再次发出细小的咯咯笑声。我试着将那双互相摩擦的小脚丫贴在自己脸上。冰凉沁肤。

"熏，我的熏，已经没事了，放心吧。"我对熏说。也许是听懂了我的话，熏含笑俯视我，吸吮手指。

我在公园前搭乘开往中央线车站的公交车，前往新宿。在新宿的百货公司买了抱婴儿用的婴儿背带和毛巾被、连身婴儿服和婴儿内衣，又在另一个楼层买了旅行袋。然后我钻进厕所，替熏换衣服，把行李装进旅行袋。

我在百货公司前面的公用电话亭打电话给康枝。"好久不见！"康枝接起电话就如此兴奋地尖叫，我问她现在可否去她家玩。

"好啊，你来呀，你现在在哪里？"康枝语气开朗地说。

"跟你说哦，我不是一个人。"我也尽量音调高亢地说。

"啊？不是一个人？"

"康枝，你听了可别吓一跳哦。我啊，现在是妈妈。我当妈妈了。"

"啊？真的？什么时候？天哪，你想吓死我啊！你怎么都不说一声……什么时候，你几时生的？天哪，是真的吗？"

"抱歉，我没硬币了。待会儿见面再聊，我要去搭电车了。"

我打断高声问个不休的康枝，挂上话筒。

我们搭乘总武线。熏心情极佳，不断对坐在隔壁的年轻男人微笑伸手。我看男人似乎很困扰，于是每每握住熏胖嘟嘟的手臂制止。五根小小的手指，牢牢地反握住我的手，熏一脸茫然地仰望我。

我们在本八幡下车。前往康枝公寓的路上，我再三练习到时该说的话。没问题，没问题，我如此告诉自己。最后一次去康枝家，是我辞去工作的前夕，那已是一年前的事。从车站通往轨道边的那条路，变得远比记忆中的热闹。有药房，唱片出租店，花店，速食连锁餐厅。

康枝已在公寓前等候。她一看到我就挥手跑来，凑上前来看熏："哇，哇，好可爱哦，你居然当妈妈了！"她一边尖声嚷嚷，一边用比我的动作更牢靠的手势抱起熏。熏皱起脸迟疑着，似哭非哭，哇地张开嘴，表情就这么定住，清澈的眼睛一直凝视着康枝。

"美纪呢？"我问。

"在她外婆家。"她回答。康枝的母亲本来独居于横滨，现在好像搬到了附近先建后售的成品房。"她有时会帮我带小孩。不过就算我不拜托她，她也会主动来接小孩。"康枝笑着说，"宝宝叫什么名字？是女生吧？"她凑近看熏。

"我叫作熏，以后请阿姨多多指教哦。"

我故意用孩童的语气说道。康枝笑了，熏也跟着咧嘴笑了。我的心情略感宽慰，来这里果然是对的。

康枝的家在八层公寓的五楼，比我以前来时多了不少东西，感觉变得很杂乱。和室纸门上有涂鸦，四处散落着故事书及玩具娃娃屋。

"这里虽然买时是刚盖好的新房子，但是毕竟我已住了五年。那家伙，我叫他戒烟他也不听。美纪现在又成了天才壁画家。"

仿佛看出我的想法一般，康枝一边拿拖鞋给我一边笑言。

"呃，康枝，我想请你帮忙。"我在沙发落座，说道。

"要我帮什么忙——"正在厨房泡茶的康枝拉长了音调，漫声发问。

我深吸一口气，然后才开口："这孩子不是我生的。我交了男朋友……这是他带来的孩子。我现在跟他同居……不，是曾经同居，直到现在。他太太爱上别人，丢下这孩子离家出走了，所以他带着熏来投靠我。但他跟他太太还没正式离婚，所以我们本来打算等他们办妥手续就结婚。可是，他开始对这孩子动粗，似乎是因为酒越喝越多，于是……我就逃出来了。我打算继续逃下去。康枝，我不会给你添麻烦的，请你帮帮我。"

我一口气说完。拿着红茶茶杯从厨房出来的康枝连杯子都忘记放到桌上就这么专心倾听。悄然无声的客厅里，只闻熏的咿呀儿语。

"希和，你那个男友，该不会，是那个……"

康枝这才想起来似的把红茶放到桌上，语带顾忌地说。

"怎么可能。不是啦，那种人，我早就跟他分手了。"

我想起来了。就像学生时代一样，我跟他的事，当时我都一五一十地跟康枝说过。后来电话的内容越来越沉重，打电话的时间也越来越久。现在想想，那时美纪才两岁，康枝既要做家事又要带小孩，想必已经够累了，却还耐心地听我倾诉，直到我主动挂电话。但是最后，康枝却叫我别说了。"我听不下去了。如果你要讲那个人的事，就别再打电话来。"脾气温和的康枝难得用如此强硬的语气说话。当然，那并不是因为她累了，而是因为替我着想。这点我直到很久之后才想通的。

"啊，太好了。那个人真的太烂了。不过，你说要逃，那是不可能的。他不喝酒时还是可以沟通的吧？我想你们好好谈一谈，应该还是有希望的。"

我凝视康枝——拥有自己的坚定想法，并且试图坦白表达的康枝。

"虽然你说他喝了酒就会动粗所以才逃出来的，但这样下去你打算拆散那孩子和父亲吗？那样小熏太可怜了。"

我想起学生时代，有个教授边抽烟边讲课，康枝立刻站起来抗议。康枝说的话永远是对的。那个教授最后再也不敢在我们班抽烟。

一瞬间，我有种时光倒流的错觉。我们的脸上还有青春痘，眼前是写有艰深法语、没擦干净的黑板，走廊传来热闹的喧哗，窗外绿叶繁茂的水杉沐浴在融融阳光中——回过神才发觉，我哭了。我弓背把脸埋进两腿之间，泪水潸然滑落。

对不起，康枝，对不起。对不起。真的很对不起。我已经不能回头了。康枝仍如往昔，丝毫未变，我却已回不去那个时候了。

"拜、拜托……我又没叫你现在就回去。你想在这儿待多久都行。只是，你不能一直逃避。等你心情平静了，还是回去好好讲清楚吧，好吗？毕竟小熏和爸爸妈妈一家团圆才是最好的办法。"

小熏和爸爸妈妈。我无法抬头，试图将反胃的感觉用力咽下，心口反而起伏得更加汹涌，眼泪鼻涕哗哗直流。

"啊，美纪小时候的玩具还有衣服之类的，都分送给朋友的小孩，已经没剩多少了，待会儿我从壁橱找出来给你。你想在这里住多久都行，不用在意我家那口子。你看，这玩意儿，你知道吗？是去年上市的电动玩具，去年圣诞节他熬夜排队买回来的，很难相信吧。那家伙，每天一回来就一直玩这个。他已经成了家里的摆设——中看不中用。所以你用不着顾忌他，我也很高兴多了个伴儿陪我说话。好了，希和，别哭啦。"

康枝语气仓皇地安抚我。"谢谢，不好意思。"我一边勉强挤出声音这么说，一边在心里下定决心。

我绝对不能给这个人惹麻烦。我该接受的惩罚绝对不能让这个人代为承受分毫，所以，即使再怎么痛苦，我也绝对不能说出真相。

晚上，康枝的丈夫重春买了豆子回来。我这才想起今天是节分①。重春戴上纸做的鬼面具撒豆子，熏涨红小脸哇哇大哭，最后连美纪也哭了。

重春比以前胖了一些。父母子女共有的平凡生活，想必就

---

① 季节变换时分，尤指立春的前一天。这天傍晚，人们会按照习俗撒豆子驱鬼。——本书注释若非特殊说明，均为译者注

是如此吧。正如康枝所言，重春一吃完饭，就一直坐在电视机前打电动游戏。

二月四日

把熏交给康枝照顾，我在午后离开公寓，搭总武线到吉祥寺，再换乘井之头线。明明是昨天早上走过的路，却有着看似截然不同的街景。我的身体轻得奇妙，仿佛脱胎换骨变成另一个人。我确信一切都会很顺利。

然而当我越接近昨日尚在居住的公寓，心跳就越快。警察团团包围公寓的情景一再浮现于脑海。今早，我在康枝家一字不漏地仔细看过早报，报上完全没提到昨天的事，所以应该没问题。我硬生生地抹去脑海中自然浮现的情景。昨天什么事也没发生，没有发生任何值得报纸刊载的事件，我如此告诉自己，加快脚步走向公寓。

开锁，进门。四个月前刚租的小套房像陌生房间般迎接我。我打开房间本身配备的鞋柜，抓起那摆放在空旷架子中段的文件。我蹲在玄关，取出房屋中介公司的信封，走进屋内。我拿起扔在地上的电话话筒，试着"啊"了一声。确定声音没发抖后，我按下号码。

"我是天空公寓 102 号房间的住户，野野宫希和子。"

没问题。我既未发抖，也无异样。"啊——您是天空公寓的住户，野野宫小姐。是是是。"话筒另一侧是个殷勤的男声。

"对不起，家父忽然病倒，我必须立刻回老家……"我想起同样内容的话，一年前我也曾说过，甚至想起当时并未说谎，声音却抖个不停——因着不安、愤怒，以及绝望。

"就算现在搬家，但由于您今天才通知我们，所以还是得收您下个月的房租，可以吗？"房屋中介商问。"没关系。"我回答。"那等您决定好搬家的日子，请过来一趟，还有些手续要办。到时请把钥匙带来。"

"请问，不能邮寄吗？我必须尽快赶回去……"

"对，邮寄有点不妥当。但我也知道您有苦衷。总之，您应该不是这两天就要搬走吧？我把文件寄过去，请您先看一下。"

这是不用付押金和礼金的套房，结果退租却这么啰唆，真烦人。

"我知道了。等我决定好哪天搬家再通知你们，到时我会去你们公司的。"我根本没这个打算却如此说完，挂上了电话。

我从流理台下取出垃圾袋，把室内的东西一样不漏地通通塞进去。毛巾等洗漱用品、拖鞋、电锅、手提式收录音机……幸好我没什么大件家具。棉被塞不进垃圾袋。我用绳子将其绑住，把几乎空无一物的小冰箱的插头拔掉。冰箱和棉被该丢在哪里呢？公寓前的垃圾集中场，常有住户不遵守丢垃圾的日子随便乱扔东西，所以放在那里就可以吧。只要丢的时候小心点，别让人看到就行了。

我在此度过的生活片段，塞满五个垃圾袋。我从门上的猫眼往外瞧，确定没有人影后，便把垃圾一一拿出去丢。二楼的住户下楼来了，我慌忙躲回房间屏息噤声。其实没那个必要，我却连大气都不敢出，直到完全听不见对方的动静。

我拎着旅行袋，漫步在吉祥寺百货公司的儿童用品卖场，但不知该买什么才好。有尿片、奶粉，体温计和棉花棒想必也该买来备用。

赫然回神，我才发觉自己正在看堆满粉彩童装的专柜。我摊开连身衣，叠起小小的牛仔裤，望着价钱与成人服装相当的时髦毛衣。我突兀地想起，两年前也曾如此走在这个楼层。那时我对以往必逛的女装卖场不屑一顾，径直走来这里，拿起像洋娃娃穿的小衣服，忽而摊开，忽而举高检视，嘴角还挂着笑容。

我不禁想趴在小衣服堆里埋头痛哭。我告诉自己，再也不用哀怜那时的我了，根本不需哭泣，因为熏已经回到我身边了。

我买了毛内衬的连身婴儿服、围兜、婴儿内衣、消毒器和瓶装离乳食品，以及毛巾布做的小鸭子，总计一万六千日元。又在地下楼层买了给康枝一家的蛋糕，花了两千五百日元。

我的银行账户里，还有将近四千万日元的存款。父亲过世时的保险金和他留下的存款，以及自己工作时存的八十万日元合起来大约是这个数目。这对我来说是个难以想象的天文数字，但直到昨日为止，那个金额其实没什么意义，顶多只意味着我可以不用急着立刻找工作。可是现在不同了，我要用那笔钱和熏活下去。我甚至觉得，一定是因为这样，父亲才会留给我那笔钱。但是就算钱再多，也不能坐吃山空，最好还是量入为出，省吃俭用。我把买东西的发票收进皮夹，走出百货公司。

晚上，我给熏洗澡。康枝说要帮忙，穿着衣服一起进来浴室。对我来说，这是新手上阵头一遭，但我不能让康枝发现这点。我生怕失手把熏掉进浴缸，又怕香皂会令我手滑，做什么都慢吞吞的。熏哇哇大哭起来。

"你每次动作都这么慢条斯理吗？夏天倒没关系，冬天小心宝宝会感冒哦。"康枝像母亲一样教训我，最后连衣服都湿透了，也不管熏还在哭便动作迅速地帮她洗好头发。洗完全身，我抱着熏缓缓浸入浴缸。"小熏泡完澡叫我一声，我在外面等着。"康枝说着，走出浴室。

我看着光溜溜的熏。她的手脚和小肚子在水里白皙得脆弱。熏不哭了，微微含笑。"舒服吗？很舒服吧。"我小声对她说。熏神情恍惚地微微张嘴看着我。

我把熏交给在外面洗脸间等着的康枝，匆忙清洗自己的身体与头发。"很舒服，对不对？"康枝的声音传来。我走出浴室一看，穿上连体装的熏正在康枝怀里笑。这孩子一笑，四周仿佛顿时明亮起来。熏的笑容真的很可爱。

二月五日

凌晨四点左右熏开始哭闹，就算替她换尿片、喂奶，用尽各种方法哄她，她依然哭个不停。安静的公寓里只有熏的哭声在回响。我束手无策地看着熏，渐渐不安起来。熏像要挤出这小小身体所有力量般大哭。她哇地挤出声音后，便痉挛似的吸气，真担心她会窒息。为什么会哭个不停呢？为什么？我抱起熏，在和室里来来回回兜圈子。哭得这么大声，重春、美纪和康枝想必都被吵得睡不好吧。正当我起意带她出去走走之际，张嘴哭号的熏把睡前喝的牛奶喀喀地全吐出来了。我慌张失措，连忙拿湿纸巾擦拭熏的嘴巴和被弄脏的榻榻米。

我这才发觉她病了。医院……不，不能去医院。因为我既没有健康保险卡，也没有母子手册。那么该怎么办？熏哭个不停。我已六神无主。

纸门倏地开启，穿睡衣的康枝走进来。"吐了吗？"她低声问，从我怀中抱起熏。她替熏脱去衣服，用湿纸巾擦拭熏的脖子周围，迅速换上我递给她的内衣，去厨房将一种金色液体装入奶瓶后返回。康枝说那是苹果汁。熏专心喝着苹果汁。

"我帮得上忙的当然会尽力帮忙，但我能做的毕竟有限。"康枝刚睡醒的脸还有些浮肿，如此说道。我点头"嗯"了一声。"你跟他联络了吗？至少告诉他，你们在哪里了吧？"

我再次应声点头。康枝就此沉默，抱着熏安抚。我注视着康枝。

　　熏哭累睡着时已过了清晨五点。我摸摸她的额头，没发烧。康枝两眼浮肿地说了声"晚安"，走出和室。公寓再次恢复静谧。我睡不着，随意眺望架上陈列的书的封面。书没有几本，我一下就看遍了封面。我拿起瞄到的《育儿事典》这本厚重书籍。也许是美纪出生时康枝从父母那里拿到的，那书看起来老旧褪色了。我随手一翻，夹在里面的纸片飘落，好像是广告传单。

　　"欢迎来到 Angel Home！"宣传单上面用大字如此写着。底下写的是"唯有放手，我们方可解脱"，还附有像小朋友画的天使插图，下方有焦点模糊的剪报照片和见证者的心声，诉说着与 Angel Home 的相遇，Home 如何令他们在平凡琐事中也能找到喜悦。本来被医师宣告只剩三个月寿命的母亲，去 Home生活后已平安度过三年；原本深受过敏折磨的儿子，用 AngelWater 泡澡洗出一身光滑水嫩的肌肤。是新兴宗教吗？看起来像是可疑的推销手段。我对康枝有这种东西深感不可思议，但我还是把它夹回原来那一页，继续翻阅《育儿事典》。

　　我把各种病名浏览一遍。小儿麻痹症、麻疹、水痘、幼儿急疹……呕吐、腹泻一再发生时……高烧超过四十摄氏度持续三天以上时……我把目光从书上移开，看着熟睡的熏。我忽然发现，这个现在睡得安静的孩子也可能猝然停止呼吸、发高烧、不断呕吐。这本是理所当然的事，我却从不知道。我还以为她会永远朝我微笑，就这么乖乖长大。我真傻。熏已非幻想中的婴儿，她会拉肚子也会呕吐，是个活生生的人。

我想抹去在体内急速蔓延的不安，遂合起书本，早知道就不看这种书了。我把不安归罪于书本。总之，先睡觉吧。睡一觉，然后明天再想。我关灯，钻进被窝，然而越想睡就越清醒。

二月六日

上午，我跟着康枝学习调制婴儿离乳食品。外面是丽日晴天，阳光照进客厅。美纪正在看卡通录影带。熏紧贴在沙发上，吸着奶嘴，不时踢动小脚。美纪常常转头瞄熏一眼，对她咧嘴微笑，或是捏捏她的脚趾。熏每次都笑得开心，发出咿呀儿语。

"小熏现在六个月，还是七个月？"

当我正在把蒸好的南瓜压成泥时，康枝这么问道，一时之间答不上来令我倍感焦虑。我还是追溯记忆，答称马上就满六个月了。

我不知道熏的准确生日，只是之前听说预产期是八月十二日。那个女人是八月二十五日带熏回到那间公寓的，所以熏的出生日期不是八月二十日就是十五日吧。

我命名为"熏"的那个孩子，本该在七月三十日诞生。当时我甚至还乐观地担心，生日正值暑假期间，孩子会收不到班上同学的生日礼物。

"她的生日是七月三十日，已经满六个月了。好快。"我订正道。是的，熏是我的宝宝。我命名为"熏"的孩子，按照预定计划降临到这个世界了。

"那是狮子座喽。"康枝似乎想说别的，却笑着如此说道。

中午，我喂熏吃我与康枝一起做的离乳食品，是煮熟后压碎的南瓜、胡萝卜和菠菜掺在一块的稀饭。我看美纪一直盯着瞧，于是问道："要阿姨喂你吃一口吗？"她当下一脸认真地说："美纪才不是小宝宝！"她嘴上这么说，可是看到熏张嘴自己也不由得张嘴的模样真可爱。

我不禁产生错觉。

我只是带着七月三十日出生的熏来康枝家做客的。我没有任何烦恼与困扰，非常满足，唯一要想的只有晚餐该煮什么。我回到自己房间，几乎以为自己置身在能够独力完成制作康枝教的离乳食品的那种生活中。

不，这不是错觉，我试着这么想。不是错觉，这是真实的。我就处于这种生活中，我已得到这样的生活。午后的阳光，卡通录影带，在厨房烹调的午餐，欢笑声。

"美纪，卡通播完了哟。"

发觉电视画面变蓝，康枝关掉录像放映机。画面切换回电视频道，吵吵闹闹的广告声响起。我把汤匙送到熏的嘴里，但无论怎么塞她都会吐出来。康枝说一开始这样正常，没关系。

于是我仔细替她拭净了嘴角。

随手乱折的报纸被扔在沙发上。我抱着熏，若无其事地往沙发的方向移动，边看电视边翻报纸。前天和昨天，报上都没有任何消息。今天一定也没事。我虽然这么想，却还是感到不安。不知现在到底怎样了。那些人没有到处找熏吗？不可能，只是报上没登罢了。所以我这边无从得知警方究竟采取了什么行动，已进展到什么地步。对于我，对于我和熏，他们已接近到什么程度了呢？

"你怎么了？有什么关心的新闻吗？"康枝的声音蓦地冒出来。我发觉自己死盯着报纸，慌忙抬起头一看，康枝正从厨房的餐台觑着我。

"说到这里，"我的声音嘶哑，干咳了一声，挤出笑容，"说到这里我才想起，康枝，Angel Home 是什么？"不要紧，我说得很自然。

"啊，天哪，你看到了？"康枝一脸尴尬。

"昨天，我把《育儿事典》拿出来看。结果那玩意儿夹在书里，我很好奇那是什么。"我试着挤出笑容。

"美纪现在虽然已经好多了，但她三岁时过敏很严重，痒得哇哇大哭，出门还被大家当成怪物打量，我很苦恼。就在那时候，我在书店发现那份广告单，就打电话过去了，一心想死马当活马医。结果，那居然是个可疑团体。"话题从报纸转移令我大感安心，于是我也起劲地应声附和。"我本来以为是以邮购方式售卖天然食品和中药的宣传单，结果不是。好像是深山里住着的一群人，他们铆起劲来拼命劝诱我加入，我觉得怪怪的。这种组织，现在不是很流行吗？你忘啦，以前不是有个谷小姐嘛，法语系的。那个人，听说就迷上了什么讲座。"康枝说出老同学的名字，开始说起此人的八卦。

"今天下午，我要去参加美纪幼儿园的教学参观会，你要不要一起去？"聊完同学的八卦，康枝慢条斯理地说。

我说我要留在屋里。

康枝出门后，我实在待不住，索性带熏离开公寓。我给熏戴上美纪的旧帽子，让她坐在婴儿背带里，用小被子把她整个裹住。这样应该就没有人能看见熏的面孔了。无论在去车站的路上还是在电车里，我总觉得有人在仔细打量我们。我本来还担心万一熏又哭了该怎么办，没想到熏一直心情很好，不是笑就是定定地看着我的脸。

换乘电车后抵达自己住的公寓。我四下张望，没看到有人守在这里监视。扔在垃圾集中场的小冰箱和棉被，被贴上"大件垃圾须另行申请处理"的警告单。我视若无睹地走过去，打开信箱，里面有几张广告传单和房屋中介公司寄来的信。我将这些塞进皮包，匆匆回到车站。

虽然明知不太可能，但警察团团包围康枝家的情景依然在我脑海萦绕不去。我试着告诉自己那种想象太幼稚，却还是无法抹去。

我会被逮捕吗？会被迫和熏分开吗？熏的脸抵在我胸前已经睡着了，右手还抓着我的毛衣。我不能被捕。我不能把熏交出去。迟早，我必须离开康枝家。问题是，离开后我该何去何从呢？

康枝家并未被警方包围。阳光普照的玄关大门前，康枝与美纪兀然伫立。一看见我，康枝就数落道："你跑到哪里去了，真是的！居然把屋主关在门外，真不敢相信！"美纪也模仿着说："真不敢相信！"

二月七日

下午，我把熏交给康枝照顾，去房屋中介公司还钥匙。一位年轻的女职员负责处理。我本以为丢弃大件垃圾的事会被抱怨，结果对方并未说什么，只是例行公事地办了手续。

我接着前往吉祥寺，在车站附近的美容院剪发。我懒得回应频频找话题的美容师，径自埋头阅读周刊和女性杂志。

杂志里每页都是设计师品牌的服装，我感到不可思议。不过短短两年前，我尚瞪大双眼看着这种杂志，确认价钱，想着该怎么搭配，迫不及待地等着发薪的日子。那样的自己，如今想来仿佛他人。

现在不管看到何种时装，都跟大声播放的辛迪·劳帕①的歌曲一样，只令我感到嘈杂。

我接着拿起周刊翻阅，手在某一页停住。那页的标题是"重大刑案的后续发展"。内容包括五年前的新宿公交车纵火案，以及自去年起轰动社会的格力高·森永案等，报道了这几年大小新闻的后续发展。"失踪一个月：大阪男童绑票案"这行文字跃入眼帘。据说，这起发生在大阪某私人医院，刚出生的男婴被人抱走的案件，是两年前的事。嫌犯是一对无法生育的夫妻，他们把婴儿藏起来抚养了整整一个月。

看得太起劲会引人怀疑。于是，我假装在看上面那篇凌虐杀人案，只有目光转动阅读登在下方的文章。婴儿的父母以"请让我们安静生活"为由不接受采访，周遭的人则表示，小孩自己倒是一无所知地健康成长，常见一家三口在假日一同出行。美容师要拿掉围布，我只好慌忙合起杂志。

付钱时，我尽量小心，不让拿钱的手颤抖，但手却不听使唤地抖个不停，找回的零钱在脚边撒了一地。

我连自己换了什么发型都没看就这么上了电车，只觉脖子凉凉的，用手一摸，才发现美发师好像给我剪了个时髦发型，后脑的头发推上去露出了发根。

---

① 美国创作歌手，以浓妆和夸张服饰及各式假发带动青少年亚文化，在二十世纪八十年代流行歌坛独领风骚。

一回到公寓康枝就摸着我的后脑捧腹大笑。熏一时之间似乎没认出剪短头发的我是谁，我一抱她她就哇哇大哭。

我的行为，和几年前某对夫妻的所作所为没两样，我一边哄熏一边暗想。其实，不一样，不是这样的。一定有谁——比方说神明——能够理解。我并非从医院偷走婴儿。不是那样的，我心里这么想。然而，另一个我，却不停嗫语：哪里不一样，明明就一样。哪里不一样，明明就是犯罪。

二月八日

我拿了几件美纪的旧衣服，再加上纸尿片、全套奶瓶和熏的衣服，已把旅行袋塞得鼓鼓的。

我和康枝，还有美纪、熏四人一起吃午餐。我决定今天下午离开康枝家。

"一定要好好沟通哦，我相信绝对没问题的。结婚之后男人就会振作起来，所以一定要早点办妥结婚登记，知道吗？"

康枝一心以为我们要回到熏的父亲身边，从早上就一直反复强调这点。

"不过，我很庆幸。"我正忙着洗午餐的碗盘之际，康枝站到我身旁如此说道，"希和，去年你家不是办丧事嘛，你妈早已过世了，你又没有兄弟姐妹。所以我一直担心你，不知你撑不撑得住。之前我又让你别再打电话来。可是，幸好你找到新对象，又有了小熏，你已经不再是一个人了。快点正式结婚，多生几个自己的小孩吧。"

康枝，根本没有什么新对象，我已经不能生小孩了。我现在，只有熏了——要是能这么说该多好。但我只能对康枝说的每一句话点头。康枝永远处在善良正直的环境里，所以才能善良正直。

离开公寓时，康枝让我留个联络方式，我只好怀着罪恶感，写下刚退租的永福公寓的住址和捏造的电话号码。

康枝与美纪一路送我们到车站，在检票口同我们挥手告别。我也转头频频挥手，对着这个或许今生永无相见之日的朋友。

一搭上上行电车，便泪如泉涌。我再也顾不得有谁会看到，任凭泪水狂流。熏用温暖的小手心，黏糊糊地摸我的脸颊。睁着黑白分明的浑圆大眼，定定地注视我。我忽然觉得，这孩子好像真的能看穿我的心情，她仿佛正在安慰我。

昨夜，我决定在三鹰换电车，前往那个人住的地区，走进第一个看到的派出所自首。我并非对自己的行为心生畏惧。自己做了什么，我自认还算明白，也觉得一切都会很顺利。但我昨天想了一晚，还是觉得没办法。我能给熏什么呢？当她发烧时、呕吐时、到了该上学的年纪时，我什么也不能给她。只要继续跟我在一起，这孩子就永远不会有父亲和亲戚。

"哎哟，笑了呀。笑了呀。宝宝好聪明啊。"身旁响起声音，我慌忙抹去眼泪抬起头。坐在隔壁的老妇正凑近看着熏。熏从婴儿背带里探出身子，把脸贴近老妇眯眯笑着。

"好聪明的宝宝啊。而且，怎么会笑得这么可爱呢！"老妇目不转睛地看着熏，痴迷地说。是的，我在心中说。聪明，乖巧，总是笑容可掬。这孩子一笑就仿佛四周大放光明，对吧？于是，好像连自己也跟着心里软乎乎的，对吧？

"眼睛跟妈妈一模一样，好有精神呀。"

老妇用食指轻戳熏的脸颊。熏咧开嘴笑得开心，握住她的食指。

"哎哟，一点也不怕生啊。好聪明的宝宝。"她翻来覆去地说。

跟妈妈一模一样。我在心中反刍她的话。一模一样，跟我一模一样。

老妇无视沉默不语的我，自顾自地逗熏说话，之后在浅草桥下车离去。我也在下一站秋叶原下车。

一个月。我改变主意了。那对大阪夫妇抚养了婴儿一个月。一个月就好。倘若我正在做跟他们一样的事，那我要求跟他们相同的时间，应该不算过分吧？我替笑起来宛如点亮明灯的熏脱下毛线帽，头也没低，就这么昂首走向山手线的站台。

我们搭乘从东京开往博多的新干线。虽然买的是到名古屋的票，但我当然没有目的地。新干线的车窗将东京的景色不停地留在后方。

我不会再回东京了——不是这么决定，而是有这种预感。我抱着熏定定地眺望窗外。熏也像大人似的望着窗外。我十八岁来到东京，二十六岁遇到那个人。我曾以为自己会一直在东京生活下去。然而，我已无法回头。开始西沉的太阳隐没在大楼彼端。橙色的街头，林立的霓虹灯艳光四射。迪斯科舞厅、咖啡吧、美术馆和时装大楼，不停地被向后冲走。第一次约会，与朋友的小小口角，用尽力气奋斗的自己，都被冲刷而去。与那个人共度的时光，爱过那个人的记忆，也被冲刷而去。

　　这样就好，我心情平静地想。那种东西，通通被冲刷得不见踪影也无所谓。我已经不再是过去的我，我是这孩子的母亲。

　　走出名古屋车站的检票口，我寻找宾馆的招牌。应该有柜台没人的自助入住宾馆才对。

　　几年前，我常跟那个人去宾馆。虽然他想来我的住处，但我宁可去宾馆。因为如果在我的住处，我怕会产生错觉。因为我会忍不住相信，这个人会与我相拥入眠直至天明。

　　第一次被那个人带去宾馆之前，我压根儿没想过自己会变成一个去宾馆的成年人。结果呢，现在，我不是被男人带去，而是自己四处搜寻宾馆。

　　走过观光酒店林立的街道，我在后巷找到一间宾馆——珊瑚礁宾馆。我决定先走到入口，如果柜台有人就掉头离开。幸好没人。我迅速进入，把万元纸币送入自动掉出房间钥匙的机器。取出钥匙和找的零钱，我快步走向电梯。

我在心中祈求熏千万别哭，进了房间就把熏放在特大号双人床上。对于放在房间中央的床，宛如水晶吊灯的照明，隐约渗出的暧昧气氛，熏似乎都不觉得奇怪，含着大拇指啊啊出声。房间一隅，有着玩过家家似的迷你厨房，配备了热水壶、微波炉和咖啡机。我烧开水，洗餐具，加热瓶装离乳食品，坐在床上喂熏。

即便是当年对于和他去宾馆毫不抗拒的我，也不会想到在不久的将来，我竟会在宾馆喂婴儿吃饭。想到这里，我笑了。笑完，我才发觉这并不怎么好笑。

我将彻底洗刷干净的浴缸放满热水，和熏一起坐进去。熏一泡热水，表情就像小大人似的。她眯起眼，张着嘴，呼地深深叹了口气。这世上怎会有这般的幸福呢。

泡完澡，我本来打算思考明天过后的事，但躺在熏身旁哄着哄着，自己也在不知不觉中睡着了。

睡到一半，我迷蒙睁眼，眼前是熏的睡脸。小小的脸蛋，微启的双唇，淌落的透明口水。熏热乎乎的气息喷到我脸上。这是何等幸福。就算跟那人热恋之际，我也从未有过这种心境。我轻抚熏柔嫩的脸颊，安心地闭上眼。

二月九日

早上九点半退房。在宾馆内应该没被人看到，但走出宾馆时，路过的看似粉领族①的女子朝我看来，惊愕地瞪大双眼。我慌忙转头，假装男伴还在里头，但这样或许反而更可疑。我匆匆离开宾馆。

我在名古屋的街头徘徊终日，漫步于车站周边，冷了就钻进地下街，在咖啡店要热开水喂奶，在厕所换尿片，累了就在长椅上休息。地下街如迷宫般无尽蜿蜒。这么走着，我发现我们看起来就像寻常母女。换言之，没有任何人注意我们。向来乖巧的熏即使现在哭得满脸通红也无人侧目。会靠近的只有喜欢婴儿的中年妇女或老太太。噢，不哭不哭，她们说着凑近熏的脸。我不动声色地藏起熏的脸，她们便温柔地轻拍熏的屁股，握住她小小的手掌。

随处可见的母亲和随处可见的婴儿，有可以回去的家，有等待他们的家人。我很庆幸别人的漠不关心，超乎必要地漫步于街头。熏持续不休的哭声终于让我察觉自己累了。支撑婴儿背带的肩膀痛得麻痹。我走上地面，沿着马路走到公园。

名古屋。京都。大阪。冈山。广岛。坐在长椅上，我试着一一列举能想到的地名，结果想到的都是新干线的停靠车站。京都和广岛我去过，是参加学校的修学旅行时去的，小时候全家旅行也去过。虽然去过，但并不代表有地方可以栖身。

---

① 女性上班族，从事与男性工作没有重叠的工作。

我必须找个不怕被人怀疑的过夜场所，然而，又不能一直住宾馆。还是租个房间吧，就算小点也没关系。

　　熏又开始哭，我即使站起来哄她也没用。听着这种响彻心脏的哭声，我的脑袋都快要嗡嗡发麻了。也不知哪里来这么大的力气，熏一个劲儿地仰起背，像要逃离我般哭个不停。"别哭，拜托，别哭了，熏。"夕暮中，我只能如此不断重复。

　　"喂，你无家可归吗？"忽然有人对我说话。

　　我吓了一跳，抬头一看，一个女人站在眼前。不知套了多少件衣服，她明明个子不高，上半身却被衣服塞得像个女巨人，起毛球的长裙下伸出穿着厚袜的脚，脚上趿拉着凉鞋。皮肤虽有光泽但看起来并不年轻。是个完全看不出多大岁数、外貌奇特的女人。

　　"不，我只是在休息。"我充满戒备恐惧地说。女人一脸正经，粗声叹了口气。

　　"你不是一直待在这里嘛。"她说。

　　被她一说我才发现，刚才还挂在大楼上的夕阳现在只剩余光映照西方的天空，东方已开始染上群青色。

　　"你无家可归吧。"女人武断地说，朝熏伸出手。我当下躲开女人的手臂，把熏抱在怀里藏起来。女人再次叹了一声。熏躲在我怀里，扯高嗓门继续哭泣。

　　"唉，唉，别哭了，我不会怎样的，你快点叫她别哭了。"女人皱起眉头说。

我背对女人，安抚熏。

"这样会冷吧？喂，你要来我家吗？"

背后传来女人的声音，我战战兢兢地转头。女人依旧皱着眉，越过我的肩把头凑近看着熏。

"我不会怎样的，只是看宝宝可怜才这样说。"女人又粗声叹了一口气。

"不用了，呃，我们该回去了。"

"你无处可回吧，我说你可以来我家。"

我定定地注视女人。这人到底是谁？是坏人，还是好人？目的何在？可是再怎么看我也看不出她有何企图，真正的用意是什么。熏涨红了小脸继续哭。我可以跟她走吗？女人用那种令人联想到弹珠、毫无感情的眼睛看着我。

我合拢大衣前襟，把熏裹在怀里，手提旅行袋。脑中虽然有个声音叫我别跟她去，但我还是决定跟这个女人一起走。能被抢走的顶多也只有钱吧，总比熏被抢走好。我如此在心中辩解。

女人走出公园，头也不回地沿着宽阔车道边的步道走去。我隔着数米走在她身后。女人填满衣服的臃肿背影被车灯和店头炫目的霓虹灯照亮，旋即沉入黑暗。熏像塞了耳塞一般哭声响亮，听起来"哇——哇——哇——"的。为何会哭成这样呢？是在警告我别去吗？一定是这样，是在叫我别去。虽然这么想，但我仍旧凝视女人的背影继续迈步。

女人蓦地拐过转角。不知不觉中我变成小跑步。在同一个转角拐弯一看，女人的背影仍继续前行。越过乌沉沉的河流，繁华市区的热闹消失。附近一片昏暗，唯有路灯亮着。就连路灯也不是坏了就是忽明忽灭，烘托出四周的黑暗。然而，这里并非一无所有。泛白的路灯照亮民宅，仿佛在过河时超越了时间，放眼望去皆是古老平房。不可思议的是，家家户户都没灯光，一片死寂。

女人倏地遁入黑暗中，不见踪影。我慌忙走到她消失之处，那里有一扇通往民宅的门。敞开的门内，是正在打开拉门门锁的女人。我在门前驻足，仔细打量那间屋子。那间屋子和周遭一样是平房，从大门到格子拉门的玄关之间点缀着踏脚石。树丛像要包围房子般恣意伸展枝叶，杂草丛生，几乎淹没踏脚石。空的冰激凌袋子和装牛奶的纸盒在路灯的照耀下模糊浮现。

"哇，哇，哇，哇——"

熏的声音似乎比刚才更添绝望。这个小身体是从哪儿发出那么大的声音的？熏凄厉的哭声令我脑袋发蒙，什么都无法思考。

女人不发一语地进了屋。在我面前，只有敞开的玄关。橙黄灯光蓦地亮起。仿佛被那灯光所诱，我踩上踏脚石。

一进玄关就是走廊，左右并列着纸门。右边最后方那扇纸门是开着的，同样流泻出橙色的光带。我反手关上玄关拉门，一边听着熏的哭声，一边缓缓扫视从玄关看得见的部分。

这间房子怪怪的，我神思恍惚地想。说不上来的怪。是哪里怪呢？我纹丝不动，移动视线，想找出到底是哪里怪。脱下后随手扔在玄关的旧鞋，堆叠在走廊上的纸箱，黑色垃圾袋。闪着乌光的走廊，角落聚积的灰尘，电话台上的黑色电话罩着褪色防尘套。无声。

没有任何怪异之处，只是个谈不上爱干净的住户住的普通房子。但那种说不上来的古怪，依然萦绕心头。

我把旅行袋放在脱鞋处，脱下鞋子，悄悄进屋。沿着走廊走去，不时可见地板的凹陷和破洞。往敞着的纸门探头一看，依旧裹着大衣的女人戳在房间正中央。即使看到我，她也没请我进去或邀我坐下。我只好僵立在走廊上，环视室内。褪色的榻榻米，填满了四面墙、同样褪色的衣柜。四处堆放着一摞摞用绳子捆绑的报纸杂志。屋里算不上清洁，却谈不上有什么怪异之处，可我总觉得心神不宁。

"唉，哭了，哭了。你快点让她别哭。"女人蓦地发出不比熏的哭声逊色的说话声。我吓了一跳，走进房间。

"不是小便就是大便，再不然就是肚子饿了。"

倒是那女人看起来快哭了。我慌忙脱下大衣，解开背带，让熏躺在榻榻米上，解开连身衣的纽扣。女人连忙打开暖气，像野猫似的蹑足缓缓靠近，探头看着我的手。

我从袋中取出湿纸巾和新尿片后打开熏身上的尿片，排泄物的臭味立刻弥漫开来。

"哇！好臭！"女人大叫，还夸张地捏鼻子。明明是她自己叫我换尿片的。我懒得理她，专心擦拭熏的屁股。

然后我才醒悟，这间屋子完全没有气味。进了玄关，走过走廊，都没有任何气味。我心里产生的那种怪异感或许就是由此而来。我之所以会察觉这一点，是因为老实说我本来就很怕排泄物的臭味，现在它竟让我感到怀念。在一个没有任何气味的地方突然冒出的人类气味，虽然谈不上是香味，却奇妙地令人心情平静。

"哇！好臭！受不了！"女人两手在脸前交叉，脸孔半埋在大衣袖口后面嚷嚷着。

"府上的厨房，可以借用一下吗？"我一边给熏穿上新尿片一边说。

"在对面！快把那个包起来！"

用不着她说，我把用过的尿片包起来放进塑料袋，从袋中取出奶瓶和婴儿食品，去了对面房间。厨房也很乱。地上的酱油瓶和酒瓶——不管里面有没有液体——全都堆放在一块，角落里则堆放着纸箱。室内中央的桌上，罐头、空的保鲜盒、保鲜膜也乱七八糟地堆放着。我发现流理台上有水壶，仔细洗净后拿去烧开水，再从餐具柜自行借用盘子，同样仔细清洗后，把婴儿食品倒出来。端着熏的食物回到房间时，女人正朝熏伸出手。

"别碰她！"我不假思索地大叫，女人吓得跳起来，脚步踉跄地往后退。

"你干吗这么大声！我只是看她哭个不停，想哄哄她罢了！"

女人愤然回嘴，我连忙向她道歉。她让我们进家门，连厨房也借给我用，实在没道理不准她碰熏。

熏依旧在哭，也不肯喝奶，婴儿食品送到她嘴边，她也转过脸继续哭。我束手无策。女人一直站在房间角落不打算坐下，来回看着哭泣的熏和我。

"请问，我们可以在这里过夜吗？"我仰望女人说。

"你无家可归吧。"女人重复一次之前说过的话，"棉被在壁橱里。"她甩动双手像要挥开熏的哭声，就么走出房间。

有浴室吗？可以借用吗？厕所在哪里？盥洗室呢？我的三餐怎么解决？我千头万绪，却被熏的哭声打断。我拖拖拉拉地起身，打开壁橱，抽出棉被铺在地上。没有床单。我穿着大衣就这么躺下，仿佛已好久不曾躺下了。棉被隐约带着线香的气味。我让哭个不停的熏睡在我身旁。每次我昏昏欲睡就会被熏的哭声赫然惊醒。空调咔啦咔啦的转动声格外响亮。哭成这样没关系吗？为什么哭个不停呢？我的眼中也流出泪水。真傻，明知哭泣也没用。

二月十日

远处传来音乐声。我小时候住的地方有商店街，每到下午六点就会响起这种音乐。那首曲子旋律轻快，听久了却让人有种想逃离的寂寞。

我醒了。往旁边一看，熏还在睡。的确有音乐声传来，不知是收废纸的还是收垃圾的车，声音渐去渐远。

纸门泛着白光。我躺着环视室内。壁橱的纸门已变成褐色，电灯的灯罩蒙着灰尘。我起来才发现身体笨重无力。昨天中午在咖啡店吃完三明治后就未曾进食，但我完全没胃口。昨夜，熏哭累了睡着，可是很快又醒来哭泣，就这么周而复始，所以我几乎没睡。我拉开纸门，屋内悄然，走廊冷飕飕的。厕所位于走廊尽头，旁边是浴室。我开门探头往里瞧，瓷砖缝发黑，到处都灰蒙蒙的。要给熏洗澡，还得先把浴室仔细刷洗一遍才行。我在盥洗室洗脸。水的冰冷，令我昏沉的脑袋舒服了一些。

我很想把面向走廊的纸门全部拉开，检视屋内情形，但想必某扇纸门后面正睡着昨天那个女人。

回房一看，熏还在睡，于是我再次从走廊来到玄关。我打开扭转式门锁，拉开拉门。天空晴朗无云，澄澈的阳光照耀四周，周遭却都是跟阳光不搭调的灰黑旧屋。杳无声息，也没人走在巷弄间。对面房子的门内排放着盆景，但植物全都枯死了。看得见的窗子都关着遮雨窗，大概是空屋吧。

女人家的信箱里插着报纸。我抽出报纸，回到房间，在酣睡的熏身旁翻阅。我一字不漏地看完，并没有有关婴儿失踪的报道。我安心了，但我完全不明白现在到底是什么状况。

熏随着哭声醒来。我慌忙冲牛奶喂她。我很怕她又像昨天那样哭个不停，但喝完奶后熏看着我笑了。我好开心。小熏，今天你心情很好哦。我们来换尿片吧，也换件衣服吧。你没有洗澡，先用毛巾替你擦干净吧。熏清澈的眼睛定定地注视着说话的我，张开小嘴笑了。

　　一走进厨房，之前不见人影的女人居然在里面，把我吓了一跳。那女人正站着吃吐司。我对她道"早"，她也不看我，只是自顾自地看着远方，把吐司的袋子捧在胸前，默默吃着吐司。

　　"不好意思，借用一下你的水和水壶。"

　　我钻过女人身旁，清洗水壶，烧开水，也自行借用锅给奶瓶消毒。

　　"如果有人来，你就出去应门。"女人突然说。

　　"谁会来？"我问，但女人没回答。

　　"我是说如果，如果有人来。不管对方说什么，你都把他赶走就对了。"女人边吃吐司边说。

　　"对方会说什么？"

　　就算问了，女人也不回答。

　　"你一直待在这里没关系。"女人冷不防地说，再度粗声叹气。

　　"说什么一直，那怎么好意思。"这女人到底是什么来历？看起来不像精神异常，我也知道她无意加害我们，但是，她为何会叫萍水相逢的我们一直待在这里呢？

　　"呃，我……"我说到一半就被打断。

"快拿牛奶去喂她吧。"女人凝视奶瓶说，我行了个礼走出厨房。

下午，我让熏坐在婴儿背带里，穿上大衣一走到玄关，旁边房间的纸门便猛地被拉开，那女人现身。

"你要去哪里？"她咄咄逼人地说。

"呃，我去买东西……"

"什么时候回来？"

"马上就回来。如果你有什么需要的，我可以一起买。"

"没有。"女人冷冷撂下话，便把纸门关上了。

我走出大门，来到小巷。这一带好像没什么商店，真是一个奇怪的地方。虽有栉比鳞次的房子，却家家都不似有人居住。不是遮雨窗紧闭，就是门口躺着生锈的自行车，简直像鬼镇。鬼镇彼端耸立的铁塔，看起来如同舞台布景。

那个女人该不会是非法侵入民宅，擅自在那间房子里住下来的吧？抑或是犯了什么罪逃到此地，躲在那间屋子里？对于那个来历不明的女人，我既感到悚然，又暗自安心，在没找到住处前能有地方过夜。浴室只要打扫一下应该很干净，煤气和电也能使用。

我在快餐店买了汉堡，去公园吃。公园里有不少带着小孩的妈妈。

"孩子多大了，叫什么名字？"一个年轻的妈妈逗熏说话。

"六个月，叫作熏。"

听到这个回答，对方把小孩抱在膝上："我叫拓海哟，请多指教。"舞动小孩的双手做出可爱的样子。

熏好奇地看着那个孩子。比熏大一点的男婴有几个月大，我完全看不出来。

"你住在哪里？"这次她问的是我。

"过了这里，再往前走的河那头。"我不知区名，只能这么回答。

"噢。那一带，现在已经没什么人住了吧。我听说大部分住户都迁走了。"

"啊，对，是啊。"我附和道。那些空房子的住户是强制迁离的吗？

"那，你都是去名古屋附属医大做健诊的？"

"对，没错。"我这么回答，自知面孔僵硬。就算对方再追问下去，我也答不出来。我慌忙在脑中搜寻脱身的借口。她却频频出声点头，看着在阳光下玩耍的孩子们，开始谈起她自己的事。我松了一口气。她说她在一年前从东京搬来此地，与公婆同住，但是相处得并不好。

"所以，我一大早就出门，在儿童馆或图书馆、公园这些地方逛一圈，傍晚才回家。我有时想想这样算什么呢，自己都觉得窝囊，简直像流浪汉一样。"

拓海开始哭闹起来，她从手提袋中取出奶嘴让他含着，握住熏伸向奶嘴的小手："小熏，你要跟我们家拓海做好朋友哦。"她做出鬼脸凑近熏。

你在东京时住在哪里？老公是从事哪一行的？去哪家医院健诊？儿童馆位于何处？面对这个想必生性开朗的年轻妈妈，我好想问这些问题。我们一定立刻就能变成好朋友。让熏和拓海一起玩，我俩可以一边盯着他们，一边聊个痛快。聊育儿的不安，对家人的小小牢骚，交换童装与公共设施的最新情报。

那种事，根本不可能实现。

"我还得去银行一趟。"我说着起身。

"我们明天也会在这里，你来的话不妨喊我一声。"女人毫无心机地笑了，抓起含着奶嘴的拓海小小的手臂，挥舞着小手说拜拜。我也摇着熏的小手说拜拜。熏咯咯发笑。

只要看到房屋中介公司，我就进去碰运气。但对方的态度都一样傲慢。以前还在上班时，明明只要递上公司的名片就能轻易让对方介绍房屋。

——我与丈夫分居，正在找房子。

——丈夫周末也要工作，所以由我一个人负责找房子。

——丈夫从四月起要调职，所以我先过来这边找房子。

人人皆对我摆出嫌麻烦的表情，甚至有人面带露骨的不悦，表示大部分屋主都不愿租给有婴儿的家庭。不租给有婴儿的家庭？我真想问问这个国家是否连小孩都不能生了。

但中介还是带我看了两间房子。一间是位于果蔬店楼上的两室公寓，另一间是晒不到阳光的小套房。果蔬店楼上的房间虽旧，但日光充足。只是对方要求看我的身份证、户籍资料及丈夫的雇用证明，我撒谎说明天再拿来，就这么离开了房屋中介公司。

在地下街的进口商品店，我买了可以整个裹住婴儿的大外套，又买了离乳食品、尿片、自己吃的便当，这才回到女人家。大门没锁。女人拉开纸门认清是我后，便猛然关上纸门。门内大概开着收音机吧，传来震耳欲聋的演歌①。

我用大外套裹着熏，让她躺在洗脸间，开始清洗浴室。我把浴缸彻底刷洗干净，再蹲下刷瓷砖。瓷砖缝里的黑色霉斑刷不掉，不过用莲蓬头冲过后，至少不再惨不忍睹。我拧开水龙头，将热水开到最大。蒸汽升起，透明的液体汹涌流出。

趁着浴缸的水还没放满，我去厨房泡牛奶，用微波炉加热刚才买的便当，从多条抹布中选出最不脏的一条，擦拭乱七八糟地堆满东西的桌子。我把熏放在膝上喂奶，其间趁空吃我的便当。响彻屋内的演歌烘托出这间屋子的安静。熏的咿呀儿语在厨房响起。

我环视室内。视线落到餐具柜隔壁的细长柜子上。老旧的木柜附有几个抽屉。我抱着熏起身，一边竖耳留意走廊的动静，

---

① 日本一种传统的歌曲类别。

一边悄悄拉开最上层的抽屉，里面放着装在盒子里的几枚印章、褪色的水电费账单。我又拉开第二格，里面放着邮票，有十元和五元的，全都很旧。再拉开一格，装的是裁缝用剪刀、碎布，以及装在盒子里的纽扣。我知道，擅自触碰别人的东西是不对的行为，但我想了解一下那个女人。我拉开下一层抽屉，然后凝目注视柜内，里面放着褪色的母子手册。

我轻触那个手册，将它拿在手上，蹲下身，定睛细瞧。

格子花纹的米色封面，边角已磨损翘起，上面写着：昭和三十三年十月三日发。母亲姓名这一栏，用钢笔写着"中村富子"。是那个女人的名字吗？小孩的姓名栏是空白的。我继续翻阅，后面是没用过的育儿咨商诊疗券。第三页，有孩子已申报户口的证明书。小孩名叫中村里荣子，出生年月日是昭和三十四年五月二十九日。如果那女人是中村富子，那她应该有个仅比我小四岁的女儿。

这间屋子虽然现在毫无生活气息，但在过去，曾有一家人生活过吗？那女人是家中的成员之一吗？

我专心翻阅。妊娠初期的状态。产后母体的健康状态。新生儿出生时好像重两千两百克。备注栏注明是早产儿。身长四十五厘米，头围三十一厘米。我想象那小小的生命。我无缘拥抱的、两千克出头的小生命。那个女人抱过吗？她对那小生命微笑过吗？

熏在我膝上，伸手抓我翻开的手册。我将手册高举到熏够不到的地方，仔细打量。

我想起还在放热水，慌忙把手册放回原处，关上抽屉。

"借用一下你的浴室哦。"我在女人房前高喊，但她没回应。我抱着熏走向浴室。透明的水从浴缸哗哗溢出。我拧紧水龙头，关上热水，抱着熏好一阵子，就这么盯着流往排水口的透明热水。沐浴在荧光灯的灯光下，它如同圣物闪闪发光。

二月十二日

今天，我在车站买的报纸上发现了相关报道。

日野警局于十一日发布消息，指出今年二月三日，东京都日野市某公司职员秋山丈博（34岁）家中失火，出生六个月大的长女惠理菜自火场离奇失踪。上午八点过后，秋山之妻惠津子（32岁）开车送丈夫丈博到车站搭车上班，将惠理菜独自留在家中期间，家里发生火灾。火势约在一个小时后被扑灭了，但在现场找不到惠理菜。日野分局表示，基于有可能是绑票案，为了惠理菜的安全，一直未公开消息。

熏把小手伸向我专心阅读的报纸，时而拍打，时而试图握住。报纸发出沙沙声响，从对折处被撕破。熏开心地笑了。

失火？那间屋子烧起来了？

怎么会失火呢？这是怎么回事？我拼命回想。我记得当时电暖炉是开着的。火红的电热线至今犹在眼前。可是怎么会起火呢？

不，现在该想的不是这个。事件终于被公开了，这表示追索熏的势力，已迫近眼前了。

但是，我越是反复阅读报上印刷的文字，越觉得那是很遥远的事，就像去年在报上看到"下毒事件危机重重"①报道时的感觉。那跟身在此地的我与熏，毫无关系。因为这孩子是熏，不是什么"惠理菜"。是因为我渴望这么想吗，抑或是因为我少了什么呢？

不过话说回来，火灾究竟是怎么回事？这点令我耿耿于怀。可怕的念头浮现于脑海。

该不会是我干的吧？会不会是我故意把毯子塞进电暖炉？会不会是被我踢倒的？抑或是我捡起地上的打火机，点燃铺在地上的被褥纵火，并且在确认火苗燃起的烟味后，我就落荒而逃了？

不对，我没做那种事。先不说别的，首先我就没理由那样做——没理由？真的吗？被那女人痛骂的事，我不是一直记在心上吗？我不是还在心里诅咒她最好死了？——不，可是，不对。觉得她最好死了和实际采取行动，完全是两码事。我根本没有放什么火。我只是把熏从火场救出来。是的，那时候，如果我

---

① 指格力高·森永食品公司的产品遭人下毒勒索事件。

没把熏带走，这孩子早已葬身火窟。唯有这个念头不停在我脑海中打转。

我站起来，把报纸揉成一团扔掉，仿佛打从一开始便没看过。

我担心熏光吃瓶装食品和速食离乳食品不够，于是去超市买菜，擅自借用女人的厨房煮晚餐。我战战兢兢地使用电锅，幸好电锅虽然老旧但并未坏掉。我替熏煮了菠菜稀饭和吻仔鱼煎蛋，剩下的菠菜拿来煮味噌汤，还炒了什蔬和吻仔鱼拌萝卜泥。我把多煮的饭菜用保鲜膜包好放在桌上，洗完澡出来时，大概是女人吃掉了，只见流理台上叠放着空盘子。

今天有个愉快的发现，我发觉熏只要两手往前贴在地上就会坐。她坐在榻榻米上，乖乖看着我。我隔着一段距离，试着喊她过来。她还不会爬，想动，却咕咚往前倒，但熏并未因此哭泣。

女人吩咐过若有人来就由我出面应付，但至今无人来访。我虽知不应该，但还是忍不住再次拉开厨房抽屉。我把已看了好几次的母子手册又从头翻开，逐字阅读。婴儿三个月大时长到四公斤，身长已有五十四厘米；下个月长到五点五公斤，身长六十厘米；六个月大后不知是否未再测量，栏上是空白的。其中还夹了几张薄薄的疫苗接种证明单。我对女人尚一无所知，但看着这小小的手册，似乎了解了什么。女人除非必要否则绝不开口，一直面无表情，实在难以想象她生育早产儿的姿态，但是想到她的确经历过这样的事，这竟让我有种不可思议的安心感。

熏呆坐在地上，望着专心翻阅别人母子手册的我。

二月十三日

早上，正在喂熏吃饭时，上次在梦中听到的音乐声又传来了。"来买哦——来买哦——"在音乐之间还语气低调地如此招揽客人。我抱着熏从玄关探头往外望。在上午的阳光中缓缓驶来一辆白色小货车。当我就这么戳在玄关张望之际，和经过的小货车女驾驶正对上视线。小货车停下，女人从敞开的车窗探出面孔，出声说"欢迎选购"。

"你有宝宝啊，那一定要买无农药的蔬菜，真的完全不一样。番茄和胡萝卜都是以前的古早味。"头上包着三角巾，脂粉未施，看似好脾气的圆脸女人走下驾驶座，打开小货车的后车门。看似普通的小货车，里面却改装得像个迷你商店。五彩缤纷的蔬菜，放在冰箱里的肉类，连看都没看过的盒装零食瞬间吸引了我的目光。

"来，欢迎慢慢看，也可以试吃哦。哇，好可爱的宝宝。多大了？哇，笑了。真可爱。"她从我怀里抱起熏，在阳光照耀的人行步道上把熏举得高高的，逗她。

"哎呀，不过，这……应该是出疹子了吧。"女人的声音令我慌忙离开小货车，"你看，这个地方，整片都红红的，这里也是。"她扯开熏穿的连体装领口，检视熏的皮肤。经她这么一说，我才发觉熏身上的确有很多小红点——虽然不到荨麻疹的地步。昨晚给她洗澡时我并未发现。

"这里原来还有人住啊。你们用的是自来水吧。这一带居民已经不多了，水质也很糟糕。"

我从女人手中接过熏，掀起她的毛衣检查肚子和背部。小红点只出现在脖子周围。

"烹调和饮用水最好用这个。今后将是连水也要花钱买的时代。"她弯身钻进小货车，拿着宝特瓶下车，把装了一半水的瓶子给我看。我差点讶然出声——标签上写着"Angel Water"。

"你就当作被骗一次，喝喝看。味道完全不同，最重要的是，只要三天就能让你的体质大幅改善。"女人一边说，一边往塑料杯里倒水，递到我手上。我单手接过，战战兢兢地试饮。的确和自来水截然不同，口感滑润又隐约带着甘甜。可康枝是怎么说的来着——可疑团体、劝诱加入。

"买这种水洗澡当然是不太可能，但只要走一小段路，前面就有一间叫作宝汤的公共澡堂。你何不一周去洗几次，直到宝宝的这些疹子消失？那里的水质也许会比这一带的好。你不嫌弃的话，这瓶送你，你试试看。我常常绕来这一带，所以如果有什么需要的再喊我。"

女人倒是一点也看不出硬要拉我加入的样子，把新的宝特瓶装进纸袋交给我，迅速坐进驾驶座。"下次见！"她开朗地挥挥手，握住方向盘。音乐再次响起，车子缓缓在杳无人迹的巷弄前进。

我一手抱着熏，一手抱着纸袋，回到玄关。女人从前面房间探出脑袋定定地注视着我。

"这个，是人家送的。"我试着开口。女人不发一语，猛然关上纸门。今日纸门后面同样传来嘈杂的演歌。

我临时起意，决定大扫除。尘埃和看不见的污垢或许才是起疹子的原因。就算不是，最近熏看到什么都伸手抓，然后就想直接塞进嘴里吸吮。只是打扫一下，那个女人应该不会生气吧。先从厨房开始。我想把女人给的宝特瓶放进冰箱，纸袋里却掉出一张纸片，是"Angel 会报"，我随手扔进垃圾桶，开始整理冰箱内的东西，将过期的肉类、熟食小菜和干枯的蔬菜全都扔进黑色垃圾袋。

我让熏在房间躺下，把棉被拿去晒，用抹布擦榻榻米。熏在玩鸭子玩偶。接着，我拿抹布擦走廊，刷洗厕所。女人窝着的房间，不停传来演歌。她整天不是听演歌录音带，就是出门，不晓得去哪里。如果替她准备饭菜，她会神不知鬼不觉地吃掉。有时，她会从拉开一条缝的纸门后面，眼睛眨也不眨地盯着待在厨房或房间的我和熏。只是一旦四目相对，她就立刻消失得无影无踪。

我一边听着尖锐刺耳的演歌，一边东擦西擦。一擦才发现，屋里好像真的累积了不少尘埃，抹布立刻变黑了。

我想起当初刚踏进这屋子时感到的异样——这间屋子怪怪的。到底是哪里怪，直到现在打扫时我才恍然大悟——毫无生活气息。虽有电话、冰箱、棉被和门把手布套这些日常生活的轮廓，却没有内容，是空壳子。就算再怎么擦拭，再怎么刷洗，也碰触不到那个空壳子。是因为女人已经放弃了生活本身吗？

哭声传来，我慌忙去房间。熏扔开鸭子，放声大哭。我抱起她，微微晃动着哄她，但她依然哭个不停。"啊，宝宝乖，宝宝乖。熏最乖了。"熏张大嘴巴，淌着透明口水哭泣。紧闭的双眼也流出泪滴。"噢，不哭不哭，不哭不哭。"

空壳子。在我哄她的声音之间，传来另一个声音："像你这种人，根本是个空壳子。"电话另一端，那个女人如此说过。"喂，你谋杀了自己的孩子吧，真不敢相信，会变成空壳子就是你杀子的报应吧，被杀死的孩子生气了哦，你活该。"那个声音连珠炮似的如此说道。

那不是她头一次打电话来。有时是恳求我把丈夫还给她，有时找我聊天，温柔得诡异，当然也有破口大骂的时候，也曾露骨地谈论她和丈夫的性生活并且得意大笑。我当时觉得无可奈何，觉得就算她这么对我也是我自作自受。可是，唯有"空壳子"这个词，让我说什么也无法不做抵抗地承认。

然而，现在想想，那是真的。我已经生不出任何东西。

这个女人，一定看穿我是个空壳子，所以才会这样喊我。这间毫无生活气息的房子，不是最适合我嘛。

我俯视还在哭的熏——红着脸，弓起背，哇哇哭个不停的婴儿。这孩子为何总是如此？才刚觉得她很爱笑就突然毫无理由地哭出来。一旦哭了就久久不停。熏的声音，仿佛把手从喉咙伸进去撼动心脏般响亮。为何要哭？为何哭个不停？

　　哭得满脸通红、五官扭曲的熏，蓦地和那个人的面孔重叠。一笑起来形状就像鸽子的嘴，略小的耳朵。熏也像那个女人吗？若像的话是哪里像呢？我拼命寻找相似点。下垂的眼角，清晰的眉毛。不可能。在电车上，人家不是说她长得跟我一模一样吗？怎么可能会像你呢？又不是你的小孩。你只是个空壳子女人吧。不对，这是我的孩子。我才不是空壳子。熏的哭声、那女人的声音，以及我自己的叫声交错，在脑中嗡嗡回响。

　　"吵死了！"劈头传来一声怒吼，我赫然回神。女人站在走廊，瞪着我的脚边，怒吼道："吵得我听不见歌声！叫她别哭了！"

　　我赫然一惊，看着熏。我刚才在想什么呢？我想对熏做什么？我明明只有熏了。

　　"你这样大吼只会让熏更害怕！"我也吼回去。我把自责的念头转而发泄到女人身上。

　　"既然是她妈妈就叫她别哭！吵死了！"

　　"我现在就会安抚她！你走开！熏会被你吓到！"

　　"啊——啊——天哪，大便臭死人，哭声吵死人。"

　　"那真是对不起哦！"我怒吼，然后，蓦地像泄了气似的觉得好笑。从肚子底层，犹如小气泡般涌起笑意。我忍不住笑了出来，甚至想起刚来到此地时，女人夸张地嚷着熏的尿片好臭好臭的动作，为之发噱。我边笑边凑近看着熏，旋即吃了一惊。熏下面的牙床有条白线。我用手指碰触，硬硬的。

"喂，这个白白的，该不会是牙齿吧。"我不假思索地靠近女人，说道。

女人倏地拉开距离说："既然是人，当然会长牙齿。"

她冷着脸快步走出房间。

二月十四日

我穿上大衣前往便利店，买了三份报纸，在公园一字不漏地阅读，没找到那个事件的后续报道。

我把报纸扔进公园的垃圾桶，前往超市。走在超市里便觉安心，我拿起酱油、白米之类的东西，烦恼着该不该买。我现在才发觉，酱油和白米这类东西，不只是商品，更是生活的保障，是明天后天都会使用，可以在家用餐、过着这种平稳生活的保障。虽然女人的家中也有酱油，但不知是多久以前的，看起来浓稠乌黑，味道也变得很呛。我想买瓶新的，却又忍不住怀疑，能否在那里待到把这瓶用完。即便是小瓶装的，我也踌躇再三，下不了决心买。

最后，我还是买了小瓶酱油、两公斤白米、蔬菜、肉和鱼，也买了奶粉和盒装果汁。出了超市我才发觉，东西重得令人难以置信。我把熏抱在肚子上，一只手拎着装米的袋子，另一只手拎着装肉和蔬菜的袋子，跟跄前行。一想到这种重量也是生活的保障，即便沉重也令人欣喜。

下午，电话响了。转盘式黑色电话发出令家中空气阵阵颤动的刺耳声音。我身体一僵，定定凝视那团黑色的东西。被发现了吗？被拆穿了吗？电话的声音听来宛如悲鸣。

演歌的音量倏地变小，纸门猛然被拉开。"你去接！"女人的怒吼传来。但是我依然动弹不得，直到女人再次大吼："去接呀！"我才战战兢兢地拿起话筒。

"请问是中村太太府上吗？"男人的声音如此问道。"呃……"我回答，只能发出叹息般的嘶声。"你是她女儿？"男人问。我只好含糊地"哦"了一声，这次终于清楚发出声音。"啊，太好了，既然女儿在，事情就好办了。老太太有点无法沟通。你明天也在吗？我可以带着那份文件过去拜访吧。"

"那份文件？"我全身一松。不要紧，我还没被发现。

"就是不动产的文件呀，我应该已经寄去给你了吧。你也答应过了吧。"

"啊，对。"我一头雾水地回答。

"那么，明天上午我过去拜访。我想想看，十点过后吧。那就万事拜托了。"男人快活地说完便挂断了电话。

"那个，明天，有客人要来。"

为了不被再次大声响起的演歌盖过，我在纸门前高喊："明天上午，有人要来拜访你女儿，是男的。"但无人应答。

　　过了一会儿，纸门后面大声抛回一句"关我屁事"。我很想说，那又关我屁事。

　　"我要出去洗澡喽。"

　　还是没回应。某个我不认识的演歌歌手正哀切地放声高歌。

　　我用大衣牢牢裹住熏，走向公共澡堂，那个戴三角巾的女人告诉我的宝汤。

　　如果母亲还活着——我在暗巷边走边想。我和母亲的感情并不好。我讨厌母亲，我想母亲大概也讨厌我。脏死了——这是母亲的口头禅。脏死了，快去洗手；脏死了，快去换衣服。渐渐地，我觉得她好像是在说我脏。屋里那个完全不肯沟通的女人——动不动就怒吼着尿片臭死了、哭声吵死了的女人，常常令我想起母亲。母亲如果还在世，或许也会那样。或许我们也会维持沟通不良的僵局，就这么一起生活。

　　吐出来的气息泛白。我唱起"在森林遇到熊"的歌，熏当即哈哈笑，牙床露出小小的白牙，在我看来如珠似玉。

二月十五日

　　上午十点，疑似昨日打电话来的男人来访。女人不肯出房间。男人一边拍打玄关的门，一边频呼"里荣子小姐，里荣子小姐"。熏正在睡觉，所以我尽量不出声音地打开玄关。男人的手朝仅开了十厘米细缝的拉门一搭，猛地把门整个拉开走进来。他坐在玄关门口，把文件摆满一地。

"这里和这里，还有这里，可以麻烦你盖个章吗？"他殷勤地说。我朝文件瞥了一眼，"强制迁离"这几个字映入眼帘，令我吃了一惊。我想再看仔细点，男人却开始侃侃而谈："要你们这两天就搬想必不可能，但至少这个月底之前必须清空。我们也不想把事情闹大。小姐，我记得你住哪里来着，川崎是吧？你得把你母亲带回去。"上了年纪的男人和颜悦色地对我说。

"请问，究竟是怎么回事……"我忍不住插嘴。男人依旧和颜悦色，抬头仰视我。

"啊？小姐，你是里荣子小姐吧。我记得你不是已经收到我寄的信了吗？上次，同意书你不也用挂号信寄还给我了吗？"男人说到这里打住，蓦地脸色一凝，"咦，小姐，你是谁？你不是里荣子小姐？你是哪位？"他问道。

我的背上倏然一寒，恐惧涌至喉头。会露馅，会被看穿。他会发现我是被人从公园带回来的走投无路的女人。熏会被抢走。

"我只是，呃，来照顾老太太几天……"我情急之下说道。

"天啊——"男人发出怪声，"真伤脑筋。富子女士在吗？"

"现在，呃，不巧她外出……"我说到一半，纸门后面猛地传出怒吼声。

"谁要卖给你！我偏不搬！我死都要死在这里！"被突然冒出的声音惊吓，我不由得看向男人。男人一脸为难地看着我，讨好地嘿嘿笑。

"我还以为今天她女儿在，应该会有进展呢。不过，她女儿已办妥手续，在法律上这里已经不是老太太的房子了。"他辩解似的对我说。

"你是帮佣的？亲戚？能不能帮我联络她女儿？再这么赖着不走，可能要吃官司的，到时就麻烦了。"

"我会跟她联络的。"我说。

"你现在就联络。"男人依旧和颜悦色，但在和颜悦色之间隐约可窥见不耐烦。

"现在有点不方便……老太太又那样……"我含糊其词。实际上我连她女儿在哪里都不知道。

"真是伤脑筋。那我改天再来，请你们先沟通好。否则再这么拖拖拉拉的，我们也得采取行动了。我们就是希望尽量尊重你们才这样上门拜访。请问贵姓大名？"

"啊？"

"小姐，为了谨慎起见，请把名字告诉我。"

"我叫中村康枝。"我情急之下扯谎。

"好好好，康枝小姐，是吧。"男人边点头边起身，手已伸向玄关门。就在这时，后面的房间哇地传来熏宛如猫叫的细弱哭声。男人一脸不可思议地回头。我慌忙走下脱鞋处。

"不好意思，我不清楚情况。我会尽快联络里荣子小姐。"

我连推带拉地把男人赶出去。被他听见了吗？他发现了有婴儿在吗？那个男人知道中村富子的女儿怎么联络吗？会不会就在这几天之内用某种方法与她女儿取得联络，说他看到家里有婴儿和陌生女人，向她女儿打听我是谁？我猛然关紧玄关的门，反弹似的奔过走廊。

不可能露馅，一个女人带着婴儿不可能惹人起疑。他不可能发现。但我无法抹消不祥的预感，心里骚动不安。

我抱起细声哭泣的熏，安抚她。我哄着"好乖好乖"的声音在颤抖。熏的哭声渐大，我脑袋昏然麻痹地听着那哭声。

二月十七日

黎明时分，电话响起。我拉开纸门，定睛凝视走廊角落的黑色电话。女人房间的纸门砰地发出近似爆裂的声音，开了。我把视线朝那边移去，只见女人探出脑袋盯着电话。电话声音刺耳地响个不停。

"你去接。"女人发现我，便以命令的语气如此说道，然后，再次砰地关上纸门。她似乎把音量调得更大，泄出的演歌变得更响。

电话响了十声后停止，然后再次响起。我把熏留在房间，缓缓走近电话。我拿起话筒。黑色话筒像铁块一样沉重。

"妈？"歇斯底里的怒吼声劈头钻入耳中，"不是已经谈妥了嘛！你打算在那里待到几时？合同都已经签好了，那块地已经不是你的了。你快点搬走啦，随你爱去哪里都行，我不是已经给你一笔钱了吗？你不是也收下了！"话筒对面就像神经质的小型犬，尖声吠个不停。

我想起封面磨损的母子手册。我暗想，这个声音就是那出生时才两千两百克的小婴儿发出的吗？我想象着怀抱小婴儿的女人，把脸凑近对婴儿微笑的女人，定定仰望女人的婴儿，一对陌生母女的模样。

"拜托你也说句话好吗？你干吗非要赖在那种地方呢？难道你打算榨取更多钱？那间房子根本没留下任何好回忆，你还是赶紧让人家变更用地吧。喂，你有没有在听，倒是说句话呀。"

女人说到这里，一瞬间打住。呼呼的粗重鼻息透过话筒传来。

"你是谁？"女人蓦地问，"房屋中介说有亲戚在我家，你是谁？我妈在旁边吗？喂，你跑进别人家做什么？小心我报警哦。"

"报警"这个词令我差点停止呼吸。话筒传来连珠炮似的刺耳吠声。我想把话筒放回去，却一不小心掉到地上，黑色电话线晃来晃去。我慌忙捡起，用双手把话筒放回电话机上。

把话筒挂回去，房间顿时恢复安静。响彻走廊的演歌声忽大忽小。我反弹似的离开那里，走回房间，把散落在地上的行李随手塞进旅行袋。我抱起熏。熏频频出声，她的声音同样忽远忽近。我抱着行李，前往女人的房间。

一拉开纸门，女人表情愕然地仰视我。女人的房间塞满了东西。褪色的日式衣柜环绕房间，把窗子也挡住了。用绳子捆绑的杂志与报纸层层堆叠，日式衣柜前放着三格柜，上面堆了几个纸箱。少了一只眼的绒毛玩偶、针线盒、缀有蕾丝边的抱枕、泛黄的毛巾散落各处。银色的手提式收录音机正播放着女人唱的演歌。没插电的旧电视上放着装在盒子里的人偶和木雕的熊。东西堆得实在太杂乱无章，使得这个房间同样毫无生活气息。正中央放着暖桌，唯有那里看起来突兀地空洞。暖桌边上堆放着橘子皮，那橙色看起来分外鲜艳。一切都在荧光灯惨白的灯光照耀下。女人窝在暖桌边依旧愕然地仰视着我。

"你可以抱她。"我不由分说地把熏交给女人。女人瞪着眼把视线从我身上移到熏身上，却迟迟不肯抱她。我将熏硬往她手里塞，她才战战兢兢地张开双手抱住熏。女人像抱住脆弱的玻璃珠，提心吊胆地抱着熏，然后像被吸引似的将脸贴上熏的小脸摩挲。熏猛然哇哇大哭，但女人并未停止，仿佛要把自己的气味染到熏的头和脸上，用那干瘪的脸颊不停摩挲。女人毫无表情的脸和刚才我脑海中抱着婴儿的陌生女子在一瞬间重叠。

"之前我叫你别碰她，对不起。"我忍不住如此低语，女人尴尬地停下用脸颊摩挲的动作，把熏塞还给我。熏哭个不停。

"吵死了！既然是她妈妈，就叫她别哭了！"女人说着背对我，撅起屁股把收录音机的音量开得更大。连隔壁邻居都听得见的巨响在屋内响起。我让熏坐在婴儿背带里，披上大衣，手提行李走出房间。

"你要去哪里！"

我正在穿鞋时，女人从纸门里探头出来高喊。

"我去买东西。"我不敢说是要逃走。"有什么要我买回来的吗？"我像平时一样问。女人皱起眉头，来回瞪视我和旅行袋。

"橘子！"她冷冷地撂下话便啪地关上纸门。

我往外走。天空凝重阴霾。我关上拉门，一边抚摩哭泣的熏的背部，一边横穿过杂草丛生的院子走出门外。抱歉，大婶，我不能买橘子回来了。抱歉，大婶。我一边在心中如此反复低语，一边加快脚步。电话中的那个女子想必很快就会报警吧。也许已经报警了。抱歉，大婶。擅自借用你的厨房，还借用了你的棉被，让我有机会替熏煮饭，让我有机会体验生活的滋味，我却无法帮你买橘子回来。

我在心中一边如此重复，一边小跑步走过空无一人的巷子。这几天，熏好像变得重了许多。我上气不接下气，但我不能缓下步伐。该往哪里走？该往哪里走？哪里有我可去之处？去何处才不会被发现？

虽然迈出步子决定先去车站再说，但我气喘吁吁，脚和肩膀都很痛，我在之前遇到女人的那个公园长椅上坐下。那里虽有阳光，但空气冰冷。我朝冻僵的双手呵气。熏把手伸向我的手。熏的小手也是冰冷的。我从旅行袋取出帽子给熏戴上，也替熏的小手呵气，试图温暖她。

该往哪里走？哪里才能逃过追捕？该往哪里走？往哪里走？只有疑问不停在脑海中盘旋，身子却动弹不得。公园里的游客多半携家带眷。推着婴儿车的年轻父母，抱着穿着很多衣服的小孩步行的父亲。笑声在阳光下响起。对了，我这才发觉今天是周日。正面的长椅上，戴着棒球帽的男子正在看报。我不由得抱紧熏低下头。那份报纸上该不会提到我了吧？我径自低着头，窥向男子，刚学会走路的小孩子正在他的脚边玩耍。那小孩战战兢兢地靠近飞落的鸽子后又转头，不知对父亲说了什么。年轻的父亲不予理会，继续看报。对面跑来一个穿白外套的女子，好像是小孩的母亲。小孩冲向母亲，但立刻跌倒。母亲跑过来抱起他。哇哇大哭的声音连我这边都听得见。

远处传来音乐声，耳熟的旋律越来越响。全家出游的假日公园里，唯有那个音乐听来特别亲切。我用大衣裹着熏，提起放在一旁的旅行袋，站起身来。白色小货车沿着人行道缓缓驶来。我跑到路旁，大力挥起一只手。

小货车停下。一个女人从驾驶座窗口探出脸。这人虽然头上绑着跟上次送我水的那个人一样的三角巾，但看起来比较老。

"呃，水，"我说，"上次，你们给过我水。"

"噢，你是客人？先等一下哦，我把车停到前面一点，停在这里会被骂。"女人说着，缓缓把车往前开。我跑着追上去。

把车在前方数十米停妥，女人下了车，打开小货车车门。

"你只需要水吗？哇，好可爱。"

她一边匆匆在小货车里搜寻，一边凑近看熏。

"不是的。呃，上次拿的水让这孩子的过敏好了很多。所以……呃，那个，我想去住住看！"

几近尖叫的声音传入我耳中。女人皱眉，定定凑近看着我。

"我是听朋友介绍的。听说住在那里之后孩子的过敏全好了。所以，呃，我想带这孩子过去住。请带我们去，拜托。"

我低头行礼，女人穿的白色帆布鞋映入眼中。一尘不染的鞋子好刺眼。

"可是这不是我能决定的……"

"那，请带我去见有权决定的人。拜托，求求你，求求你。"

我再三重复。小小的熏发出咿呀声。女人的目光停留在熏身上。

"女的？"她问。我不懂她在问什么，反问了一声："啊？"她又问："那孩子，是女孩？"

"对，六个月大，这孩子不会给你们添麻烦的。我什么都肯做。拜托。"

说着说着，我真的觉得只有那里可去了。

"什么都肯做？这又不是卖身为奴……"女人哭笑不得地说着，转头瞄了副驾驶座一眼，"那，上车吧。虽然我不知道你能不能获准加入，不过，带你去倒是无所谓。只是，我还要跑来跑去四处售卖，要到晚上才回去，可以吗？"女人说着，打开副驾驶座的车门。

女人把车停在沿途经过的公园和社区中庭。"来买哦，来买哦。"她低调地拿着麦克风说。有时一个客人也没有，有时带着小孩的家庭主妇和中年妇女会过来买蔬菜和面包。她催我帮忙，我也下了车，用婴儿背带抱着熏收钱递货。我一直提心吊胆，生怕有人会说"我在报上看过你"，但来光顾的客人连我的脸都懒得瞧，只会摸摸熏，问她叫什么名字、几个月大了。每次我都随口敷衍过去。

天色开始暗沉时，小货车便哪里也不停，开始沿着国道笔直前进。

"你是被赶出来的？"女人忽然在昏暗的小货车中问道——比起疑问句更像是肯定句。我答了声"是"，迟疑是否该像之前告诉康枝的那样捏造身世时，她倒先打开话匣子。

"我是因为老公外遇，最后他们已经公然出双入对。我下班回家一看，我老公和别的女人正在餐桌旁吃饭呢。那简直是人间炼狱。"

"所以……"我正想问她是否因此才会逃出来，握着方向盘的女人打亮转向灯，说道，"幸好遇到 Angel 大人，我才得救。要是不能住在那里，我说不定已经杀了我老公和那女人。"

她喃喃自语。怎么看都像五十几岁的女人，突然说出"Angel"这种词实在很怪异。我蓦地想起康枝用"可疑团体"

这个词形容过那个组织。

"不过，那些都是往事了，是我还在现世受苦时的事。"她又一个人想开似的说着，把车停在路边。

"我要打个电话，你等我一下。"

她说完就下了车，走向自动贩卖机旁的公用电话。

一周，不，三天也好，总之，一定得先找个过夜的地方。接着该去哪里，趁着这段时间再决定就好。如果真如康枝所言，这是什么可疑的宗教团体，到时再逃走也不迟。我一边看着她被青白路灯照亮的背影一边暗想。熏双眼微合地睡着了。

"还要去接一个人。"女人回来后说，"说到这里，我叫文代，古村文代。Angel 大人赐了名给我，但我总觉得不太好意思。"她羞涩地笑着发动引擎。

"今后还请多多指教。"我只说出这句话，低头致意。

小货车在既无商店也无快餐店的昏暗国道上一路奔驰。在铁道口左转，沿着铁轨行驶。铁轨对面终于出现灯光，有个小小的车站，站牌上写着"大久保车站"。我完全猜不出来此处位于哪个县、市。文代下车走向车站，过了一会儿，偕同另一名女子回来。那是个头发染成茶色的女子——大概称之为女孩更适合。她身穿牛仔裤，背着背包，一手拎着便利店的塑料袋。

"挤一挤应该坐得下三个人吧。"文代打开副驾驶座的车门说。女孩钻进来。

"你好。"

她朝着挪出空位的我微笑，语气开朗得就像新来的转学生对邻桌同学打招呼。我也不由得跟着点头道好。

"这不是小宝宝嘛！六个月大？欸，让我抱一下。"

女孩亲热地说着，朝熏伸出手。我解开背带把熏交给她。她凑近正在酣眠的熏，对熏说话。文代再次钻进驾驶座，小货车驶出。

"你也是离家出走吗？"文代一边操控方向盘一边问女孩。

"拜托，我看起来有那么年轻吗？我早已经不是离家出走的年纪了。我是经过慎重思考，自己做出决定，才想去 Angel Home 的。大婶，听说进去之前有考试或研习之类的名堂，是吧？当然也可能无法获准加入吧。这种筛选是怎么判定的，有什么事是绝对不能说的禁忌吗？"

女孩抱着熏噼里啪啦滔滔不绝。文代一脸为难地瞄一眼女孩："别叫我什么大婶好吗！我有名有姓，叫作古村文代。"和之前跟我说话时的态度截然不同，她板着脸说。

女子丝毫不觉尴尬："文代姐，今后请多指教。我叫作泽田久美——泽田珠宝的泽田，永久美丽的久美。你叫什么名字？"她含笑凑近熏熟睡的脸。熏被摇晃，微微发出呻吟。如果被吵醒了，熏肯定又要哭了。"请多指教。"我慌忙从她手里接回熏。

接下来，久美向文代东问西问地打听了半天：怎样才能取得加入 Angel Home 的资格，听说财产会被通通没收是真的吗，要做些什么工作，文代加入多久了，听说那里的人只吃素是真的吗……文代板着脸不吭声，对这些问题一概不回答。

久美似乎终于发现文代不高兴，看着我，对我耸耸肩，从便利店的袋子里取出报纸打开。

"那种东西，不能带进去哦。"文代对刚打开车顶灯看报的久美说。

"那，我看完在路上扔掉。这样总行了吧？"

文代叹了口气，脸朝正前方。

"嗯……禁止带报纸进去啊。那杂志当然也不行喽。"久美一边嘀咕，一边阅读折起的报纸。我漫不经心地看着她的指尖，赫然发现有眼熟的文字掠过视野，目光顿时移向她拿的报纸，然后几乎失声惊叫。我慌忙用一只手捂住嘴。

"指名通缉二十九岁女性""秋山先生的女性友人""以前和秋山夫妻发生过纠纷""原居住地千叶县市川市""野野宫希和子，嫌疑犯身高一百六十厘米"，这些字一齐来势汹汹地映入眼帘。我怀疑现在要是张开嘴巴，心脏大概会扑通一声跳出来，怎么也无法把手移开嘴巴。我的身体不停哆嗦，膝盖不听使唤地撞在一起。久美在狭小的空间里灵巧地翻阅报纸，我的名字被掩盖过去。

让我看那份报纸，让我看刚才的报道。我把已涌到喉头的话硬生生吞回去。

终于来了。追来了。来得这么快。几乎放声尖叫的我用力咬自己的手指。我一手紧抱住熏。

"文代姐，还要开多久？"久美一边翻报纸一边慢条斯理地说。

"你冷吗？"文代没回答她的问题，瞥了我一眼后问道。

我们坐的小货车在既无商店灯光也无路灯的山路上不停奔驰。途中，文代命久美扔掉报纸。

"杂志也要扔？"久美问，文代无言点头，"可是，要扔在哪里？"

"从车窗丢出去。"文代用不容分辩的语气回答。

久美瞥了我一眼，但还是打开车窗，扔掉报纸，再从背包掏出杂志，也抛到窗外。出人意料的是，那竟是婴儿杂志。我眼看着登有我姓名的报纸和以微笑的宝宝当封面的杂志被抛到身后，被漆黑如墨的夜色抹消。我的心跳快得几乎令我反胃。我什么都没看见，报上根本没有我的名字。我拼命这么告诉自己。

前方终于模糊出现白墙。小货车左转，咔嗒咔嗒地晃动着沿墙行驶。久美伸长脖子看着墙。这片墙内就是Angel Home吗？

到了墙的尽头，出现一扇看似异常坚固的铁门。门上有拱顶，毫无灯光照明，因此看不清全貌。文代下车，按下对讲机说了几句话。门缓缓开启，小货车驶进黑暗的门内。扫过黑暗的车头灯，蓦地照亮一排排并立的孩童的脑袋。我吞下微弱的惊叫凝视窗外。

在铺满草地的院子一角密密麻麻排列的并不是孩童，而是人偶。像白陶一样光滑、体形小巧的人偶，排成好几列。令人想起有时在寺庙内会看到的婴灵地藏菩萨。但与地藏相比，还是用人偶来形容更恰当。被车头灯照亮的人偶们，待小货车驶过后便再次沉入黑暗。我犹在转头凝望黑暗中倏忽浮现的人偶队伍之际，小货车停了。

"下车。"文代的声音响起。我与久美面面相觑，默默走下小货车。

眼前是钢筋水泥的建筑物。毫无装饰的白色长方形建筑，让人联想到校舍和医院。入口和窗户都亮着灯，令我松了一口气。我跟在文代身后走向入口。

"感觉好像鬼屋。"走在我后面的久美小声嘀咕，被转过头的文代瞪了一眼。

玻璃门后站着两个女人。一看清我们，她们便打开玻璃门邀我们进去。

"出外布施辛苦了。"两人对文代深深欠身行礼，然后视线移到我身上。

"你带着婴儿啊，可以让我抱一下吗？"其中一人伸出双手，抱起沉睡的熏。两人轮流把头凑近熏。"睡着了。""应该有六七个月大吧。""挺可爱的呢。""是个女娃娃。"她们如此交谈着。两人看起来年龄都像是三十五至四十岁，同样穿着长袖T恤和运动裤。我和久美呆立原地眺望建筑物内部，文代替我们拿来拖鞋。

建筑物内部也很像学校。入口有鞋柜，白墙上装饰着淡彩图画，画的是很普通的花。我向久美使了个眼色，脱鞋走进室内。拖鞋冰凉的触感从脚底上涌。

文代正与出面迎接的两人小声交谈。抱着熏的长发女人对我们说："今天已经很晚了，明天再办手续吧。我先带你们去房间让你们休息。"

她依旧抱着熏，穿过走廊，走上楼梯。我和久美尾随在后。我本来还担心熏醒了会哭，但她在陌生人怀中倒是睡得很安静。建筑物内悄然无声，我和久美发出的拖鞋声啪嗒啪嗒地回响。这里虽然安静，却有人的气息、生活的气息。若有似无地散发着香甜糕点的气味。走廊和楼梯上，不见任何纸屑。虽像学校，但安静与清洁感倒令我想起"修道院"这个名词。

女人带我们去的，是两坪①左右的小房间。窗上挂着米色粗布窗帘，墙边放着双层床，还有一张不锈钢桌子。家具只有这些，房间非常冷清。

"盥洗室和厕所在走廊尽头，浴室在一楼。洗澡时间是规定好的，不过现在去洗还来得及。"

长发女人对愣在原地环视房间的我与久美说。

"还有，待会儿我会拿文件过来，请你们在明天之前填妥必

---

① 约合 3.3 平方米。

要事项。"

女人温柔地微笑，抱着熏就想离开房间。

"那个，请把熏还我。"我惊愕地挡在女人面前。

"噢，她叫作小熏啊。你放心，我们会好好照顾她的。"

"啊？什么，那怎么行？不用麻烦你们，我自己会照顾。"

女人蓦地用怜悯的表情看着我。

"那今天你也睡在这里好了。"她小声对睡着的熏说，轻轻将她交还给我。

女人拿来的文件上尽是奇怪的问题。虽有姓名和出生年月栏，却没有住址和联络电话栏。可是话说回来，从小学到最高学历都要追根究底，就连就业记录也必须尽量详细地填写。我抱着写履历表的心态填写，却又出现"喜欢的颜色""不吃的东西"这类有点幼稚的问题。我一边苦恼到底该交代到什么程度，一边一一填上答案，最后写到目前持有的银行账户及存款金额这一栏。

可疑团体，劝诱加入。我想起康枝说过的话。如果要在这儿生活，就非得把所有的存款双手奉上不可吗？

门骤然被打开，我吓了一跳，连忙转身。顶着一头湿发的久美走进来。她穿着跟刚才的女性一样的长袖T恤与运动裤。

"澡堂像温泉一样，很舒服哦，而且都没人。毛巾和肥皂都有，只可惜没有吹风机。更衣室里已经放好内衣和T恤了。T恤我还敢借来穿，内衣就有点那个了。你也去泡个澡吧？如果带宝宝一起洗不方便的话要我帮忙吗？"她一边气也不喘地一口气说完，一边探头凑近我的手边。大概是瞄到"银行账户"这几个字，她瞥我一眼，说："这里，据说会把钱全部拐走。"

"我该诚实填写吗？久美，你说呢？"我问。

"我会照实写，反正我只有三十万日元左右。如果能换得留在这里有吃有住，我觉得很便宜。"

久美说完，凑近探视睡在下铺的熏，轻拍她的小肚子。我仍在迟疑地凝视笔尖之际，背后传来久美低沉的声音。

"我是无处可去才来这里的。据说，我俩大概从明天开始就会接受研习。如果合格就能留在这里，不合格就会被赶出去。只要能留下来我什么都愿意做，就连我不相信的，我也会假装相信。至于你嘛……喂，你叫什么名字来着？"

"希和子。"我说。本想捏造假名，但是如果看到存折上的姓名，立刻会被拆穿。我一边祈祷久美不记得之前的那篇报道，一边细声低语："野野宫希和子。"

"希和子，你怎么会来这里？是被谁拉来的吗？这里的宗旨吸引你？"

"我也是走投无路才来的。"

看到久美听见我的名字也毫不惊讶，我深感安心，如此说道。本来，就连 Angel Home 是什么样的地方，是不是宗教机构我都不知道。我以为久美还会追问，但她什么也没问，反而说：

"那么，你还是照实填写比较好吧。我虽然听过关于此地的传言，比方说会骗钱啦，会彻底压榨劳力、等你没有利用价值就把身无分文的你赶出去云云。但在我看来，又不是会被谋杀，就算传言是真的，也没什么大不了的。"

这时，被抛到夜色中的报纸浮现在我的眼前，然后我灵光一闪。文代说过，报纸杂志都不准带进这里面。也就是说，只要待在这里一天，我的身份就绝对不可能暴露。虽然我没详细看过报道内容，但我被当作嫌疑犯公布姓名已是不争的事实。那么，我比久美更加走投无路。待在这里，只要不被这里的人发现我的底细，说不定我就可以和熏相依为命。这里可以提供给熏吃饭和睡觉的地方。

熏细声呻吟。我走近床边。她皱起小脸，像抗拒似的不停摇头，发出细细的喘息。"不哭，不哭。"我喃喃念道。久美将手指滑过熏的额头，开始低声唱起摇篮曲："乖乖睡，宝宝睡。"熏半睡半醒地将大拇指伸到嘴边，开始吸吮。安静的房间里只听见久美的摇篮曲。

"久美，你有小孩吗？"我鼓起勇气问。

"今年四月就满三岁了，可惜被抢走了。"久美轻抚熏的额头回答。

"被抢走？"我不解其意，心头猛地一跳。

久美没抬头，嗫语道："被我前夫——更准确的说法，是被我前夫的父母——抢走。如果当初我生的也是女儿就好了。那样的话或许不会被抢走。"

我凝视久美的侧脸。仿佛在一瞬间，从那干燥褐发下的侧脸窥见，看起来犹带稚气的久美，曾经经历过的那些我无从得知的日子。

三月二日

到今天为止的这两周，我一直在接受所谓的研习课程。其间，除了最低限度的必需品，其他物品一概被迫交由她们保管。在接受这项她们称为"study"的研习期间，熏被强制带离我身边，只有晚上睡觉前才被送回。起初我很抗拒与熏分开，但她们说如果不服从规定就无法获准在此生活，我只好同意。白天，想到不知是谁以什么方式照顾熏，我就忐忑不安。不过夜里交还到我手上的熏，身上的小红点已消失，尿片和衣物也被仔细换过。

这里虽有人的气息，却很少遇见别人。我偶尔会在盥洗室或浴室遇上陌生面孔，但大家都只是默默点头行礼。

参加研习的，有我和久美，还有德田女士这位四十几岁的家庭主妇，以及二十岁的沙绘，几乎跟我同龄的三枝。这三人，是在我们抵达后的第二天下午来到此地的。

指导员被称为"mother"，是两名分别叫作田边艾雷米亚和诸桥莎莱伊的女子。她们在这两周每天指导我们五人。她俩年纪都在四十五至五十岁。那奇妙的名字似乎是这里的人取的。

两人脂粉未施，莎莱伊笑脸迎人态度亲切，艾雷米亚看起来却很难相处。

两周前的研习第一天，负责指导的女人说的头一件事，就是 Angel Home 并非宗教团体，而是所谓的志工团体。据她说，此地是在现世具象化的天堂乐园，她们是在义务向世间宣扬"乐园"的存在及其生活方式。

然后诸桥莎莱伊扫视我们，问道："你是男的还是女的？"因为不懂她想问什么，我们五人试探的视线交错。

"那还用说，当然是女的。"年轻的沙绘笑言，气氛顿时放松了一些。于是莎莱伊慢条斯理地又问："为什么觉得是女的？这种想法从何而来？"

"有乳房，没有小鸡鸡。"沙绘回答。

"就这样？其他的人觉得呢？"她继续问。

"有月经。""会生小孩。"久美与德田女士细声回答。

诸桥莎莱伊未予反驳，又说："我再问一次。有乳房、有月经，所以你就是女的？不是男的？"

"应该是女的吧。"沙绘这次没什么把握地说。

"告诉我这个想法从何而来。"莎莱伊又问。这样的问答可以持续两三个小时。

到了十二点，午餐被装在托盘上送来，两名指导员走出房间，我们五人就吃送来的食物。久美之前说听说这里只吃素，但塑料容器里装着煮什蔬和蒸鸡肉。

"好怪的问题。""这种把戏,该不会一直玩下去吧。""下次,干脆试试改说'是男的'好了。""可是,万一她又问这种想法的根据呢?"由于指导员不在,彼此只知姓名的五人不知不觉打成一片,聊了起来。

指导员在一点回来,又开始重复"你是男是女"这个问答过程。

"那我问你们,"两点过后,莎莱伊终于换了另一个问题,"没有乳房隆起,没有月经的十岁小孩,就是男的吗?"

"可是如果没有小鸡鸡,就算是小孩也是女的吧。"沙绘当下说。

"身体特征就是判定是男是女的根据?"艾雷米亚当下问道。

我几乎完全没发言,一直默默旁听问答,但指导员到底想指导什么、想让我们明白什么,我完全无法理解,同时也觉得这只是在浪费时间。结果,这天艾雷米亚和莎莱伊都只抛出问题让我们发言回答,并未说出真正的答案是什么,就这样结束研习。时间已过了晚间七点。

之后,每天都重复类似的内容。你是年轻还是年老。你是美还是丑。你是胖还是瘦。两人抛出这样的问题,让我们发言,然后没说出正确答案就结束那天的研习,甚至还问过"你是鸟还是鱼"这种可笑的问题。

这样的日子持续数日后,我渐渐开始觉得接受研习很荒谬。是男是女,是鸟是鱼,怎样都好,总之,只要赶快结束,让我见熏就行了。脑中只有这个念头支撑我熬过时间。

　　昨天，发生奇妙的事。这天问的不是"是男是女"这种二选一的问题，莎莱伊问的是"你最想得到的是什么"。沙绘早已习惯这种气氛，甚至刻意搞笑逗大家开心。她率先回答"美貌吧"，引起大家的咻咻笑声。

　　"即使美貌这种东西丝毫不能派上用场，你也想要美貌吗？"莎莱伊慢条斯理地反问。

　　"怎么可能丝毫派不上用场？要是长得漂亮，不仅能吸引大家回头注目，也会很受男生欢迎，还可以当模特或明星，跟条件好的人结婚。我觉得美丽就是力量。"

　　听了沙绘的回答，这次轮到艾雷米亚间不容发地说："那么，照你说的，美貌并非目的，而是手段喽。那么你想利用美貌得到的是什么？权力？工作？嫁入豪门？你必须回答这点。"

　　艾雷米亚和莎莱伊不同，她很少笑，声音又低沉，因此一旦说到激动处，给人的感觉就像在骂人。沙绘略作思考后，咕哝道："分手情人的心。"

　　"这话怎么说？"莎莱伊用安抚小孩的语气问，沙绘就像发烧时发出呓语似的噼里啪啦说出自己的失恋经过。本是大学同学的男友，开始跟别的女生交往。为何自己惨遭抛弃？为何男友选择的是别人，不是自己？她怎么想都不明白，想来想去唯一的理由就是——虽不愿承认——第三者在容貌姿色上的确略胜一筹。如果自己比对方漂亮，男友选择的一定是自己。这就是沙绘的故事。这是二十岁这个年纪常见的烦恼，所以我半带微笑地倾听，但沙绘说到一半忽然哭了，她这么一哭，会议室弥漫的氛围顿时和昨日相比有了微妙的变化。本来被不明所以的问题弄得困惑不悦的气氛当下一扫而空，大家都热心聆听沙绘的叙述，并且积极等待两名指导员对此做出反应——至少我是这么感觉的。

"如此说来，前男友的心也是手段喽。"莎莱伊柔声说。

"美貌也是手段，前男友的心也是手段。你真正想要的，并非那些东西，而应该在更深处才对。"她如是说道。

这次轮到久美突然主动开口说她想要的是钱。她几乎讲了自己的身世。

"我二十四岁那年结婚，本来婚前说好和公婆分居却因怀孕开始同住。二十五岁时生下儿子，婆婆却霸占宝宝独自照顾，不肯让我抱小孩。慢慢地，孩子一被我抱就会哭。丈夫每次都站在公婆那边，不听我解释，渐渐开始不回家。我发现他在外面有了女人，为此责问他，他却说每次回家听我抱怨已经听烦了，公婆得知儿子有外遇也坚持说这都是我的错。我带着孩子离家出走，丈夫和他父母却追来把小孩带走，甚至打官司抢走了我的监护权。"久美一口气说完。

我一边听着，一边暗忖，久美该不会是故意的吧？她说过就算什么都不信她也会假装相信，以便留在这里。所以她该不会是为了讨好指导员，故意主动说出那种故事的吧。但是，久美接着几乎像在尖叫般嚷着：只因为没钱便无法继续打官司，只因为没钱便不被承认做母亲的资格，只因为没钱才无法带着儿子逃得远远的。最后她把头埋进双膝之间，呻吟着说"我不甘心，不甘心，不甘心"，然后像沙绘一样哭了出来。德田太太和三枝也跟着哭起来，室内只有静静的哭声。

然后研习就成了告白大会。

德田太太说她的独生女乖戾不驯，最后甚至开始在家里动粗。她说想要的是过去。她想回到过去，重新和女儿建立关系。三枝则说，她无法原谅和客户偷情的自己。她希望有终止偷情的勇气。大家都像被传染了似的边说边哭，边听别人倾诉边哭。

轮到我时，我该说什么好呢？我一直在思考这个问题，无法对任何人的叙述投入感情。大家突然集体歇斯底里般地那样哭哭啼啼，令我感到很不可思议。

四人结束告白后，两名指导员瞄了我一眼。

"不用勉强发言。"虽然莎莱伊这么说，但如果我现在不吭声，我怕她们会怀疑我有不可告人的隐情，于是我也开口了。

我说自己跟三枝一样，和公司的上司谈恋爱。我以为我们将来会结婚，他也这么说过。安静的室内，只有我的声音响起。

我把跟康枝说过的故事重新组合，说到这里就闭口不语。六个女人定定地看着我，其中也有哭肿的赤红眼睛。她们在等我开口，室内悄然无声。这时，不知为何我忽然好想把一切——

真正的一切——当场说出来。这些人中没有一个会责备我，也不会把我从这里赶出去。没有人会认为我是罪犯，没有人能拆散我和熏。我确信地想。所以，就在这里，毫无保留地和盘托出吧——

要抑制这股冲动出乎意料地艰难。我凭着脑中仅存的百分之几的理性，勉强把冲动按捺下来。我做了个深呼吸，一边慎重选择用词一边叙述。

男友还没办妥离婚，我就已怀孕。这事被他太太发现了。他太太打电话来骚扰我，打了很多次，她说绝不离婚。他也求我把孩子打掉。但我还是生了，我独自生下熏。

不知不觉中本该是字斟句酌的话语竟仿佛未经大脑般脱口而出。我边说边想。这是骗人的。这是真的。不对，这全都是我的愿望，生下那时怀的孩子。不管别人怎么说都坚持生下来，就算凭我一个人的力量也要抚养孩子。我说的是我无法实现的心愿。

我说，所以我想要的是未来。我和生下的孩子能够共度的未来。没有任何人可以夺走的未来，我想要的只有这个。

回过神才发现我也哭了。我既未对在场的女人敞开心扉，也没说出什么真相，明明用理性成功地敷衍过去了，但我却难忍抽泣，不停地吸鼻子、哽咽，最后甚至哭得说不出话。室内再次响起一群女人的啜泣声。

"美貌、金钱、平稳的生活、结婚的保证，还有未来，你们不觉得那些都是手段？大家不妨想想看在手段的前方，你真正想要的东西是什么。"

莎莱伊谆谆教导，结束了这天的研习。两名指导员离开后，大家心神恍惚地坐在原地。那晚，和熏睡觉时，我暗忖那究竟是怎么回事。不过，无论是真是假，有人肯听自己说话，可以放声哭泣，的确有种奇妙的舒适感，大家或许都沉醉在那种滋味中。

而今天，仿佛根本没发生过什么告白大会，又重复起与第一天类似的问答，再次回到"你是男是女"这个问题。

"我本来以为自己应该是女的，但或许，其实我不是男人也不是女人。"久美如此发言，旋即被质问这个想法的根据。久美答不上来这个问题。

我在几乎无人发言的时间中茫然思考。如果我不是女人，秋山先生不是男人，那么，过去我一直饱受折磨，而且至今仍摆脱不了的痛苦不就都没了吗？

"野野宫小姐，你觉得呢？"莎莱伊问道。

"我的想法或许很幼稚……"我先声明，然后将脑中的想法脱口而出，"如果不分什么男人、女人，我想，或许会更轻松……"

"这并不幼稚。"莎莱伊说，"也就是说，如果我们能以灵魂与人相遇，我们的痛苦或许就都不必要了。自己是女的，自己不年轻，自己长得丑——你不觉得这些一心认定的想法，其实都是多余的包袱？只要肯放手，你不觉得会轻松许多吗？"

大家顿时一脸恍悟地看着她。听到这里，我好像终于明白此地的理念与研习的用意了，想必是把关注点放在灵魂而非肉体吧。她们想通过这两周可以说是毫无意义的问答，让我们切身理解灵魂这种东西的存在吧。在我心中，既感到的确如莎莱伊所言，又觉得她们的理念并无什么新意。今天研习比平常提早结束，指导员宣布"study 到此结束"。

根据久美的情报，研习结束后会有个别面谈，到时将会决定能否留在这里。这纯属传言，我们五人并没有接到任何关于明日行程的通知。

一回到房间，陌生女子就把熏带来交给我。我感觉得出熏看到我时似乎松了一口气。这两周的前半段时间，她不知哭得有多惨，想到熏的小脸上挂着泪痕我就心疼。研习结束，我是否终于可以获准与熏终日厮守了呢？

三月三日

上午九点左右，艾雷米亚来喊我们，叫我们坐上小货车。今天不用和熏分开，令我松了一口气。我在 Home 发的 T 恤外面套上大衣，和一起接受研习的四人坐上停在入口前的白色小货车。和卖水卖菜的小货车不同，这是辆老旧的丰田 HIACE。

莎莱伊坐上驾驶座，艾雷米亚坐上副驾驶座，小货车驶出。

外面是阴天。我从车窗眺望当初来时暗得看不清楚的院子。相当辽阔的院子里，铺满修剪得很整齐的草皮。杳无人迹。角落里依然排列着白色人偶。既没有插上鲜花，也没有摆上供品，只有五十具左右的光滑人偶列队伫立。我觉得毛骨悚然，但久美和另外三人似乎都没特别在意。安静的车内只有熏的咿呀儿语轻轻响起。

车钻过拱门来到外面。我觉得好像已与外面的世界暌违许久。

"我们要去哪里？"沙绘问，但前座的两人不发一语。小货车把白墙抛在背后往前驶，我将额头抵在窗上向外望。车子走的是下山的山路，右方徐缓的崖面上和左方的杂树林中都有醒目的垃圾。之前待的 Home 一尘不染，因此遍布垃圾的山路看起来格外别扭。塑料袋和从黑色袋子里露出的录影带、卷成一团的床单和衣物、分解的手提式音响、生锈的自行车、被雨淋湿的报纸及书籍。我想起当初来这里时，文代曾命令久美将杂志从车窗扔掉。

下山后沿着国道走了二十分钟，在一栋像 Home 一样冷清的建筑物前停车。我们奉命下车，鱼贯走出小货车。带狗散步的中年女人停下脚步，远观走下车子的我们。我觉得似乎已从那个中年女人的世界来到一个相隔非常遥远的场所。

建筑物入口写着"谷原诊所"。我们跟在两人后面进入建筑物。候诊室和走道都没有门诊病人，一派清闲。挂号的柜台窗口垂着格子布帘。

两人叫我们在候诊室的长椅上坐着等，便走到里面去了。熏一边出声一边把手伸向墙壁。我视线一转，墙上贴着雏人偶照片的日历。我这才发现已经三月了。

"这是雏人偶哦，熏。这是天皇和皇后，这叫作雏人偶。"我从长椅上起身，凑近日历以便看得更清楚。一算日期，今天正好是雏偶节①。这是熏第一次过雏偶节，我却只能给她看照片上的雏人偶，令我很懊丧。什么时候我才能替这孩子准备专属于她的雏人偶呢？

我这才发觉今天是周日。难怪诊所空无一人，原来今天休息。

"不知她们想对我们做什么。"沙绘坐立不安地低语，"希和子，你倒是不紧张。"她对着正在翻日历，给熏看樱花及鲤鱼旗照片的我说。

"刚才不是经过商店了嘛，就算要求她们回程让我去一下店里，她们恐怕也不会答应吧。"久美仰望天花板说。

"久美，你想买什么？"三枝问。

"我想买零食，好想吃点又甜又油的东西。那里的食物实在太清淡了。"沙绘回答。

---

① 又名女儿节，每逢三月三日，有女儿的家庭会摆设雏人偶，献上白酒、桃花等供品。

"我倒是想看杂志。"久美慢吞吞地拖长音调说。

杂志。我把掀开的日历恢复原状，视线扫过候诊室。这里如果是为一般人开设的诊所，应该有报纸和杂志吧。我有种错觉，仿佛每份报纸和杂志上都大大地印着我的姓名。不过，设在角落的书架上只有被翻烂的儿童故事书，令我安心地深深吐出一口气。

艾雷米亚一手拿着纸杯回来。她发给我们每个人，说要验尿，看来是要让我们做体检。目送大家走向厕所，我问："这孩子也可以做体检吗？"她默默点头。

神啊，我在心中呐喊。自从在那个老妇家中看到母子手册后我就一直耿耿于怀。熏从二月起就没再做过任何健康检查，也没接种疫苗。只要待在这里，应该就能得到最低限度的医疗照顾。啊，神啊，谢谢您。我一边在心里呐喊有生以来从未说过的台词，一边匆忙走向厕所。

我们接受了和我以前在公司做的定期体检项目几乎完全相同的检查。验尿、验血、照 X 光、做心电图，然后是妇科检查。这里只有一名女医师和几个护士在场。女医师似乎和莎莱伊她们认识，检查期间还随口谈笑。做完一连串例行公事的健康诊断后，医师喊到熏的名字。她命我脱去熏的衣服，把赤裸的熏抱在膝上。

"你带母子手册了吗？"女医师在诊疗室问我，我心头一惊。我强掩动摇答道："我没把母子手册带到 Home。""几个月大了？"女医师问，我回答她是七月三十日生的。医师把听诊器放在我膝头的熏身上，检查她的眼睛和嘴巴，测量胸围做听诊。熏瞪大眼睛，浑身僵硬不敢动。医师问完是否会夜啼、是否容易发烧等问题后，一边在病历表上奋笔疾书，一边又快又急地说："那已经打过 BCG① 了吧，DPT② 打过几次？小儿麻痹呢？会过敏吗？"我的脑袋一片空白。"神啊，谢谢您"这句自己说过的话，在那片空白中虚无地浮现。女医师定睛凝视什么也答不出来的我。

"你只怀过一胎？"她嗫声低问，我顿时别开目光。诊所洁白光滑的地板映入眼帘，地上掉了一根很细的头发。我心跳加速。

"她不过敏。"我没回答女医师的问题，只说了这么一句。声音，哑得连我自己都听得出来。女医师盯着我看了半晌，最后抱起熏让她躺在诊疗台上。熏舞动小脚，皱起脸左右扭动身体。

"啊，她马上就会翻身了。"女医师凑近熏，轻轻将手放在她背上。熏打个滚变成趴卧。她已经会趴了，这件事令我惊愕得猛眨眼。虽然脑中仍然一片空白，心跳快得几乎想吐，但熏的样子实在太可爱，我不禁扑哧笑了。笑声也在颤抖。女医师触摸躺卧的熏的手脚，抱起来还给我。熏当下等不及似的哭了。

---

① Bacillus Calmette-Guérin 的缩写，结核疫苗，即卡介苗。

② Diphtheria,Pertussis and Tetanus vaccine 的缩写，白喉、百日咳、破伤风的三合一疫苗。

"一个月一次，会有别人去 Home 巡诊。如果有什么问题，到时你再跟她说。若是发生紧急状况，告诉莎莱伊就行了。"

女医师向给熏穿上衣服的我说完，便走出诊疗室。

我抱着熏，战战兢兢地走出诊疗室。女医师和艾雷米亚、莎莱伊三人，正在走道角落窃窃私语，一定是在谈论我吧。经过妇科检查，她们或许已发现我并未生过小孩。今天，也许我就会被赶出去。

"没事，没事哦。"我哄着哭泣的熏。

"啊——哭了呀。小熏，待会儿阿姨买冰冰给你哦。"久美凑过来哄她，但她把脸一扭，哭得满面通红。"奇怪，每次只要这么一说，我家那小子就不哭了。"久美笑着说。

跟来时一样，我们全体钻进小货车，离开医院。

"那边有便利店，我想去一下。"经过国道边的便利店时沙绘说道。但艾雷米亚和莎莱伊当然都没应声。沙绘哼地嗤之以鼻，别扭地玩着指甲。我从车窗旁看着车子驶过便利店。店面的颜色看起来格外鲜艳。我忽然跟沙绘一样，涌起在那五彩缤纷的店内物色零食和饮料的渴望。想给熏买冰激凌与巧克力，夸她一声"诊疗时都没有哭，好乖哦"。

但下一瞬间，我倾身把脸贴近窗口，油门踩得过猛害得我的额头撞到了玻璃。

"希和子，你也想去便利店买零食吧？小熏也想吃冰冰吧？"

对于沙绘优哉的声音，我想报以微笑，却只能发出颤抖的气息。驶过便利店时，我看到路旁竖立的社区布告栏上贴着放大的女人面部特写。如果没看错，那是我的照片，是留着长发、脸颊丰润时的我。

"如果想吃零食，那好，这个给你吃。"莎莱伊转头递给沙绘一样东西。

"天哪，醋昆布。这种东西我才不想吃呢。"

小货车内响起低笑声。抱紧熏的我也试图挤出笑容，但不知道是否成功。便利店和布告栏，即使转头回顾也已远得看不见了。

我看错了，一定是看错了。我害怕万一身份被揭穿，熏会被抢走，所以一看到指名通缉的照片，就以为是自己。

"没事，没事的。"我抱紧已经不哭的熏，不断如此重复。好想赶快回去，回到那道白墙内。

我紧紧搂着熏，在心中祈祷般地如此重复。

三月四日

正如久美所言，上午，我们被一一叫去之前接受研习的房间。久美是第一个去面谈的，即使向她打听那些人问了什么或说了什么，她也不肯透露半个字。快中午时，艾雷米亚来喊我。她叫我只要带着贵重物品过去就好。我抱着熏，拎起目前算是我所有身家财产的旅行袋，前往昨日尚在研习的房间。长桌对面坐着莎莱伊与艾雷米亚，以及两个我不认识的女子。桌上放着我之前填写的资料。她们的对面放着一把椅子，莎莱伊含笑叫我坐下。

"你有何打算？要留下？或者，要回家？"把一头花白长发绑在脑后的女人问。

"如果可以，我想留下。"

"为什么？有什么不能回家的理由吗？"艾雷米亚间不容发立刻问道。

"我想再多学习一点。"我说。我只能发出微弱的声音，甚至令人担心对方听不听得见。四名女子定定地注视着我。我垂眼往桌下看，只见四双白色帆布鞋。说到这里，我忽然想起一件无关紧要的事：文代也穿雪白的帆布鞋。之后就没再见过她了，文代现在在哪里呢？

四人盯着我，谁也不吭声，我只好先开口。我已经豁出去了。就照久美说的，能巴得住就尽量巴住她们吧。如果这样还是会被赶走，那我也只好死心。我只能努力地继续寻找与熏相依为命的场所。

"研习的——"

"是 study。"我才开口就被艾雷米亚纠正。

"study 的最后一天，你们说一心认定的价值观或许全都是不必要的包袱。我觉得也许真是如此，但我还没有到完全认同的地步。如果现在问我是男是女，我大概还是会回答：我是女的。我想再多了解一点，想学着如何把苦恼和不必要的包袱一起扔掉。可以的话，我也不想让这个没父亲的孩子背负不必要的包袱。我希望她的人生能够摆脱痛苦与烦恼。"

我一口气说完。我是真心这么想的，抑或是为了讨好她们才这么说的，连我自己也不再确定。四人纹丝不动地看着我。我闭上嘴后，经过片刻沉默，绑头发的女人依旧盯着我，问道："你以前堕过胎吧？"

我定睛凝视她，这个脂粉未施、头发绑得很紧的女人。是的，她们全都知道了。这些女人，知道熏不是我的小孩。说话呀。怎样都行，只要能留在这里要我怎样都没关系，所以你们开口吧。

我心跳快得几乎从嘴巴蹦出来，手和膝盖不停哆嗦，嘴里干得要命，但一瞬间，脑中的某处却似乎倏然清醒，变得格外安静。我维持抱着熏的姿势，滑下椅子跪在地上，像要磕头求饶般深深垂下头。

"我在 study 时说的，是骗人的。那是我的心愿，我很想生小孩。这孩子是我前男友托我照顾的孩子。我想替他生小孩，可是不能。我心想这孩子要是我的小孩，不知该有多好。有时我会变得不太确定，有时也会以为这孩子本来就是我生的。"我脑中冷静的那处，听着自己尖声狂吠。泪水夺眶而出——是伤心，抑或是刻意哭给她们看，连我自己都不明白。流出来的泪水滴落在地板上。

"托你照顾？我看是你偷偷带来的吧？"声音落在我低垂的

头上。

"不是的。他跟我的恋情被发现，他太太丢下孩子离家出走了。之后一直是我在照顾这孩子，因为他完全不肯带小孩。他太太向我跟他要求精神补偿费。他说，他的生活已经变得乱七八糟，所以开始把气撒在我身上。他说压根儿不打算跟我结婚，要把这孩子交给福利机构。所以我就说，与其把孩子交给福利机构还不如让我来抚养。可是，他放狠话说不打算与我和熏一起生活。"自己滔滔不绝的声音，听上去仿佛另一个人在说话。熏扭来扭去，试图逃离我紧抱不放的双臂。"我想跟这孩子相依为命，但我什么也无法相信了。如果继续照常过日子，迟早有一天这孩子会发现她父亲抛弃了她，她会跟我一样痛苦。如果真有毫无痛苦的世界，我想带着这孩子一起去。请帮帮我们，救救我们，让我们在这里舍下不必要的痛苦。"

我说完后，室内顿时一片死寂。怀里的熏在我耳边喷着湿热的气息。对于我的叙述，她们是信，还是不信？我们能留下，抑或被赶走？心跳渐渐恢复原状，手脚的颤抖也渐渐平息。一切看着办吧，我心念一转豁出去了。随她们怎样都行，要赶我出去就赶吧，反正不管去哪里，我都要和这孩子好好活下去。

"你先在椅子上坐好。"艾雷米亚的声音响起，我缓缓起身，坐回椅子。我无法抬头。我吸着鼻子，用袖口拭泪。

"你好像有不少存款，这笔钱你也可以放弃？"

存款。我倏地感到一线光明。久美之前说财产会被通通吞掉，或许是真的。若真是如此，那我应该有留下来的机会。父亲的保险金和存款，再加上我的积蓄，的确是一笔巨款。那笔钱，应该足以成为我留在此地的理由吧。若能与熏一起生活，就算要放弃用父亲的死换来的钱，我也毫不可惜。不，真是如此吗？万一一年后我就被赶出这里，到时身无分文该怎么办？我头晕目眩地思索。

"两年前家父过世了。"我还未整理好思绪，就这么出声说，"这是当时收到的保险金，以及家父遗留的财产。熏没有父亲，所以我本来打算在我能外出工作前先靠那笔钱和熏过日子。因此，若能和熏住在这里，那也是不必要的包袱。因为熏和我需要的不是钱，而是没有痛苦的世界。"

随你们看着办吧。随你们看着办，一年后的事一年后再想就好了。我脑袋深处嗡然作响，几乎麻痹。

"那么，请你在这份文件上盖章，然后把存折和银行印鉴交给我们保管。"

莎莱伊笑吟吟地说。我从皮包内取出那些东西放在桌上。一看递来的文件，原来是承诺书。

承诺书

本人赞同 Angel Home 的宗旨，希望加入，共同生活。因之，循其基本理念，在此立誓将以下所有物无条件全权委由 Angel Home 使用。

下方是空白栏。

"在这里，填入你名下的所有财产，包括有账户的银行名称和存款金额，另外，如果有不动产或股票也要写上去。"莎莱伊用宛如在指点我写考卷的语气说。

"现在，虽然有人说我们骗财，但其实根本没那回事。"一直保持沉默的短发女人开口说。

"那种事，这个人不知道啦。"艾雷米亚小声制止她。

"不。艾雷，先说清楚比较好。有些笨蛋明明是自己要离开这里的，却要求我们归还财产，我们不予理会就大吵大闹，其实我们可不是为了中饱私囊才这么做的。我们啊，只是想强调，真正的幸福唯有当你放手才能得到。成员放弃的东西我们也放弃了，所以才能有这里的生活。在我们这里随心所欲地吃饭、洗澡、睡觉，怎么可能事后再要求原封不动地把钱拿回来呢。"

"好了，莎库。"

绑头发的女人戳戳短头发的女人，但她犹不罢休。也许是收不住口吧，她涨红脸颊，越说越激动。

"任谁都应该知道，住在这儿又不是住在天堂乐园，当然有人身无分文，也有人像这个人一样带了几千万来。Angel 大人是一视同仁的。动不动就嚷嚷什么还钱不还钱还有什么强盗骗子的，真是气死人了。我真想问问那些人到底在这里学了什么。"

"你现在跟她说这种事也没用。"

"可是她说不定将来也会吵着要我们还钱。这种大富翁，搞不好在这里住上一两年就会吵着让我们全额退款。我只是想提醒她，现在签承诺书是否已经弄明白这点。"

"唉，莎库，你真是的。她都已经说结束 study 后还想继续学习了。"

"可是莫奇玛露不也是——"

"现在这事跟莫奇玛露无关吧。"

"况且现在也不是谈这种事的场合。如果真想谈这个，晚上 meeting 时再谈也不迟。"

四个女人小声争执了半天，我目瞪口呆地旁观。比起我带着一个不是亲生的婴儿，还不还财产难道更重要吗？她们真的相信我捏造的故事吗，抑或那种事对她们来说根本无所谓？不过话说回来，她们争执的样子就像一群抱怨青菜或鱼肉涨价的三姑六婆，害我原本那种站在悬崖边生死未卜的感觉顿时被冲淡了。这里该不会根本不是什么宗教机构，而是一个聚会场所吧。

我从头一天就发现，这里似乎只有女性。那晚迎接我们的人、指导员、接受研习的五人，通通是女性。有时在建筑物内擦肩而过的，也是各个年龄层的女人。当初来这里时，文代曾问起婴儿性别，如果当时我回答"是男婴"，说不定她根本不会答应让我上车。

况且，看来大部分女人都各有坎坷身世。文代曾提过她丈夫外遇，久美也说被剥夺监护权。

我想，这里一定也有"人受到世俗观念束缚"或"灵魂重于肉体"之类似乎在哪儿听过的教义吧。想必也有种种规定，而在那每一项规定背后都有听起来很合理的理由。但是实际上，这里也许只是聚集了一群无法继续原有生活的女人，她们完全没考虑到什么灵魂或乐园云云，纯粹是想逃避才来到这个地方，于是就有了所谓的 Angel Home。冠上"艾雷米亚""莎莱伊"这些古怪的名字，说不定只是她们想得到没有痛苦的新生活这个极其单纯心愿的表征。

我拿起放在文件上的圆珠笔。小声争论的女人蓦地噤口，定睛看着我的手。我在她们的注视下，填上银行名称和存款金额。

我同样打从心底祈愿。再怎么可笑的名字都好，只要不是"野野宫希和子"，叫什么都无所谓，请给我一个未被污染的新名字，让我今后得以踏上毫无苦难的人生，让我得以确保不受任何人追捕，有一个不必遭到审判论罪的安居场所。

熏把小手伸向圆珠笔，害我把字写歪了。我只好重写。写完数字的最后一个零时，我感到一种难以言喻的安心。不，那是安心吗，抑或是自暴自弃下的解放感，我无从判定。不过，倒是有种卸下背上沉重巨石的快感。

然后，我把存折和银行印鉴都交给她们。以父亲生命换来的三千七百五十万和我自己剩下的存款八十万零几百日元，就在这天拱手让出。

三月二十日

我被正式认可为成员。研习者中，获准留下来的只有我、久美，以及沙绘。三枝与德田太太无法留下居住，只能从自家每天往返，从事被称为"work"的工作。沙绘不知从哪里听来的，说德田太太是因为自我主张太强和艾雷米亚大吵一架，三枝则是因为拒绝交出财产。然而实际上筛选标准到底是什么，我们根本无从得知。

离开名古屋已有一个月。我疯狂渴望知道警方目前搜查到什么程度，对于我的行踪已查出多少，有时甚至不安得几乎失声尖叫。但我不能问任何人，在这里也没机会打听。我只能告诉自己，警方不可能找到我。

我们三个留下的人，到昨天为止每天都在从事所谓的"pre-work"——白天劳动，晚餐后和几名成员一起开会。劳动内容视当天情况而定，打扫房间、替成员煮饭、采集蔬菜及装箱……工作是每天分配好的，我们只要照老成员的做法跟着做就对了。必须工作的白天，我只好把熏交给 school 照顾。

我们研习期间几乎没见过其他人，但这似乎是因为成员们活动的时段经过微妙的调整。也有人是通勤过来的，所以我不确定准确的人数，不过这里大约住了四十个女人，其中也有小孩。用餐时间和洗澡时间都有严格规定，一定要在那个时间段内进行。所谓的 school，是和机构以露天走廊相连、很像体育馆的建筑，大约有十名孩童待在那里。除了和母亲住在这里的小孩，好像也有住在外面每天往返的小孩，从刚会走路的幼儿到高中生都有，大家在这个广阔的空间内各自念书或游玩。照顾她们和教她们念书，好像也是成员的工作之一。

今天下午，我和熏、久美、沙绘被艾雷米亚喊去，在当初研习的房间集合。我心想八成又要开会，结果门一开，出现一个没见过的女人。那是个身穿苔绿色毛衣配茶色长裤、个子矮小的中年女人。她以轻松的语气一边嘟囔"啊，大家好"，一边在我们的正对面坐下，把脸凑过来逐一审视每个人。

"哇，好可爱的宝宝。小朋友就是宝。这孩子就叫作莉贝卡吧。至于你，就叫作路得。你很年轻啊，家里的人没意见吗？你叫莎露好了。你的头发受损很严重哦，头发一定要好好保养。你叫艾丝黛儿。好好加油哦。"

说完这些，她就倏地起身走出房间。艾雷米亚和莎莱伊朝她深深鞠躬行礼，还慌忙替她开门。看来，这个不管怎么看都很普通的大婶，也许是这个团体的负责人。

"呃，你叫路得……然后是莎露……"大婶离开后，莎莱伊便一边絮絮嘀咕，一边把名字记下来。

"获得 Angel 大人赐名的今天，就是你们的生日。今后你们要展开新生活，所以在俗世用的旧名字和旧生日，全都成了不必要的包袱。祝你们生日快乐。"

艾雷米亚高傲地说，我们一边偷偷使眼色，一边自然而然地行礼。

"从今天起你们不用再住在临时 accommo，要搬去新房间。路得住二十五号，莎露住十四号，艾丝黛儿住三十一号。想换房间必须等到三个月后才会核准。今天不用工作了，你们回去把用过的房间收拾干净，打扫一下。"

在莎莱伊的命令下，我们离开研习室。accommo，似乎是指我们睡觉的房间。

我拍打和久美合住的房间的床单、枕套，用扫把扫地，再拿抹布擦拭。

"久美，你是东京人？"我边用抹布擦地板边问久美。

"我是在濑户内海的小岛出生的。十八岁时离家，后来就一直待在东京。"

"濑户内海……"

"小豆岛你听过吗？"

"噢，《二十四只眼睛》^①。"

"对对对，你很内行嘛。"

---

① 日本作家壶井荣的小说，以 1928—1946 年的小豆岛为故事舞台，描写一名年轻的女老师和该年入学的十二名儿童之间的故事，之后曾两度改编成电影。

"你家里的人，知道你来这里吗？"

"怎么可能知道。我已经很久没回去了。"久美说，然后开始默默擦拭玻璃窗。熏坐在床上，拉扯揉成一团的床单，罩在头上哇哇叫。我慌忙扯开床单，她张大嘴巴猛笑。我一回去打扫她又把床单罩在头上乱叫。

"她以为这是游戏。"久美走近熏，用夸张的动作拍打床单，"看不见看不见，哇——！"熏扭身咯咯笑。

"喂，现在不可能，你应该知道吧。"许久以前听过的那人的声音，仿佛又在耳畔响起。"我想给你一个正式名分。我希望可以跟你家常地吃饭、家常地看电视，过那样的生活，所以我们现在才要努力。我当然想要小孩，可是如果现在有了孩子，一切都会搞砸，这你也明白吧？"

为何会在这种时候想起那个人呢？所有的身家财产都已放弃了，为何却无法放下关于那个人的回忆呢？只要待在这里生活，我就能忘记一切吗？有了新的名字，就能获得他和他太太都不存在的新生活吗？

"啊，你看，希和子，这孩子在爬！"久美的声音令我赫然回神，我的目光从盯着的抹布上移开。坐在床上的熏把两手撑在双腿之间，重心前倾。

"快点，你试着喊她过来。"

在久美的催促下，我起身弓腰说："熏，你看，妈妈在这里哦。快过来。"

我对她拍手。

熏把重心往前移，缓缓地，像匍匐前进般在床上移动。不知是否很惊讶自己居然能移动，她愣了一下，然后露出满面笑容。

"哇！好厉害！她会爬了！"久美尖叫，抱起熏放到地上。

"快点，过来过来，小熏，这边！"我走到房间角落喊熏。熏笑嘻嘻地快速爬向我。有时她会停下动作转头看后面，像要确认自己的确在移动，然后看着我。

"快呀，小熏，过来过来。"我再次重复。熏又开始笨拙地运用双手爬行。

"好棒，好棒，好棒！"

我和久美手抓着手欢呼。

"久美，这孩子就要会站了吗？她会喊我妈妈吗？"

"马上就会了，很快很快。小熏，你马上就会站喽，还会跟妈妈说话，会做很多事呢。"久美抓着熏的手让她站起来。熏皱起脸，蓦地哭了。我和久美面面相觑开心大笑。

我要和熏在这里活下去。在这里，那个人，以及他那个曾狠狠践踏我的妻子，我全部都放下了。姓名、过去和履历，曾在心底感到幸福的回忆以及强烈憎恨某人的记忆，只要在这里，迟早都能像放弃财产一样爽快地放下。当我放下那一切时，或许我也会从自己造的罪孽中解脱吧。明知天下没有这么便宜的好事，我却真心这么想。

熏淌着口水拼命在地上爬行，追着我。我张开双手，抱起这个用我拥有的一切换来的小生命。

一九八七年
七月三十日

我早上六点起床，叫醒熏，替她刷牙，六点半跟熏一起去manna①室。去柜台领托盘，找位子坐下。纳豆，海苔，酱菜，味噌汤，白饭。熏把煮饭大婶给的海苔香松递给我："帮我打开。"然后一脸认真地盯着我把香松撒到饭上的手。"生鸡蛋撒香松啊，真好。"说着我让她自己拿筷子，"生鸡蛋真好啊。"熏也学我说话，然后笑了。

餐后，我去刷洗院子里的天使。几个女人早已拿着棕刷在刷洗。起初看到时，我还觉得那成排并列的人偶很诡异，但是经过这样天天刷洗，无眼无鼻、光滑的陶制天使渐渐变成有表情的人偶，有时表情看起来很哀伤，有时仿佛在笑。我拼命在白天使身上浇水，用棕刷刷洗。请保佑我今天能平安度过一日，请保佑我明天也能和熏相依为命。这两年半以来，我没有一天

————————

① 吗哪，《圣经》中说古时以色列人在荒野中获得神赐的食物。

不如此祈求。我不知道天使有什么样的法力，至少到目前为止，我的心愿实现了。今天我也将祈祷。我不奢求一年后、五年后的事，只求今日一天，还有明日一天，如此而已，所以拜托了，请一定要成全我的心愿。熏在离我稍远处蹲着，和玛蓉拔草玩过家家。

"莉卡，早安。""今天喝牛奶了吗？""玛蓉扮演妈妈啊。"几个女人一边刷洗天使，一边对熏和玛蓉说话。

将满十一岁的玛蓉，五岁起就在这里生活，一年前成为我们的室友。我们寝室由玛蓉和她妈妈丹，我和熏，以及面谈时遇到的莎库五人共住。

今天熏就满三岁了。Home不会为她庆生。按照规定，获准加入团体，被正式赐名的三月二十日才是我和熏的生日。其实我根本不该喊熏原来的名字，熏也不可以喊我妈妈。连母女关系都必须放弃，就是这里的理念。但我和熏私下独处时我还是叫她"熏"，也让熏照常喊我"妈妈"。当然熏还不懂这些，不管人家喊她熏或莉卡她都会回答，有时即使有别人在场她还是喊我"妈妈"。

"今天好像没来呢。"雷碧竖耳探听门外的动静，说道。

"那当然。八成终于发现是自己有毛病了吧。在那种地方大呼小叫，真是丢人现眼。那不就等于敲锣打鼓地宣告自己被女儿抛弃吗？"莎库用力拧干抹布，一边擦拭刷洗过的天使一边说。

一小群人上门要求讨回女儿，是几天前发生的事。大约三个月前成为会员的亚米，她父母带着不知是亲戚还是朋友的几个帮手，在门前大声嚷嚷。亚米才十七岁，当初她说已取得父母同意希望留在这里，不过实际上好像是偷偷离家出走的。上面的人曾问亚米要不要回家，听说她坚决不肯，连父母都不愿见。

谁能加入团体，谁不能，这个筛选标准，即便已在此生活了两年半，我也依然不懂。德田太太和三枝起先还从家里往返这边工作，最近已不见踪影。被取名为莎露的沙绘也只待了半年就走了。当时的五人中，只剩下被命名为艾丝黛儿的久美和我们母女俩还留在这里。不管对谁都敞开大门欢迎是此地表面上的方针，但是实际上，也有人像德田太太那样无法获准加入。为何她们肯收留未成年的亚米，却把至少应该比亚米积蓄多些的成年妇女赶走，我实在想不通。

想不通的还不只这件事。住在这里快两年半了，她们却不准把这些疑问说出口。不，也不是不准，是没有人可以解答。我们每天早上会被分配做各种工作，包括采收蔬菜及装箱，担任吗哪员进行供餐，教育孩子们，扫地洗衣，出外布施蔬菜和水，在俗世打工的 out-work，寄送邮购货品和印刷传单……然而这些工作的分配是谁根据什么方式做出的决定，我到现在还搞不清楚。Angel 大人的模样，我只在赐名那天见过。那位土气的大婶，若是在超市撞见，我不会想到她就是 Angel 大人。我实在难以相信一切都是由她决定，但若问我不然谁才有决定权，我也答不上来。确有 Angel Home 这个团体，但内部却常年烟雾缭绕——这就是我的印象。

那天我被分配的工作是派发印刷品，这令我如释重负。到昨天为止我的工作是将卷心菜装箱，再之前是打扫院子后方的鸡舍。果然连做两周体力劳动很吃力。万一不小心吐露这种真心话立刻就会被当成开会批斗的题材，所以我装作若无其事地带着熏和玛蓉去 school。

玛蓉拉起熏的手，朝着从四处聚集到一块的小朋友跑去。熏跟不上，跌倒了，倒在地上不动。我在旁看着，心想她会不会哭，结果她爬起来，一脸用力忍耐的表情。她悄悄回头，似乎想确认我看到她没哭似的，然后抿着小嘴对我微微挥手。

起初那几个月我还不适应这里的生活，因此过得很痛苦。我不经意脱口说出不放心把熏交给别人照顾，结果好像被谁听见了，当天晚上开会就遭到围攻。几人在研习室团团包围我，逼问我"为何不能安心放下莉卡"。跟研习时一样，她们的问题没有正确答案，不管说什么都被她们绕回同样的问题，而且持续到凌晨一两点。有时配合工作内容第二天早晨五点就得起床，所以连续这样几天下来我已困得头脑不清。

在这里的生活并没有想象的那么清苦。视工作而定，每个月会领到三千到五千日元。杂志、报纸、电视和收音机这些东西一概严禁带入，不过在零食、香烟，乃至衣服方面，如果想要什么，可以提出申请，用手边的钱购买。此外若对内部规定有疑问，也可以提出申诉，提议修改——每天和不同的成员重复开会，只要超过五天有半数以上的人同意，申请就会被受理。我刚到时，这里本来不允许小孩与母亲住同一个房间。小孩必须以两周为单位，轮流和不同成员一起睡。我提出这样绝对会对小孩的情绪造成负面影响，在漫长得令人头晕的会议后，这项申请终于得到受理。现在，住在这里的十周岁以下孩童已可跟母亲在同一个房间生活了。随着时间过去，有时我几乎忘记自己闯下了什么大祸。

邮寄工作由四人一同完成，分别负责在信封上贴标签、折传单、把传单装入信封、涂抹糨糊。我们从堆在房间角落的纸箱取出信封和传单，开始动手。

"今天我带了零食过来。"才刚开始卡娜就这样说道，从围裙口袋取出巧克力零食。

"工作时吃东西，万一被发现会挨骂的。"芭妮警告她，但卡娜打开零食袋子，将它放在桌子中央。

"唉，万一被警告都是卡娜害的哦。"阿斯娜边说边伸手去拿零食。

"热得要命，至少作业房该装空调吧。快点，阿路你也吃呀。"

在她的催促下，我也伸手拿零食。"卡娜给大家吃是想让大家一起分担责任。"我这么一说，大家都笑了。

住在这里的四五十名女人有个共同点——我想，与其说是她们与生俱来的特质,不如说是住在这里后才被塑造出来的后天特质——不深入思考,不抱持疑问,没有个人主张。因为没有自我,所以自然也不太有恶意和憎恨这种负面情绪。

根据指导方针,成员一切都须听从上面的指示行动。上面今天叫我们做这项工作就做这个,上面说按照顺序该吃饭了就去吃。至于"上面"是谁则不用去想。渐渐地,这么做变得很轻松。如果太有个性,老是公然提出疑问,就会失去成员的资格。她们会说"你比较适合俗世的工作",不伤颜面地把人赶出去。所以,这里虽然是纯女性团体却令人不觉阴湿。若是在被称为 accommo 的寝室同住,或工作时几次遇上相同成员,照理说很容易形成小团体或派系,然而这种事实际上却没发生过。没人打听我的过去固然是好事,但多少还是有种大家都戴着面具过日子的诡异感。

听到有人叫喊的声音,我们停手把脸转向窗外。

"八成是昨天那些人又来了。"

卡娜才刚说完,"把我女儿还来!"嘶哑的吼声通过扩音器传来。

"哇,真的欸。"

"又来了。"

"这些家伙真烦。"

女人们扔下工作,全都挤到敞着的窗边。我也跟她们一起贴在窗口。视线被高墙挡住,其实根本看不见到底有多少人以什么姿态来抗议，但我们还是从窗口探出身子、竖起耳朵。

"小惠，我是妈妈。要商量的话，应该先跟妈妈商量才对吧？"

"真树子！真树子，你听见没有？这个团体是专门给人洗脑骗钱的恐怖团体！你被骗了！"

"骗我女儿、把她软禁在这里是标准的犯罪行为！"

"负责人出来！"

墙外，通过扩音器不断传来吼声。

"今天人特别多。"

"啊，莎库跑过去了。"

莎库带着几个人，横越院子朝大门跑去。门一开，只见几人顺势冲进院子。莎库慌忙把他们推回去。

"是大叔欸。"芭妮充满惊叹的咕哝，令我不禁笑了出来。

"你笑什么？那本来就是大叔，所以我才说是大叔。"

"不，我只是觉得那的确是大叔。"仔细想想，在这里虽然也常看到工作者进出，却很少见到陌生男人，好像很久没见过这种秃头的中年男人了。我定睛追逐男人的身影，然后就像被人把香烟的烟圈狠狠喷到脸上一样，有种轻微的不快。或许我已被此地宣扬"俗世污秽不洁"的氛围感染了。

"啊，大叔闯进来了！"

中年男人进入院子，朝着建筑物大喊女儿的名字，好像是在喊"信惠"。亚米的俗世名字是真树子，所以应该是别的女孩。我蓦地浮现一个疑问：该不会是这里窝藏了许多未成年少女，导致她们的父母带头成立抗议团体吧？

"出去！别污染我们的家！"芭妮从窗口探出身子大喊。

"没错，没错，滚出去！"阿斯娜也高喊道。其他女人好像也一直盯着窗外，这时从各个窗口纷纷传来女人的声音。某扇窗子里的女人还朝男人扔出水桶和抹布。莎库和其他成员拼命把闯入院子的人推出去，自己也跟着走到外面。通过扩音器传来的刺耳叫声，顿时消失。

晚餐后的会议我跟久美一组。散会后久美一路跟我回到房间，说她想抱抱熏。洗澡时间还没结束，我邀久美跟我们母女俩一起去泡澡。

"啊，好怀念这个重量。"久美抱着熏眯起眼。说到这里我才想起，久美失去的正是三岁大的儿子。

"小艾也要泡澡吗？"熏问。久美被取名为艾丝黛儿，在这里大家都喊她小艾。

"我帮莉卡洗头吧。"

"不用了，妈妈会帮我洗。"

"哟，这么大牌。"久美把手伸到熏的腋下将她高高举起，但立刻放下熏说，"哇，我已经抱不动你玩飞高高了。"

澡堂没有别人，我们并肩泡在浴池里。久美两手交握，弄得水花四溅，引得熏哈哈大笑。

"你没有跟小孩联络？"我问，久美默默摇头。

"久美，你打算一直待在这里？"确认没有人会进来后，我悄声问道。久美不答，双手继续像水枪一样搞得水花四溅。

"久美，这孩子第一次会爬时的情景你还记得吗？久美，这孩子第一次站起来的瞬间、第一次学会说话的时候，我都没办法亲眼看到，全都是听 school 的工作人员说的。当初是因为走投无路才会来这里，我也没想过要离开，可是一想到待在这里，连这孩子的成长过程都看不到，我就感到很寂寞。"

我喃喃自语。跟我在同一天搭车来此的久美，总令我感到有些惺惺相惜，在别人面前说不出口的话也敢对久美说。久美虽然同样装作不深入思考、没有自我主张，但我俩私下独处时她经常吐露心声。团体内部虽有不可互相谈论身世这个不成文的规矩，但我俩就像在旅途中邂逅的同伴，一点一滴地说出自己生在哪里、长在哪里、以前做了些什么。久美生于濑户内海的小岛，十八岁来到东京，喜欢画画，据说当时一边工作一边念插画学校。她似乎是在打工的印刷公司认识前夫的，二十四岁时结了婚。虽未涉及重点，但我也向久美吐露了真正的身世。我告诉她，我生于神奈川县的小田原，和久美一样在十八岁时来到东京，从女子大学毕业后就跟大家一样就业，和已婚的上司恋爱了。娃娃脸的久美跟我只差两岁，谈到迪斯科或咖啡吧立刻就能冒出许多我们都知道的店名。在这远离东京并且与外界隔绝的 Angel Home, 说起 Penguin's bar[①] 和"冷暖人间"咖啡屋什么的, 仿佛是在聊许久以前出国旅行的往事。

但我没让久美知道我待在这里不走的真正理由, 我也不知道久美对将来有什么打算。不是因为这里严禁谈论这种话题, 而是因为我有点害怕说出口。

"莉卡, 我帮你洗, 过来。"

本来还说要让妈妈洗的熏, 乖乖任由久美抱出浴池, 站在水龙头前面。久美将公用的海绵搓出肥皂泡沫, 仔细替熏清洗。虽然头发已变回黑色, 但五官犹带稚气的久美, 顿时宛如慈母。

"要放手很难, 对吧。"久美在蒸汽中转过头, 唐突地对我挤出笑脸, 如此大声说。

"对呀, 小艾。"不解其意的熏像应声虫般回应, 在白雾袅袅的浴室里响起我们的笑声。

八月四日

事态发展似乎比我以为的更严重。

今天, 我分派到的工作是当接线员, 我还是头一回做这个工作。我走向至今未曾踏入的顶楼西边的房间。那是一间排放

---

① 三得利是在二十世纪八十年代出品的啤酒。

着不锈钢桌子和不锈钢柜子，很像资料室的房间。其中一张桌子旁坐着莎莱伊，她正认真地看文件。带我来房间的莎库把门锁上后催我坐下，交给我一份用订书机订在一起的文件。

"媒体应对手册"——封面上这么印着。

"路，我记得你以前在一流企业的宣传部待过吧。"莎库在我身旁坐下说。

"不是什么一流企业……"在以"学历和资历都是身外之物"为信条的此地，莎库的这句话令我有点意外。

"现在不是谦虚的时候。你知道吗，现在，这里正面临一点小小的考验。那些白痴家长将事情闹得那么大，把媒体都引来了。你加入这里时不也把财产全部委托了吗？你放弃财产了吧？这点大家都一样，结果现在居然有那种白痴吵着叫我们还钱。其实从以前就是这样，我们只好一一说明，最后也说服了他们，根本没出任何问题。偏偏这次，那些人趁着要求归还女儿的骚动又闹起来了。还有人造谣我们软禁未成年少女，是霸占别人财产不还的万恶集团。真可笑。基本上，我们又不是硬把路边的小孩绑来的，是对方主动拜托我们收留的……"

像是为了打断越说越忘形的莎库，一台电话以轻妙的铃声丁零零地响起。莎莱伊瞄了莎库一眼，拿起话筒，一边不时瞥向莎库，一边表情凝重地反复说"是"和"不是"，然后垂眼看着指南手册说："正如我再三强调的，我们并非宗教团体……"

"好了，我再去看看情况。我太多嘴了，上面不准我接电话。"

莎库对我吐吐舌头，走出房间。

"唉……伤脑筋。"

挂断电话后，莎莱伊伸个大懒腰站起来，把本来只打开一半的窗子全部敞开，但还是没有风吹入。莎莱伊倚在窗边，挥手往脸上扇风。

"现在这里有多少未成年人？"我问莎莱伊。

"没有和母亲同住的小孩有三个，还有二十岁的女孩正在 pre-work 阶段。家长闹得最凶的那个亚米，照我说她根本就是个小太妹，从十五岁起就不断离家出走，跟飙车族有交情，跟好几个男人发生过关系。还不到十八岁，就已堕过两次胎了。"

莎莱伊难得说起成员的经历。我没和亚米一起工作过，吃饭时倒是见过几次。她总是笑眯眯地大声回话，看起来是个没心眼的女孩。

"何不把未成年人先交还给家长呢。"

"那可不行。对于来此求助的人，Angel 大人不希望我们因为怕惹麻烦就把人家赶走。路，你应该最清楚吧。"

莎莱伊说着定定地注视着我。我心口一跳。窗口射入的阳光照亮莎莱伊的轮廓，我慌忙将目光避开。你应该最清楚吧——她说这话是基于什么意味，我无法判断。见我沉默不语，莎莱伊又继续说："再这样下去，说不定会变得有点棘手，也许会有警方介入，或是进来搜查。不过，我们可没有做任何坏事。这点住在这里的你们应该明白。正如莎库所言，人既不是被我们绑来的，钱也不是我们抢来的。就算被调查也没什么好怕的，但是住在这里的人恐怕不见得都是如此。"

我抬起头，看着站在阳光中的莎莱伊，她直视着我。

这个人知道一切，我确信。我是什么人、熏是什么人、我为何放弃巨款留在这里，她全都知情。莎莱伊看着我，露出浅笑。

"有人是为了躲避动粗的丈夫来到这里，也有人没离成婚就带着孩子跑来。即使不是未成年，也有许多人不想让家人知道自己的下落。我们在这里好不容易才摆脱是男是女这个无聊的束缚，万一警方介入，说不定又得被带回去做女人。所以，我们当然希望尽量大事化小，小事化无啦。"莎莱伊慢条斯理地说，"不过今天可真热。"她慢吞吞地说着，把身子探出窗外。

电话响了。莎莱伊以眼神催促，我忙将话筒贴到耳边。电话另一端传来的是我听过的某周刊杂志社名称，对方立刻展开问题攻势，盘问住在此地的人数、男女比例、孩童人数、负责人的姓名与年龄、教义宗旨，以及是否登记为宗教法人。我垂眼看着手册，念出转移对方问题的说辞："我们不是宗教法人，而是为了研究、开发天然食品与无农药蔬菜而集结的同好，对于当今的饱食社会、美食风潮持有怀疑态度，基于想亲手做出真正对人体有益的食物的心愿，完全根据当事人的意志自由参加，您不妨将我们视为一户大规模农家……"见我这边自顾自地朗读手册，男人再次打断我的话，强硬地质问我们团体成立有几年了、信徒人数的增减、居住的儿童人数，以及如何向未成年人传教云云。

我知道这时该怎么办。不能中了对方的激将法，不能恶声恶气，不能企图说服对方，只要客气委婉地投入感情，机械式地重复事先准备好的说辞就行了。这是以前公司研习，我在投诉受理室接电话的那一个星期学到的。这虽是十年前的事，但我仍清晰想起对着电话重复同样说辞的那段日子。"是吗，那真是非常抱歉，站在我们的立场……"我像十年前一样冷静地慎选用词。或许我是在拼命，因为我比这里的任何一个人更想阻止警方介入。

到了下午，外面再次热闹起来。从三楼的房间可以看到围墙外面，大约十名男女高举写有女儿名字和"监禁集团"等大字的塑料牌，用扩音器逐一高喊"还我女儿""让我看她一眼"，其中还夹杂着"还我钱"的声音。

"声音被听见就麻烦了。"莎莱伊说着，关紧窗子。眼看着室温渐渐上升，我挥汗接起电话。打来的内容几乎都一样，我机械性地继续宣读手册文章。这样做，真的能够躲开警方的介入吗？

八月五日

晚餐后我被叫去。找我的不是莎莱伊也不是艾雷米亚，是我没见过的中年女人。她或许也住在这里，但用餐和洗澡时我都不曾见过她。在昨天接电话的那间办公室集合的，有跟我同室的丹、莎库，还有约娜和我。上面是怎么挑人选的我依旧不清楚。

"接下来有工作交给你们。路得和丹负责把这纸箱里的东西放进碎纸机绞碎。约娜、莎库去第三小学，懂吗？把这个纸箱扔进那边的焚化炉，内容绝对不能看。还有，今天的工作绝对不能告诉任何人。"她以不容置疑的严厉口吻说完，自己开始整理起不锈钢办公桌的抽屉。约娜和莎库开始默默搬箱子。我和丹对视一眼，拆开她指定的那个箱子。里面放满了户口本副本和身份证，有新的，也有老旧泛黄的。用订书机订在一起的户口本副本不能就这么放进碎纸机，所以我们拆开订书针弄散，再一张一张地放进复印机旁的碎纸机。早已习惯上面吩咐什么就怎么做的我们，默默分工合作，一个负责拆订书针，另一个负责放进碎纸机，就这么继续作业。长谷川纯子、小田好子、中村惠……记载的姓名缓缓被碎纸机吞噬。在这个以"艾丝黛儿""丹"互相称呼的地方，那种名字仿佛是没有现实感的符号。敞开的窗口，传来小货车发动的声音。

"那两个孩子，不知睡着没有。"看准整理桌子抽屉的中年女人走出房间，我偷偷对丹说。同室的我及丹、莎库都被派来工作，这意味着房里只剩下两个小孩。

"玛蓉会照顾妹妹，你放心。"丹笑着说。

"玛蓉很能干，常常照顾我家小孩。"

"那孩子是在这里长大的，自然学会了那一套。当初我拿不定主意该不该带她来，现在我很庆幸带她过来了。倒是莉卡，应该已经不用穿尿片了吧。"

"有时表现良好，可是玩得兴起时还是不行。就像上次，她尿了裤子以为会挨骂，玛蓉就偷偷替她换尿片。等我一进房间，玛蓉还慌忙护着她。"

碎纸机以慢得令人心烦的速度缓缓吞进纸张，我心不在焉地看着被吞噬的纸张。生于神奈川县川崎市的桥本良江是谁，我猜不出来。

"万一非离开这里不可该怎么办？我和玛蓉要怎么活下去？"一直坐在地上拆订书针的丹手上不停，幽幽地说道。

"这是什么话？丹，你还年轻，只要找份工作，生活下来还不容易吗？"

"我可不这么认为。没有爸爸会让玛蓉吃苦受罪，况且我也没有一技之长。"

刚才的女人匆匆回来，又开始把抽屉里的东西移到纸箱里。我们闭上嘴，继续各自的工作。

碎纸机一张一张地、以非常迟缓的速度处理废纸，使得销毁一整箱文件超乎预料地费时。全部结束时，已过了凌晨两点。纸箱还有，但女人宣布今天的工作到此为止，我和丹回到房间。在对向而放的双层床下铺，玛蓉与熏相拥而眠。我抱起熏，把她放回对面那张床。我的额上闪着汗水发出的光。

八月六日

吃早餐时，上面宣布禁止外出。用小货车载去贩卖的蔬菜和水，今后将只采用邮购方式。从外面通勤来工作的人，这周似乎不会来，我们不得走近面向正面大门的院子。莎莱伊表情僵硬地说，院子里的天使也不用去刷洗了。

"为什么？这和外界嚷嚷我们是监禁集团有关吗？"卡娜问。

"难道不知道理由就不能行动了吗？你的问题本质是什么？"莎莱伊难得用尖锐的声音警告，语气咄咄逼人。虽然"不允许发问""上面怎么说就得怎么听"本就是此地的基本方针，但空气中弥漫着一股和工作日不同的异样氛围。

"今天晚餐后，Angel 大人会来。还有，明天一早会有几位来宾进来参观。我们基本上不接受外界参观，但是我们必须让他们知道，我们没有任何违法和可疑之处。参观者或许会问问题，但俗世的用语和我们的用语意义不同，有时难免会造成误会，所以除非必要，否则严禁回答。"

"要来参观的是谁？"

"不是希望加入的人吗？"别的成员抢先问出了我的疑问。

莎莱伊对此置之不理："午餐前还是照常工作。我现在宣布工作项目。"她用毫无波动的平板声音宣读工作表。我被分配到膳食组，负责收拾早餐和准备午餐。成员们窃窃私语，在莎莱伊"开始工作"的命令下，不甘不愿地走出餐厅。

不能见参观者——我如此确信。虽然莎莱伊未明说，但我想八成是警方介入了，不然就是现在上门闹事的那些家长请的律师吧。该不会是儿童社福机构出面了吧？不管怎样，我都不该待在这里，不该跟他们碰面。那我该怎么做呢？

"莉卡。我们继续完成昨天做的城堡吧。"玛蓉跑来熏的身边，"跟你说哦，我们做了城堡，路姨，你要看吗？"她仰头看着我一脸天真地笑着说。

"不行，还不能给妈妈看。"熏淘气地笑着，握紧玛蓉的手。我目送两人跑远后，跟几个女人一起走进厨房。

怎么办？该怎么办才好？我洗盘子的手在颤抖。

"听说电话线全都拔掉了，是真的吗？""参观者会是警察吗？""想调查就让他们调查吧。反正我们又没做坏事。""这样那些白痴家长从明天起应该不会再来了吧。"

女人们一边低声交谈一边继续工作。那些声音渐渐远去。该怎么办才好？快想想，快想想。声音就在耳边响起。塑料盘子从手中滑落，发出夸张的巨响在地上乱滚。女人们蓦地沉默，来回看着掉落的盘子和我，然后又开始交谈。

十点过后，送食材的商贩来了。蔬菜是自家栽培，面包也是自己做的，至于白米和鱼类、肉类，则由工作者每周送来数次。送货员是个总是穿着白围裙的女人。断断续续可以听见今天膳食组成员中最年长的雷碧，站在厨房后面的出入口和工作者闲聊的声音："早让他们进来检查不就没事了吗……""反正我们有承诺书……""可是你别忘了，那边的孩子们……"她的声音压低，听不见了。

"那就这样，下周再麻烦你喽。"

"好，谢谢惠顾。"开朗的对话声传来，雷碧回到厨房。

"好了，芭妮，你们负责切卷心菜、削马铃薯皮。路，你负责洗米。今天的菜单和做法贴在这里。"我冷眼偷瞄雷碧一边如此说着，一边把泛黄的袋子塞进抽屉。

十一点，开始准备配膳。雷碧把沙拉装进小钵，芭妮将各桌的调味料添满。还年轻的赛姆和芙儿，一边谈笑一边搅拌大锅里的东西。现在正是机会，没人注意我。我假装要搬运叠放的托盘，走近冰箱旁的柜子。从下开始数第四层。我倏地扫视厨房与餐厅，迅速拉开抽屉，也没细看就握住刚才雷碧塞进来的袋子，赶紧藏到腹部。我把它插在运动服的松紧带部位，迅速用脚关上抽屉。

"路，你拿那些要去哪里？"听到芭妮这么说，我慌忙回头。

"讨厌，我想上厕所（toilet），差点把托盘（tray）带去。"我高举托盘，对她一笑。在阳光下，分据不同场所工作的女人朝我转头，不约而同地放声大笑。

晚餐前上课的孩子们回来了。熏与玛蓉对向而坐，一会儿翻白眼，一会儿吐舌头，两人互做鬼脸，哧哧发笑。我几乎没碰饭菜，只顾着环视四周——和平时别无二致的用餐情景，女人们各自坐在位子上，一边低声交谈一边吃饭。

"熏，你过来一下。"我对熏嗫语。

"不要，我还没吃。"熏握着筷子不肯起来。

吃完的人，把托盘放回柜台又回到位子上。餐厅的门开了，大家一齐朝那边看去。四下悄然，是 Angel 大人。身穿罩衫式的白色围裙和白长裤，简直像是负责打菜的大婶。

"大家辛苦了。"听到她说，大家连忙一起停手行礼。"我说啊，在神创造人类之前就已有天使，这你们知道吧？"她戳在柜台前，唐突地打开话匣子。跟我两年前见到她时几乎完全没变，果然还是像个普通大婶。"所以，每当人类做出蠢事时，天使一定会出面相助。放弃性别、放弃姓名、放弃俗世的你们，相当于人类以上、天使未满。要想做天使，就得达成天使的使命。对于做出蠢事的人，一定要尽量去帮助他们。"我完全不明白她到底想说什么，但成员们都一脸严肃地竖耳倾听。熏和玛蓉，以及几个小孩，也许是被渐渐支配餐厅的奇妙氛围震慑住，也都不吵不闹地乖乖坐在椅子上。"明天一大早就有客人要来，所以今天不开会。到时也会有以为自己是男人的蠢蛋进来参观，不过只要你们守住这里，真正的气氛就不会被扰乱，抱着这样的心态就对了。"

说到这里，她从旁边拖张椅子过来，咻的一声坐下。

"唉……年纪大了就是这样，坐下、起立的动作都特别吃力。你们继续吃呀。"

命我去接电话的女人站在 Angel 大人背后。"接下来大家要一起打扫全馆。"她说。"manna 组的人收拾好餐厅后，立刻加入 cleaning 组的 work。"她命令道。

大家不发一语，收拾餐盘，走出餐厅。我抱起还在和玛蓉嬉闹的熏，急忙走向自己的房间。来这里时带来的行李，几乎都在入所时交给 Home 保管。我手边有的，只剩笔记本、铅笔盒、熏用过的奶嘴和鸭子玩偶。我把那些东西都抓过来，胡乱塞进旅行袋。

"妈妈，我可以去找玛蓉吗？"熏一边凑上小脑袋看我的手一边说。

"不行。"我的声音颤抖。

"为什么？人家都约好了。"

"不行，熏。"我打开窗子，确定下面没人后便把旅行袋丢了下去。咚地轻轻响起一声。我抱起熏，从房门口往外窥探。这层楼似乎还没打扫到，走廊里空无一人。我抱着熏冲下楼梯，和雷碧擦肩而过。

"听说 school 今天要说故事，你快带莉卡去吧。"

"好，我会的，谢谢。"我含笑回答，走下一楼。女人们已开始打扫，一边聊天一边擦窗子，用抹布擦走廊。

"我把这孩子送去 school。"我没有特定对象地交代了一句，就避开蹲着的她们跑过走廊。在通往 school 的外走廊，我迅速扫视四周，从门和走廊的小缝之间把熏送出去，然后撑着走廊的墙，搭上一只脚，转移重心翻过去。我失去重心，跌落在草地上。

"妈妈，你怎么了？跟你说哦，玛蓉她啊——"站在黑暗中的熏语带不安地说。

"熏，拜托你安静点。"

正当我拉着熏的手准备迈步之际，细微的呼唤令我驻足。

"路。"我赫然一惊转过身。从门与走廊的缝隙间，久美露出半张脸。

"路，这个给你。"她从缝隙间伸出手，手上握着东西。我战战兢兢地接下她递来的东西，是一张被折得小小的纸片。

"路，别离开莉卡。"久美脸贴着缝隙说。

"久美……"久美知道什么内情吗？她连我想逃离此地的事也发现了吗？

"好好陪她长大。从三岁到将来，直到永远。"久美说完这些便转过身，跑回 Home。虽然不知道久美给我的是什么，但我还是将其紧握在手。我抱起熏，弓腰以防被人从窗口看见，捡起之前从窗口扔下的旅行袋，用一只手捂住熏开口喊"妈妈"的嘴巴。

在正门的反方向、建筑物背面，有一扇供工作者出入的后门。我把旅行袋背在肩上，朝后院跑去。正好位于厨房背后的门，漏出厨房的灯光，在草皮上投射出一块窗户的形状。厨房的窗子敞着，几个女人低声交谈的声音传来。我捂着熏的嘴屏息以待，祈求女人们赶快离开窗边。

我蹲在原地，连大气也不敢出。不知这样憋了多久，女人们的声音蓦地消失，脚步声逐渐远去。我拔腿就跑。"妈妈，妈妈。"被捂住嘴的熏扭过头喊我。"闭嘴。安静点好吗，熏。"我打开后门，冲了出去。Home 的灯光渐远。我抱着熏，在暗路上奔跑。

"妈妈，我们要去哪里？跟你说哦，熏，跟玛蓉……妈妈，黑黑的，我好怕。"

"啰唆！我们不会再回那里了！"回过神我才发现自己在怒吼。熏猛地噤声，然后把脸埋在我颈窝里开始哭。我察觉这是第一次对熏大吼，但现在没时间道歉、安抚她。

"安静点，熏。拜托你不要大声。"我在熏的耳畔说，继续奔跑。路变成下坡。路灯点点照亮柏油路面。散落在杂树林中的垃圾，在黑夜里白得突兀。虫鸣越来越响。唧唧响，呱呱叫，如影随形，萦绕不去。我气喘吁吁，但现在不能停下。途中，我的手臂终于麻了。我把熏放下来，背在背上，让熏的手臂牢牢环住我的脖子，一手按住熏的屁股，在黑暗的山路上奔跑。跑，跑，跑，回头。Angel Home 的灯光仿佛要追来似的俯视我。

"妈妈，好黑呀。"熏总算停止哭泣，用撒娇的声音耳语。我蓦地驻足仰望天空，可以看见好多好多星星。我听见自己粗重的喘息声。

"熏，你看，有星星。"

"星星。"熏重复我说的话。

啊，对了，这孩子根本没见过星星吧。我闪过这个念头。她好像只见过框在窗子里的夜空吧。她应该连这样的黑暗都不认识吧。

不仅如此。这孩子对这世界的认知，只有那栋白色建筑。城市，海洋，天空，高山，满月，季节，电车，公园，游乐园，动物，超市，玩具店……这孩子通通只在故事书里见过。她没看过任何实物，是我从这孩子的生命中夺走了这一切。

"妈妈，我怕怕。"

"不怕哦，熏。有妈妈在，什么都不用怕。"我对着背上的温热说，深深吸了口气，再次迈步奔出。

今后我会把一切都献给你，把过去夺走的通通还给你。海洋与高山，春花与冬雪；大得吓人的大象与痴等主人的忠犬；结局伤感的童话与美得令人叹息的音乐。

下坡尽头渐渐出现城市的灯火，出现来往穿梭的车灯。"不怕哦，熏。有我在，什么都不用怕。没什么好怕的。"我一边低语，一边迈着开始发疼的双腿继续前进。

八月七日

昨天，我在不知自己置身何处的情况下跑向车道，拦下出租车，坐到大阪市内的繁华市区。我尽量朝人多的地方走，进入一间深夜仍在营业的连锁快餐店。熏紧贴着我环视店内。我窥探店内，想确认自己从 Angel Home 穿出来的 T 恤和运动裤会不会太显眼，但客人净是些染发的年轻人和衣着夸张华丽的女人，没有任何人注意到我。香烟的烟雾熏得店内天花板一片白蒙蒙，四处响起傻笑的声音。

我和熏合吃一份蛋包饭。熏看起来很不安，但十二点过后就累得睡着了。我喝着无限续杯的咖啡，在那里耗到清晨六点才抱着睡眼惺忪的熏出门。看道路标识才知道，这个地方叫作十三。这个数字令我感到不祥，我急忙移动。

搭电车抵达新大阪时还不到七点。在站内的咖啡店给熏吃过早餐后，我根据卖票口的时刻表查阅怎么去小豆岛。我们没搭新干线，而是搭乘普通电车前往冈山。熏可能因为初次搭乘电车，有点畏惧，一直把脸埋在我的衣服里，死都不肯看外面。

接着我们坐上出租车，要去渡轮码头。司机是个刚步入老年的男性。

"小姐，你从东京来？"被他这么一问，我心头一跳。见我不答话，他说："我也在东京待过。我一毕业，就在杉并区的工厂工作。杉并你知道吗？东京的人好多。中野你知道吗？我常在那一带喝酒。"司机愉快地开始自说自话，我松了一口气。

"你去冈山港，是要搭船去小豆岛？"

"对，呃，我有亲戚住那边。"

"这样啊。冈山也参观过了吗？那里很大哦，一定要好好参观。去仓敷走走，逛逛后乐园，还要去尝尝什锦寿司。什锦寿司很好吃哦，一定要介绍给东京人。"司机说着，快活地笑了。

从餐厅偷来的袋子里装了七万多日元。为了付款给工作者，Home 会准备一笔不少的现金，这我老早就知道。此外就是这两年半来，我靠工作存下的五万日元。这就是目前我的财产总额。

"我说小妹妹，你在冈山吃过好吃的吗？"被司机这么一问，熏仰望我，用力握住我的手臂。熏打从懂事起便只见过女人，所以或许有点害怕男司机。

"不好意思，她怕生。"我挤出笑容说。

"我才不八生。"熏不解其意，只是照着我的话模仿。我和司机都笑了。

"不八生！"被我们笑得面红耳赤，熏气呼呼地说。

这是个小港口。买了船票，我又去小店买报纸和面包。熏对小店很感兴趣，像看珍禽异兽般躲得远远的，却又执拗地望着。我在候船室打开报纸。

"所得税减税一兆七千亿日元，今日干事长与书记长会谈""流行性感冒疫苗接种，自秋天起需监护人同意""国会空转僵局打开，竹下氏表态""逐一拜访野党"……

没有，没有写到我。我把视线移到报纸上半截，确认日期——一九八七年八月七日，星期五。

"妈妈，这个，帮我打开。"熏把装有巧克力零食的盒子放到我膝上。

"天啊，这是哪儿来的？"

"啊哈哈——她忘记付钱啦。"小店的大婶对着我笑言。

我慌忙从熏手里拿起那盒零食，走向小店。我发现这孩子连什么叫作"买"都不懂。

"对不起。请问多少钱？"我按照大婶说的金额慌忙付钱。

"熏，像那样陈列的东西，不可以自己随便拿走哦。那些都是在卖的，一定要给钱才能买。懂吗？"

熏坐在椅子上一边晃荡着脚，一边说懂，但她看起来一点也不像懂了的样子。她从盒中抓出巧克力零食，放进嘴里。

"哇，妈妈，这个，好吃得吓死人。"她用老气横秋的语气说着，瞪圆双眼看我，"妈妈也吃一颗。来，给你。"她分给我一颗。一放进嘴里，便有一股怀念的甜味在口中扩散。

要上船时熏被吓哭了，上去后她还在哭。船上挤满了看似要去游玩的人。有年轻人结伴成行和全家出游，也有情侣、老夫妇以及旅行团。船内喧嚷着活泼的声音。我找个窗边的位子坐下。

"熏，你看，是海哦。"我让熏坐在我膝上，叫她看船开动后的窗外。熏虽然还在哭，却定睛注视窗外。她眼睛眨也不眨地死盯着一望无垠的海水，细声说："妈妈，我怕怕。"

"没什么好怕的，你不是在故事书上看过嘛。你看，大海闪闪发光的，很漂亮吧。"

我一边安抚熏，一边再次打开昨晚从久美手中接过的字条。昨天久美给的，是她娘家的住址。"若有机会路过，请转告我的家人我很平安。"地址上方以潦草的字体这样写着。

无处可去的我，现在只能指望这字条上写的地点。我要去见久美的家人，告诉他们久美很平安——我把希望全放在了这上。

船抵达小港口。我跟在大声喧哗的人们身后下了船。土产店的角落有个卖乌冬面和荞麦面的吧台。我买了乌冬面和饭团，找了个空位子和熏一起吃。熏一边大口嚼着饭团，一边好奇地环视店内。

从和港口反方向的出口走出，眼前是个圆环形的设施，有出租车停靠站，也有公交车站。我把久美娘家的地址告诉坐在长椅上抽烟的公交车司机，他指了指开往"草壁港"的公交车，告诉我该在哪一站下车。

熏搭公交车时也很害怕，双脚撑地，一副死都不肯踩上去的模样。我好不容易才安抚她，让她上了车。公交车驶出后，她一直紧抓着我，不停偷瞄窗外。那副模样令我心痛。是我令这孩子与世隔绝的，对此我深怀罪恶感。

久美的家，是位于公交车站牌正前方的面线店。店面相当大，好像还可以参观面线的制造过程。玻璃门上贴满了纸张，有面线的海报、消防署的海报、招聘兼职员工和暑假乡土课程的广告……每一张都在阳光的暴晒下褪了色。

我拉开玻璃门走进店内。

"您好，欢迎光临。"头上包着三角巾的中年女人殷勤地说。

"请问，这是泽田久美小姐的家吗？"我这么一问，她顿时瞪圆了眼看着我："老板娘——"她回过神就二话不说匆匆消失在后方。店面一半放满了桌子，另一半是陈列面线、面线酱汁、味噌及零食的货架。

"咦，咦，说是久美朋友的，就是你吗？"一个富态的女人走出来，身穿褪色的格子围裙，包着同样花色的三角头巾。她的眼睛似乎和久美有点相像。熏條地躲到我身后。

"呃，不好意思突然来访。久美说，那个，她很平安，叫我帮她说一声……"

貌似久美母亲的女人瞪大双眼，张开嘴巴，开开合合几次后，宛如拧开水龙头般突然滔滔不绝："久美在哪里，现在在做什么？你跟她是什么关系？那孩子说她很平安吗？"

久美的母亲凑过来等我回答。我心想提到"Angel Home"这个名称恐怕不妥，于是情急之下撒谎："那个，我们在名古屋某家公司一起工作过。久美很照顾我。"

"你知道怎么联络那孩子吗？"

"这个嘛，"不用思考，谎话便自然地涌出，"公司破产了，我们本来一起住在公司宿舍，结果都被赶出来了。久美只说要留在名古屋。至于怎么联络，倒是……不过，呃，她说一定会尽快跟我联络。"

久美的母亲突然矮身一蹲。我以为她在哭，慌忙一看，原来她是凑过来看着躲在我背后的熏。

"哎呀，好可爱。几岁了？叫什么名字？"

熏仰望我，大概是觉得女人不像男人那么可怕，于是缓缓走上前，竖起三根指头，小声说"我叫熏"，然后又补上一句"莉卡"。久美的母亲好像以为莉卡指的是那种莉卡洋娃娃①。

"你叫小熏啊。你喜欢莉卡，是吗？"说着，她眯起眼，"小姐，你是专程来替久美传话的？"她的眼睛依然看着熏，如此问我。

"对，呃……久美常提起这个岛上的事，所以我早就想来看看了。"

"噢，这样啊。那孩子，提到过这里啊。"她一边摸着熏的头发一边自顾自地点头。

贴在玻璃门上的褪色纸张在眼前闪过。我鼓起勇气开口："能不能让我在这儿工作？"

蹲着的久美母亲仰起脸看我。

---

① 日本 TAKARA TOMY 公司出品的娃娃品牌（Licca）。

"那个……公司才刚破产，我还没找到工作。所以，那个，我看门上贴了招人的广告——"

久美的母亲站起来，两手插在围裙口袋里看我："那个啊，打从两年前就贴着没撕掉。"

她困窘地笑着，倏地将视线扫过我的全身，上下打量我。我想也是——虽感失望，但我颇能理解——一个自称是女儿朋友的陌生女人，还带着小孩，她当然不可能轻易雇用。

"说的也是。"我尽量保持自然地笑着，"冒昧提出这种要求，真不好意思。因为对于今后的事，我什么都还没决定。幸好能帮久美带到话。那么，呃，我告辞了。"我一边说着，一边拼命思考接下来该去何处。要回冈山吗，抑或是前往来此途中见到的那几个浮在海上的小岛呢？

"很抱歉没帮上忙……"久美的母亲一脸尴尬地看着我，"所以，那个，久美她……那孩子应该过得很好吧，呃，有没有什么困难——"

"久美过得很好。我想她一定很快就会跟您联络。"

我打断久美母亲没说完的话，欠身行了个礼就拉着熏的手走出面店。

事情果然不可能那么顺利。我牵着熏一路走到公交车站牌。艳阳高照。蝉鸣如织，除此之外，别无声响。熏畏畏缩缩像要窥探什么似的仰望我。我虽然觉得应该跟她说句话安抚她，却已无暇多顾。

我连公交车往哪儿开都没确认就上了车，一路坐到和刚才抵达的港口不同的另一个渡轮码头。也许因为此地是观光景点，看似一同来过暑假的一家人和团体游客笑声四起，漫步路上。我在码头查渡轮去向和时刻表，发现开往高松的船将在傍晚五点过后出航。今晚要在此过夜吗？有地方可住吗？我沿着海边步道走去。

　　夏天。我突兀地想。蝉鸣，大海，天空，阳光。晒得黝黑的年轻人，茂密的树林。那是充满力量的风景。啊，是夏天，夏天。虽然无处可去，也毫无前途可言，但映入眼中的光景却令我本来如惊弓之鸟的沮丧心情得以缓缓放松，甚至好像得到解脱。眼中所见的一切都灿烂辉煌。在我身旁，一家三口结伴走过。一个小男生穿着泳裤，肚子上套着救生圈。戴圆点小帽的妈妈慵懒地走着，肩上挂着相机的爸爸遥指大海彼方。熏一脸不可思议地望着那个小男生。

　　现在我置身的状况似乎突然脱离了现实——既不必隐姓埋名，也不用躲躲藏藏。我正带着幼小的孩子，造访度假旺季的小岛。为了让这孩子见识见识夏天——我试着在心中这么说，心情顿时不可思议地轻快起来。

　　"熏，很热吧，很舒服吧。"我对熏说。

　　"妈妈，不知道玛蓉现在在干吗。"熏的太阳穴淌着汗水低声咕哝。

纽约饭店，位于流向大海的小河上游。四周零星分布着民宿、酱油工厂、咖啡店和小门窄户的寿司店。饭店大概是刚建好的，看起来还很新，却像园游会的布景一样廉价，屋顶上耸立着过胖的自由女神。"征求员工，清扫房间，柜台业务，提供住宿"的招聘广告贴满环绕建筑的围墙。我和熏牵着手，从头到尾把广告一一看遍。

我认为住在宾馆对熏来说绝非好事，但我迷上了这个岛，想跟熏住在这里——不，我想给熏看的东西，包括天空与大海、阳光与树林……那种东西，我觉得在这里应该可以让她充分看到。熏怕海，也怕公交车，动不动就用双手蒙住脸。至少在这里，她可以安心从手指缝隙间窥看世界吧。而我想给她的一切，在这里，熏应该都能得到吧。虽然没有安身之处——不，正因为没有，我才更想在这里待久一点。在这灿烂光辉的夏日中。

我抱起熏，一鼓作气打开入口的雾面玻璃门。室内冷气笼罩着我，外面传来的蝉声倏地远扬。

八月十三日

饭店后面有栋摇摇欲坠的木造公寓，那里是纽约饭店的员工宿舍。我们得以容身的是一楼最后一间的二坪小房间。房间虽有厕所，但没浴室；榻榻米一踩就凹下去，不过有一片夏草繁茂的小院子。

隔壁住的是一个名叫真奈美的女孩，据说才二十四岁，本来是跟心上人一起私奔来此，但那个男的因携带大麻遭到逮捕，听说现在被关在四国的监狱里。

再过去那间住着一个五十来岁的男人，人们都称他浴室伯。之所以叫他浴室伯，是因为他负责清扫浴室。据说此人以前任职于大阪某公司，在电车上非礼女人当场被逮，因此失去了家庭和工作，沦落到这种地方扫浴室。

上工第一天就告诉我这些的是住在二楼的佳代。若照 Angel Home 的说法，佳代相当于我的指导员，负责教我怎么打扫房间、整理房间，她趁着空当把老板一家和员工的种种八卦也一五一十地告诉我了。她自称今年芳龄三十八，但我怎么看她都像个五十几岁的胖大婶。

佳代的房间右邻——也就是我的楼上，住着中年妇人喜美和她的女儿。喜美并非纽约饭店的员工，好像是在酒店上班，是个头发染得火红、魄力十足的女人，在家时总是素着脸穿一件大花布袋装，上班时却摇身一变、判若两人。听说她本来在附近岛上某间拉皮条的酒廊工作，出于某些缘故才逃到这里。这也是佳代提供的情报，不知究竟有几分真实。

至于她那个被称为小花的女儿，我本以为应已双十年华，但据说才十七岁，高中只念了半年就不念了，之后一直待在家里。我工作时可以把熏交给小花照顾，这也是佳代说的。我实在不放心把熏交给这个一头短短卷发，总是叼着烟，从不正眼看人也难得开口的女孩，但就现实问题考量，我无法送熏上托儿所，况且我们还得设法赚钱糊口。我战战兢兢地上楼请托。小花没吭声，倒是喜美二话不说就表示："可以呀，我们帮你照顾。"然后精明地补上一句，"一天一千块就好。"

工作为两班制，分别是早上八点到下午五点的早班和下午五点到凌晨一点的晚班。早班的时薪比较低，真奈美和佳代多半都想值晚班，所以欣然将早班让给我。五点过后我去喜美家接熏时，小花和熏不是在看电视就是在画图。沉默寡言的小花人不可貌相，很会照顾小孩，绘画技巧更是高得惊人，可以惟妙惟肖地画出电视卡通人物。有时小花也会和熏出去玩。我后来隐隐发现，这种时候通常是因为喜美有男客来访。

对于我那份填上"宫田京子"这个假名、胡乱捏造的简历也没细看就同意雇用我的老板，是个年约五十岁的臃肿男人，开口闭口只会说"会唱卡拉 OK 吗""要不要去酒店"。被大家称为大妈的老板娘代替不中用的老板，眼光雪亮地紧盯员工的工作表现。

也许是被崭新的门面装潢吸引，抑或是正值暑假旺季，总之，客房几乎天天客满。等到九点多房客离开后去打扫时，年轻客人用过的房间一律凌乱不堪——自带食物的残渣，气味刺鼻的卫生纸，有时连床单都沾了污物，还有湿答答的毛巾。当我匍匐着把那些垃圾扫到一堆时，男女交媾这码事不知怎么也变得很滑稽。灵魂不分男女——在 Angel Home 习得的这句话蓦地浮上心头。

我默默清扫没有窗子、弥漫着精液气味的房间。佳代在大妈不时的呵斥下仍停不住嘴，我一边敷衍地附和，一边尽量让脑袋放空，以便抵挡精液的气味与性交的余味。如此一来，一瞬间——真的只是短短一瞬间，我竟有种奇妙的清爽感。按照时薪来算，一天顶多赚五千日元，而且每天还得给喜美一千，因此只有四千，何时能存到一笔钱都不确定，我却确信在不久的将来便可有积蓄，确信我一定能搬出这间破旧公寓，和熏过上舒适的生活，确信我将有能力买衣服和故事书给她，在比现在更宽敞的厨房为熏烹调各种佳肴。怀着这样的确信，我莫名兴奋地期待着明日开始的岁月。我没有悲观地打消这种念头，反而努力去想，这一定是因为我们的生活已经开始运转了，虽然速度缓慢。那是在漫长的时光中，即便放弃一切也想得到的东西——生活。我与孩子共度的小小生活。

八月二十一日

今天附近街区举办庙会，听说晚上还有夜市。上周也有盂兰盆舞活动，不知是在哪里举行，远远传来祭典的锣鼓声。上周我太累所以提不起劲出门，但今天我打算带熏出门逛庙会，所以去楼上的喜美家接她。正对镜化妆的喜美，兴味索然地说，那种地方人挤人，只会累死人。我向陪熏玩的小花道声谢，便想带熏走，小花却一路跟到玄关门口定定地看着我的脚下。

"小花也想去逛庙会吗？"我问，她不看我的脸，闷闷地用力点了点头。

"喜美，那我带小花一起去喽。"我出声说，揉成一团的千元钞票砰地被扔到我脚边。

"拿去吃晚餐。"喜美对小花说，小花倏地握紧千元钞票塞进运动服口袋。

在缓缓西沉的斜阳中，人潮络绎不绝。我不知庙会在哪里举行，索性跟着人潮走。熏的步伐渐渐沉重，也许是被这么多人吓到了，但她并未停下来，为了配合熏，我和小花也走得很慢。

熏蓦地驻足，用力拉扯我与她交握的那只手。我朝熏定睛注视的方向看去，只见身穿白衣手持木杖的行脚僧与赶赴庙会的人潮逆向而行，朝我们这边走来。六七名女性排成一列，默默步行。在众声喧闹中只有那处安静得仿佛破了一个洞。我也像熏一样驻足，凝视渐渐走近的她们。由于我俩停下脚步，小花也跟着停住，取出香烟点燃。

"为什么会有行脚僧呢？"我问小花，但小花沉默不语。

熏犹在定睛目送她们擦肩而过的背影，我催她"好了，走吧"，熏却僵着脸凝视我，纹丝不动。"熏，刚才那些人，是在走路拜菩萨哦。"熏的小嘴抿成一线，来回看着我和渐去渐远的一行人。

"我们快去吃棉花糖吧。跟你说，那是很甜很甜的糖哦。"

小花倏地蹲下对熏说。熏战战兢兢地向小花伸出手，等小花握住她的手后总算开始迈步。

夜市的灯光终于遥遥在望，和悬挂的灯笼灯光交织在一起，到处都泛着橙色的光芒。身穿夏季和服、腰扎红色腰带、与熏年纪相当的小女孩，被看似她奶奶的老妇人牵着，正在路边摊挑选面具。我忍不住看熏，她穿着从 Home 带出来的 T 恤和运动裤。她生平第一次逛庙会，我却连和服都不能买给她，令我好生愧疚。

"咦，小姐，你是上次的……"正在棉花糖的摊子接过找回的零钱之际，背后忽然有人喊我。我转身一看，是久美的母亲，她穿着非常鲜艳的日式大外褂。

"怎么样，找到工作了吗？"

"找到了。呃，是提供住宿的工作，现在我在那边上班。"

"还提供住宿？你在哪里工作？"

"呃，沿着别当川往上走的某间饭店。"

"该不会是宾馆吧？你去那种地方……"久美母亲的目光搜寻熏的身影。熏站在略远处，正与小花吃棉花糖。"那孩子也一起？"

"我已经无处可去了。"我笑言，"父母都死了，和丈夫也有很多问题……就算回名古屋也不见得能找到工作，虽在东京住过但也无处可归……所以我想暂时在这岛上待一阵子，说不定还能见到久美。"

"是什么样的地方？我是说，饭店提供的住处。"久美的母亲蹙眉。

"是饭店后面的公寓。虽然老旧，但住户都很亲切。那个女孩，就是我们楼上邻居的女儿，常帮我照顾熏。"

久美的母亲毫不客气地打量顶着一头卷发、蹲在地上吃棉花糖的小花。

"嗯，是吗……"她咕哝，然后倏地将目光移向庙会的灯光。

"糟糕，我得去帮忙了。这个不送去不行。那么，你自己保重。"久美的母亲匆匆说完，便消失在人潮中。

过了八点，我们回到住处，走一小段路去民宿的公共浴池洗澡。逛庙会时僵硬如石、不发一语的熏这才开心地打开话匣子："棉花糖甜甜的，很好吃哦。明天也可以吃吗？明天我也分给妈妈吃。"直到睡觉时她还在絮絮念着。

八月二十四日

一早熏就无精打采，浑身无力，早餐也几乎没吃。我打电话给大妈，请了一天假。"才来上班不到一个月就请假，你可真大牌啊！"——虽然被她这么露骨地损了一顿，但我不能把瘫软无力的熏交给小花，自己去打扫别人弄脏的房间。我向值晚班的佳代借来体温计，替熏量体温——三十七点三摄氏度。虽然体温还不太高，但是看熏的样子，温度应该还会继续往上升。

我让熏躺着，拿起团扇替她扇风。敞开的玻璃门，飘入阵阵蝉鸣，还有不知哪家收音机播放的歌谣传来。

"妈妈。"躺在被窝里的熏喊道，"我要看电视。"

"可是熏，我们家没电视哦。"

"可是我平常都看的，会有小Q①哦。我在小花家天天都看。"

不知她对自己生病的事理解多少，只见熏软软地躺着，唯有语气活力十足。

"今天不能去小花家了。熏要在这里躺上一整天哦。"

隔壁传来闹钟的声响，接着，是跑向厕所的声音。真奈美的一举一动都很粗鲁。

"熏要等妈妈吗？"

"妈妈今天一整天都会待在这里，所以你不用等。"

听我这么一说，熏睁大双眼仔细打量我。

"妈妈，你会一直在这里？不用去上班？"熏反复问了好几遍，听到我的回答后，就用老气横秋的口吻说，"那今天看不到小Q就算了。"我既觉好笑，同时也充满了歉疚感。

"熏，你再睡一下觉觉。"

"妈妈会看着熏睡觉觉吗？"

---

① 动画《鬼太郎》的主角Q太郎的昵称。

"嗯，妈妈一直看着，你放心。"

熏闭上眼，然后啪地睁开，又再次闭上，半睁半闭地确认我是否还在。

"好了，再闹会有毛毛虫来哦。"

熏乱踢双脚，呀地嘶声尖叫。来到岛上第一次看到的毛毛虫令熏格外恐惧。

我确定熏睡熟后，便去狭小的厨房煮粥。头上吱呀作响，传来走动的声音。当我打蛋、撒上葱花时，玄关的门被人略带顾忌地敲响。

我以为是小花，没想到开门一看站在眼前的竟是久美的母亲。她身穿围裙，抱着纸箱。

"你果然住在这里。"说着，她不客气地伸长脖子环视屋内，"那孩子怎么了？"

"好像有点不舒服，我让她今天休息一天。"

久美的母亲听了，把纸箱往门口一放，毫不犹豫地进屋坐到熏的身旁，轻轻把手贴在熟睡的熏额头上。

"哎呀，天啊，真的，好烫。八成是夏季感冒。你啊，带着这么小的孩子住在这种地方，再怎么说也……"说到一半她闭上嘴，一脸尴尬地回到玄关。

"这个啊，"久美的母亲蹲下，打开纸箱盖子，"我一直塞在壁橱里。知道有了第一个外孙我们都很开心，所以跑去买了这些东西。结果那孩子一直不回来，本来还给她寄去，可是后来，就听说太一被婆家的人抢走了……我想丢又舍不得丢。虽然是男生的衣服，不过全都是新的，你就留着给孩子穿吧。"说完也不看我便匆匆穿上鞋子，再次朝屋内熟睡的熏瞥了一眼，"这一带都是去找内野医生。如果烧还不退就马上带孩子去找内野医生，沿着河边走马上就会看到。"说完也不听我道谢便走了。

我蹲下身，把纸箱里的东西在地板上摊开。印有卡通人物的T恤和素色衬衫、短裤和牛仔裤、跟T恤印有同样卡通人物的小鞋子，也有袜子，甚至帽子。我想起久美钻进开往Home的小货车时那副模样。把头发染成茶色，将婴儿杂志从窗口扔弃的久美。也想起在Home一起生活的久美。一边晃动着小小的乳房，一边替熏搓出满头泡沫，说要放手很困难的久美。我把脸埋进久美儿子无缘穿上的衣服里。从三岁直到永远都要陪在莉卡身边哦——仿佛久美在耳边嗫语。

下午，熏吃了两碗粥，但是没多久就吐出来了。我的脑中一片空白。我烧开水，拧干毛巾替熏擦身体，给她穿上久美母亲送的衣服，冲出公寓。

我抱着熏一边沿着河边跑，一边不断自问该如何是好。我搭上开往土庄的公交车。满脸通红的熏在我怀里病恹恹地看着窗外。熏的身体好热，我的衬衫被汗水粘在身上。凑近看着熏的眼睛，她便定定回看我，对我眯眯笑。她的眼睛还有神，让我稍微松了一口气。

尽量找远一点、小一点的医院。我像念咒般一边喃喃自语一边走过土庄街道，找到一间看似已半废弃的旧医院，在门前来来回回转了半天，终于下定决心推门进去。

　　暗如水槽的候诊室里，只坐了一个戴口罩的老人。我把头伸进挂号处的小窗，说："不好意思，我们趁着暑假期间来这里，可是今早小孩忽然不舒服，我手边没带健康保险卡也没别的证件，可以让我们看病吗？"

　　老护士眯起眼看着我："这样的话，看病费用没有健康保险补助哦，可以吗？"我回答没关系，她把病历表和体温计交给我。我在候诊室冷清的皮沙发上坐下，用颤抖的手胡乱填上假名字和假地址。镇定，这样不会有问题的。人家一定会替熏看病，也能领到药。

　　一位满头白发的老医生凑近看着熏，用慈祥的语气问："热吗？冷吗？眼睛痛吗？鼻子呢？"但熏或许还是怕男人，把小脸埋进我胸前不肯回答。我只好代她回答："虽然没拉肚子但吐过，昨天还好好的没有发烧。"

　　"应该是感冒吧。"老医生用温暾的语气说，"我可以开退烧药给你，但我不想开，因为会让小朋友肠胃不舒服。她才烧到三十八摄氏度，我看就不用退烧药了。你们还会待一阵子吧？如果今明两天还继续发烧再带她来。"

　　我领了药，在挂号窗口付钱，总共一万元出头，但现在已无暇考虑钱的问题了。在搭公交车前，熏眼尖地发现商店，立刻吵着要买零食。换作平时我一定会当场拒绝，但今天我让熏挑选了她自己喜欢的零食。再带她来。再带她来。医生说的话在我脑中不断回响。就算没有健保卡，至少在这几天当中可以去那家医院，想到这里我不禁安心多了。

八月三十日

熏开始学会装病。大概是不想让我去上班，一早，她就在被窝里磨蹭，说她眼睛痛痛，再不然就是嚷着身体热热。她的表情开朗，所以我一看就知道她在说谎。"妈妈如果不去上班，就没钱买零食和饭饭哦"，听我这么说她才不情愿地起床。真的把她交给小花后，她倒也乖乖地放开了我的手。但当我趴在肮脏的房间里打扫时，便忍不住热泪盈眶。想到我令熏寂寞得必须说谎，我就心痛难忍。

刚抵达岛上时的热闹，已消失得无影无踪。阳光虽仍艳如盛夏，却已不见观光客的踪影。饭店也很少再有客满的时候。

傍晚，和熏在附近的澡堂洗完澡回家，我发现寺庙竟有编号，比方说"小豆岛灵场第二十一号清见寺"。附近有"二十二号峰之山庵"，也有"十九号木之下庵"的箭头标示。我想起上次曾和一群行脚僧擦肩而过的情景。说不定这个岛上也跟四国一样，有八十八处灵场。

若真是如此，我忽然也很想走上一遭。虽不知道能在这岛上待多久，但是，在走完八十八处灵场之前，应该可以留在这里吧。

熏不可思议地仰望虔诚膜拜的我。

九月十八日

下班回到公寓，不见熏的人影。我到楼上接她，却只见喜美穿着蕾丝睡衣在化妆，小花和熏都不在。

"她们在玉姬神社玩。倒是这个，怎么样？你看。"她拉住正想告辞的我，把艳红的连身洋装比在胸前。那件勾勒出身体曲线的洋装上，缝着金纽扣。"怎样，好看吗？是人家买给我的。不是这边的东西，是特地从大阪买来的。"

我觉得对喜美来说太鲜艳了，但我还是说："非常好看，很适合你。"喜美像少女一样两手捧着脸颊娇笑。"你想穿也可以借给你。一个小时……我想想啊，算你五百元就好。"她抱紧衣服说。

我去玉姬神社，只见寺院境内，小花与熏，还有两个我没见过的小孩在。其中一个是比熏还小的男孩，另一个是和熏年纪差不多刚上小学的女孩。四人蹲在地上，定睛注视地面。熏穿着久美母亲送的衣服——棒球帽配 T 恤、绿色长裤，这么看来简直像个小男生。

"你们在做什么？"我俯视四人凑近盯着的地面，原来是蝉蜕下的空壳，一数之下共有七个，排成一条直线。干巴巴的茶色空壳，看起来像是制作精巧的玩具。

"跟你说哦，这是我们收集的。"小男孩仰头对我说。

"蝉一直待在土里，等它出来马上就会死。"大概是小男孩的姐姐吧，女孩以制止他的口吻对我说。

"它，死掉了吗？"熏不安地仰望我。

"它没有死哦。蝉从土里出来，只是脱了一件衣服。"我一边思索熏是什么时候学会"死"这个词的，一边回答。

"熏、小花，我们回家吧。"

"可是它马上就会死。"女孩重复一次。一定是谁刚告诉她的吧，关于蝉在土中七年，出了地面的第七天就会死亡的一生。虽然不知真假，但我第一次听说时也很震惊。苦苦等了这么久，上苍竟然只赐给它这么短暂的生命？跟这个女孩一样，我记得自己也是听周遭的大人说蝉活七天就会死。

小花站起来，熏悄悄握紧她的手。

"明天也来吗？"小男孩问熏和小花。

"明天也要来收集哦。"女孩也跟着说。

"拜拜——"熏转身挥挥手，被夕阳映得脸泛橙红的孩子们依旧蹲在地上挥舞双手。"拜拜。"稚嫩的声音从背后传来。

晚餐后，我稍微绕点路，去参拜了编号第十六的极乐寺。熏唱着我没听过的歌。她忽然仰望天空，高举着手指说："妈妈，星星。"黑夜中，彼岸花红得令人心惊。

坠入梦乡时，紧闭的眼帘蓦地浮现傍晚看到的蝉蜕下的空壳。干巴巴的，茶色的空壳。

十月六日

去二楼接熏时，小花也跟着一起下了楼。等我开始准备晚餐她仍然没走，陪着熏画图玩。回过神时我才发现，她站在我背后探头注视我的手。

"晚餐吃咖喱饭，你要一起吃吗？"我问。

"那我做个生菜沙拉吧。"她难得开口说话。

"嗯，好啊。谢谢。"

听我这么一说，小花把头伸进冰箱检视，站在正捞着锅中浮渣的我的身旁，开始把番茄和小黄瓜切块。她动作熟练，也许平时就自己煮晚餐。熏被冷落在一旁不是滋味，在我和小花的脚边转来转去。

我把锅子转到小火，一边陪熏一边看小花手上的动作，只见她开始煮面尾巴。那是面线尾端呈 U 字形的部分，通常会装成一袋廉价出售，所以我总是买来备用。但我看不出小花要用面尾巴做什么，于是问她。她没回话。

面尾巴变成了沙拉。在切滚刀块的番茄与小黄瓜上，铺满了面尾巴，再淋上酱油调味汁，就是小花做的沙拉。

"真好吃，我都不知道这也可以做沙拉。"我吃惊地说，小花蓦地背过脸，嘴角却浮现得意的笑。

"好吃，妈妈。"熏也眼珠滴溜儿乱转地说。

"我还会用面尾巴做茄汁意大利面和奶油培根意大利面。"小花依旧撇开脸，却略显得意地说。

"哦？下次我也试试。那本来就是面条，一定很好吃，对吧？"

"对呀。"熏说。

"学人家。"小花戳戳熏的脸颊，熏哈哈笑。

敲门声响起。我放下晚餐，打开玄关的门一看，又是久美的母亲。她像上个月来时一样探头窥看屋内："咦，你们正在吃晚餐？不好意思。"看到浓妆艳抹的小花，她皱起脸，微微招手。我一走到门外，久美的母亲便把玄关门关上。

"你之前不是说想在我店里工作吗？这个月正好有一个人不做了。薪水虽少，但我想总比你带着孩子在那种地方上班好。"

"啊……"

"一本松，你知道吧？就在那附近，有我家的亲戚，她家的偏屋——说是偏屋，其实是为了儿子盖的组合屋，我亲戚说你可以住那间……否则待在这种地方，我说你啊，那孩子未免太可怜了。"久美的母亲皱着眉头说。

"可是，刚才的小花，是个好孩子。一直帮我照顾熏。"我忍不住替小花说话。

"也许吧。可是，住在这里总不是办法吧，又不知道住的是些什么人，而且就在宾馆背后，难保几时会有什么人混进来。"

"呃……可是……真的可以吗？"我深深注视久美母亲的双眼问道。她是基于什么心态愿意雇用一个来历不明的女人的？我实在摸不透她的真意。

"只要你愿意，随时都可以。但如果你拖拖拉拉，我还得找新人替补，所以决定了就早点告诉我，知道吗？"

久美母亲的表情简直像在担心女儿的吃饭问题："那我走了，打扰你吃饭，不好意思。"她说完便匆匆走了。

回到房间，已经吃完饭的小花正在给熏看她自己画的拉洋片。熏一边反复看着大约五张图画纸就结束故事的拉洋片，一边继续吃咖喱。

"小花，你画得真棒，将来可以当漫画家，或是画卡通的人。"

"我怎么可能变得那么厉害。"小花把图画纸随手一扔。

"当然可能。"

"再给我看一次。"熏把图画纸塞给小花。

"我又没上学，怎么当漫画家？"

"没专长的人才会去上什么学校。小花画得这么棒，将来想当什么都没问题。"说着，我忽然发现自己的语气竟然激动起来，连忙闭嘴。我差点跟她说：你既没犯罪也不是在逃亡，想当什么都没问题。

"我要回家了。"小花倏地站起，笔直走向玄关。她一边套上拖鞋，一边闷声问："东京有地方可以学那种东西吗？"

"有呀，各式各样的地方都有。去当漫画家的助手也是一个方法。"我回答后，赫然一惊，"你怎么知道我是从东京来的？"

"没什么。是大嘴巴老太婆说的。"

我追上走出门的小花问："她怎么说？佳代是怎么说的？"

小花一脸不可思议地看着我："她说你讲话没有口音，一定是东京人，还说你八成是在躲老公。"她细声回答。

没错，不可能有人知道，不可能被发现。"是吗，说的也是。"我试着对她笑，"什么事都瞒不过佳代。原来佳代早就知道，我是在躲老公啊。"小花低头站在楼梯的中段。"小花，今天谢谢你。你做的沙拉很好吃。"

小花瞄我一眼，就这么面无表情地上楼去了。

"蝉，全都死了吗？"走向澡堂的路上，熏忽然问。她这么一说，我才发觉已经听不见蝉鸣了。只有秋虫噜噜噜的恼人嘶鸣。

十一月十四日

我数一数每参拜一座寺庙就画一道的正字记号，还不满三十。只要看到路边有寺庙我就会进去，但如果寺庙位于要翻山越岭的内陆，我则很难抽出时间造访。

从上个月起我开始在久美母亲昌江姨的面线店，以宫田京子的化名工作。主要工作内容是准备餐馆的饭菜和在店面卖东西。面线店毗邻工厂、久美的祖父母与母亲居住的泽田家，多少有点鱼龙混杂的味道。店里闲暇时，我就负责去洗家里的衣物，有时也代为打扫庭院。昌江姨说，我可以把熏一起带来，我虽怀疑这么厚颜接受人家的好意是否真的可以，却也无法把熏一个人留在家里，结果还是跟熏一起来泽田面线店报到了。熏也交到了新朋友，是住在附近的小孩——上幼儿园的里美、新之介和小樱，其中带头的有里是里美的姐姐。有时他们会来喊熏，一起去哪里玩。我本来担心没有大人跟着太危险，但这一带本就治安良好，家家户户很少锁门，所以好像不用太紧张。

我也顺利租到了昌江姨说的民宅偏屋。住在主屋的坂本一家是昌江姨的亲戚，偏屋本来是仓库，听说是在念高中的儿子的请求下改建的。据说那个儿子现在在九州上大学。

碰上公休日，昌江姨偶尔会开车载我们四处逛逛，例如寒霞溪与海岬分校，也去看过海上落日。现在熏就算坐缆车也不会吓哭了，但还是一样小心翼翼。总之，除非她自己想通，否则绝不肯动。昌江姨也只好一边苦笑，一边耐心等待熏慢吞吞地行动。

交到新朋友后，熏学起语言快得惊人。"等我长大要盖一栋大房子给妈妈。"听到她这么说时我吓了一跳。

没客人的午后，我和昌江姨以及打工的伸子会一起吃面线。

她俩起劲地给我讲上个月举行的农村歌舞伎。

"明年，熏也可以参加。"昌江姨说，"虽然参加儿童歌舞伎表演的似乎多半是小学生以上的年纪，但像熏这么漂亮，一定没问题啦。她明年就五岁了吧？"伸子说。

"不，明年夏天才满四岁。"听我这么回答，昌江姨眯起眼望着店外。我也跟着转身张望是不是久美回来了，但从海报缝隙间看到的玻璃门外，只有在日光下暴晒的面线店招牌。

"我说京子啊，没人说过你长得像谁吗？"伸子忽然说，我心头一跳。

"你说的'像谁'，是指谁？"

"没有啦，我就是想不出来。"

听着伸子与昌江姨的对话，我故意说出在泽田面线店看电视认识的女明星名字："南野阳子吗，还是中山美穗？"她俩一听面面相觑地笑了。"搞什么啊，京子这丫头原来这么自恋。"

"那是因为说到我像谁的话，我只被人这么说过呀。"我也笑了。

这种安稳的日子能持续到几时呢？每晚我都在想。有时我觉得天底下没有这么幸运的事，有时则确信这样的日子一定可以天长地久地持续下去，因为我和熏正受到某种强大力量的庇佑。

十二月三十一日

一年将尽。午后，我正在打扫偏屋，昌江姨送来她做的年菜和面线。她坐在玄关门口，喃喃自语："我以为久美至少会打通电话回来，结果却是这样。"

"说不定初三之前她就忽然出现了。"说着，我暗想讲这种话也无法安慰她，不禁为之心痛。但昌江姨还是露出笑脸："是啊，她说不定会回来。"说完自顾着点头离开了。

三点过后我打扫完毕，于是带着熏，前往我一直想去的笠之泷瀑布。我听伸子说，那是岛上唯一的灵修场，陡峭的岩壁上安置着佛像。我们搭公交车到黑岩，再从那里步行。路上不时会出现手指形状的路标。

"我问你哦，妈妈。"拽着我的手，靠我的力量走在山路上的熏说，"小新是女生吗？"她问出这样的问题。

"怎么会？小新当然是男生。"

"那么，熏是男生吗？"

"熏当然是女生，是很可爱很可爱的小女生。"

"可是，你知道吗……"说到这里，熏忽然沉默。我赫然一惊。熏是在说 Angel Home 的事吗？从小被教育"灵魂不分男女"，实际上也只见过女性的熏，或许无法理解男女之间的差异。更何况现在熏天天穿着昌江姨送的衣服，光看外表跟新之介根本没两样。

"你知道吗，熏，妈妈和熏都是女生哦。小新和泽田爷爷是男生。"

"哪里不一样？"熏仰头问我。

哪里不一样呢？我一时之间想不出妥善的说明。我想起被莎莱伊她们质问是男是女时的情景，不由得苦笑。

"妈妈也不知道。"我老实说，"等熏再大一点，觉得很想跟某人结婚时，那个一定就是男人了。"

"那妈妈是男的吗？"

"不是跟你说，妈妈是女生嘛。"

"可是，熏想跟妈妈结婚嘛。"

我不禁停下脚，俯视熏。熏认真地看着我："这样的话，妈妈就不再是孤儿寡母了。"

我不禁蹲身抱紧熏。常在泽田面线店出入的人，新之介和有里的妈妈们谈论我时所使用的词——"孤儿寡母"——被熏听见了。虽然不解其意，但她大概也察觉那个词带有某种同情的意味吧。

"妈妈，我痛痛。"熏伸出手臂推开我，率先迈步走出。

"熏有一天也会喜欢上温柔的男人，然后嫁出去。"我凝视熏小小的背影说。

"才不呢，我哪里也不去。"熏的背影高喊，大步用力往前走。

参拜过泷湖寺后，我们走上灯笼环绕的漫长石阶，照着指向标前进，仰望眼前出现的岩山。岩壁上打着木桩，缠绕着锁链，似乎是用来让人拉着以便爬上陡峭的斜坡的。

"熏，你在这里等我。"

"嗯，好啊。"熏乖乖在原地蹲下。我用力握紧锁链，开始攀爬陡坡。为了确认熏是否还在那里，我拖拖拉拉地爬上斜坡，不时大喊熏的名字。熏每次也回我一声："妈妈！"

我抓着生锈的锁链，一边呼唤女儿的名字，一边爬上陡坡的模样，若是被人看到不知有多滑稽。但这么爬着爬着，我开始产生孤注一掷的心情，觉得若能参拜内院，那么我一定可以不会跟熏分开。

好不容易爬到顶上，参拜完毕后，我大喊"熏！"过了一会儿，熏微弱的声音传来："妈妈快回来——"我慌忙抓着锁链又开始沿着斜坡往下爬。

走下缠绕锁链的岩山之处，供奉着观音菩萨，上面写着"育子观音"。我拉着熏的手，定睛凝望那双眼微开的观音塑像。我轻轻放开熏的手，双手合十垂头祈求。拜托，请保佑我跟这孩子尽可能地长相厮守，我在心中如此再三诵念。

一九八八年
二月十日

正午过后，来的客人把周刊留在桌上没带走。我一边收拾桌面一边不经意地看着封面，差点失声惊叫。"初中生打死高中生，理由是'他瞄我'"这则报道的旁边写着"天使的要塞，绑架、监禁与诈欺：女性团体陆续浮现的疑云"这行文字。我当下想到，这或许是在说 Angel Home。我悄悄伸手，翻阅周刊，却没找到那篇报道，我顿时心烦意乱。

"京子——"被喊到名字，我慌忙合起周刊，昌江姨从柜台探出头，"你怎么了？表情怪怪的。"

"啊，没有。"我把杯盘放到托盘上，若无其事地擦桌子。

"那边弄好了就去一下里屋好吗？阿婆说面线桶要刷洗。"

刷完桶回到店里，昌江姨和伸子正一边交谈一边打扫店面。我搜寻周刊却没找到。"我来擦玻璃窗吧。"我一边对昌江姨说，一边告诉自己，我什么也没看见。

到了结束看店的时候，熏跟着有里他们回来了。她的裤子和毛衣上都沾满了干土和枯草。

"你知道吗，熏，绝对不能说哦。"新之介对熏咬耳朵，但声音却让我听得一清二楚。熏咻咻地笑，频频以不明显的动作点头。

出了泽田面线店，我们搭公交车到日方，回程顺道造访附近的寺庙已成了例行功课。在公交车站下车后，我和熏走在渐渐变暗的路上。

"熏有秘密瞒着妈妈？"

穿过玛利亚雕像旁，我一边走向安养寺一边对熏说。熏猛地身体一僵："没有没有，没有秘密。"她一脸认真地再三重复，然后吞吞吐吐了半天，才小声说，"我们在鹿垣①赛跑。"

"鹿垣是什么？"

"嗯……那个，是条小路。熏怕怕，可是还是做到了。不过，我是最后一名。"熏拼命说到这里，大概是以为会挨骂，定定仰望我。

"是吗，虽然害怕，但你还是努力跑完了啊。你好棒哦，熏。"虽然还是不懂鹿垣是什么，但我这么一说，熏顿时眉开眼笑。

我在安养寺的正殿双手合十静祷。熏也在我身旁合拢小小的双手。

三月十五日

隔着玻璃，可以看见孩子们聚集在店前的停车场上玩耍。打扮成小男生的熏在别人喊她之前一直动也不动。有里牵起她的手，拉熏加入游戏。最后一群孩子莽莽撞撞地跑进店内。

"迷路了，迷路了。""放肆！阁下想对吾等做什么！""看招！放马过来！"他们一边这么七嘴八舌地嚷嚷，一边在店里跑来跑去。

---

① 用竹枝或树枝架成的屏障，用来阻挡野猪或鹿闯入。

"好了，你们去外面玩！没看到有客人嘛。"昌江姨从柜台探出头怒吼。孩子们尖声大笑，在店内绕场一周后又跑到外面去了。熏脚步踉跄地落后一大截，嘴里还喊着"冲啊"，大概是跟人家学来的台词，跟在他们屁股后面跑到店外。

"原来是在练习歌舞伎。"一个正在吃面的客人笑言。

"连意思都没搞懂，就背起来了。"昌江姨一边四处端茶给他们，一边说。

"肥土山马上要举行了，该不会要去那里表演吧。"

"是中山啦，那些孩子哪能上台，还这么小。"

听着两人的对话，我的目光瞥向玻璃门外。孩子们在阳光中跑来跑去。

我和熏一起去了释迦堂、明王寺，看看天色还亮又按照指向标一路走到光明寺，看着释迦堂前的池塘。

"这里闹鬼哦。"熏如此告诉我，八成是听其他小孩说的。

"那个鬼，指的是什么样的人？"我试着问道。

"头发长长的，没有脚，听说全身白白的。"熏满脸正经地回答。

回家时天已完全黑了，但归途明亮，因为有栽培电照菊的塑料温室散发的灯光。连绵不绝的塑料温室令四周弥漫着金色光芒。第一次看到时我觉得发亮的塑料温室看起来很诡异，不过现在，看到那抗拒黑夜的灯光我只觉得安心。

四月八日

今天是新之介和小樱的入学典礼。下午，两人跟着有里背起崭新的书包出现。和小樱手牵手的里美，不时仰望他们的书包，一脸羡慕。

"熏！"新之介拉开店门喊。

"熏在里屋哦。"听我这么说，全部的小孩都跑了，大概是想让熏看书包吧。

我想起至今一直回避去想的问题。让熏念小学这件事，我真的做得到吗？我能让她背着崭新的红书包吗？这孩子既无户籍也没身份证，要怎么送她上学呢？

闹鬼——我想起熏说的话。没有脚、全身白白的人。就算装作若无其事，就算自以为已经逃离，我们终究还是宛如栖身在那池塘里的幽魂。

"我家的小鬼来了吗？"

烫了卷发、穿着粉红色套装的新之介妈妈来到店里。

"在里屋。"昌江姨回答，"哎呀，裕子打扮得这么漂亮。"

"我们待会儿要去照相馆。"她含笑走出面店。我目送着玻璃门外新之介妈妈渐去渐远的身影。那崭新的套装好刺眼，不是因为阳光。

七月二日

　　昌江姨说今天有送虫节的活动，所以将面店交给阿婆和伸子，让大家一起去看热闹。那好像是某种庆典，这岛上，真的有很多庆典活动。傍晚，有里和新之介他们也跟着家人一起过来，搭乘昌江姨驾驶的小货车，前往肥土山。

　　多闻寺附近已挤满了人。"会有棉花糖吗？"熏问。"今天没有棉花糖。你知道吗，因为这是要祈求白米不要被虫吃掉的祭典。"有里用小大人的口吻说，大家都笑了。住持诵经，引火点燃手上的红烛，大家开始鱼贯移动。我让吵着要走的新之介他们先行离去，在人潮散去的多闻寺合掌膜拜。这间编号第四十六的寺庙我还没来过。早就习以为常的熏也蹲在我旁边双手合十。

　　人潮移动到八幡神社后再度诵经，之后，烛火移到竹子火把上分发给众人。孩子们争先恐后地想拿点火的竹子，熏却怕得不敢靠近火。里美和新之介在母亲的搀扶下一起把竹子拿来。

　　"你看，火把，你也拿嘛。一点都不烫哦。"

　　昌江姨想让熏碰触点火的竹棒，但熏躲来躲去，最后甚至蹲下哇哇大哭。拿火把的队伍不停向前走。

　　"熏，没事的。你看婆婆帮你拿了，熏跟妈妈牵手一起走吧。"我安抚熏，好不容易才让她站起来。

　　"这孩子真是的。该怎么说呢，算是谨慎派吧。"昌江姨取笑道，最后，还是拿着竹棒迈步向前。染上橙色的天空渐渐变成粉红色，继而仿佛小心窥探情况似的转为紫色。

我刻意晚高举火把步行的队伍一步走。夜色中，灯火飘摇不定。放满水的田里映着火光摇曳。昌江姨转身，指着队伍前头，再三念叨"很美吧，熏，你快看"。熏穿着太一的衣服。每次听了昌江姨的话，她总是把小嘴抿紧，"嗯嗯"地点头。正如同我梦想与孩子厮守，昌江姨或许也想这样让外孙见识许多美丽的事物吧，我蓦地暗想。

"熏，不用怕，我帮你一起拿。"

队伍前端的小樱朝熏招手。熏倏地躲到我背后，拽紧我的裙摆。

我停下脚步，望着络绎不绝的火光队伍。直到现在我才慢半拍地发现，有一些相机镜头对准了他们。

"怎么了？"数米外，发现我俩停下不走的昌江姨喊道。

"没有，什么事都没有。"我挤出笑容小跑步追上昌江姨。

我小心翼翼地环视拿相机的人。那些镜头，仿佛与世人的目光重叠。我裹足不前，转身想抱起熏。刚刚还紧抓我裙子不放的熏，现在正缓缓朝小樱迈步走去。大概是想跟小樱一起拿她手上的火把，熏一边战战兢兢地伸出手，一边靠过去。看着那认真的童颜，我实在不忍把她拉回来。

一定不会有事的，我如此告诉自己。大家不都一身便装，满脸笑容吗？没有任何人注意到我和熏。那些镜头只是人们在替家人拍照，根本不可能是世人批判的目光。

点火的竹子逐一流向河中，四周已变得很暗，燃烧的火光渐渐远去。看着在河面悠悠流去的火光，我觉得自己仿佛来到不属于世间的某处。

"今天有好多人拿照相机。"我对蹲在熏身旁，一脸陶醉地凝视水上火光的昌江姨说，"那些都是岛上的人吧？"

昌江姨一脸听不懂我在问什么似的表情，抬头望着我："秋祭时更夸张。连电视台的人都会来哟。"她说。

之前明明死也不肯拿火把，现在熏却对着漂走的火光，一脸惋惜地微微挥手。

七月三十日

今天，是熏的第四个生日。昌江姨送了粉红色的小洋装，伸子送的是蜡笔和图画纸。放暑假的有里他们也来了，送了熏有香味的橡皮擦和发夹，说是大家一起用零用钱合买的。有里他们撂下一句"我们去誓愿寺"，就带着熏飞奔而出。

暑假期间观光客的人数逐渐增多，店里变得很忙，昌江姨临时雇用了一个附近的高中生。看着梳着短发的小弓，我就会想起小花。其实我们住的距离不远，所以我一直想去看她，却迟迟没有成行。

"京子，你平时喝不喝酒？"昌江姨走近正在洗碗盘的我身边，如此问道。

"酒吗？我几乎完全不喝，不过也不是不能喝。"我不知她想问什么，只好这么回答。

昌江姨戳在原地，一下把手伸进围裙口袋，一下又拿出来："有人说想跟你好好聊一聊。"她翻眼小心翼翼地看着我说。

"啊，跟我聊？"我吓了一跳，脑海顿时浮现渡轮时刻表。那是在离开草壁港时茫然张望，几乎已能背下来的开往高松的渡轮时刻表。

"你去赴约时我可以帮你照顾熏，就当作只是去喝喝酒，去见人家一面好吗？"我关上水龙头，定睛看着昌江姨。

"那人在内海的区公所上班，是个好人。他妈妈卧病多年，一直都是他在照顾，所以才会至今未婚。如今他妈妈也在去年过世了。"

"呃……"原来不是警察，我脑中如此理解着，但还是不懂昌江姨想说什么。

"他来买面线时，对你印象很好，想跟你聊一下。人家阿一也在东京待过一年多，说不定你们会聊得来。京子你也不可能永远不结婚吧。"

啊，原来如此。我懂了，我懂了。太过安心，令我忍不住笑出来。这个人，这个亲切的久美妈妈，连我这个陌生人的婚事都操心起来。我笑得太用力，眼角不禁渗出水滴。

"讨厌，你干吗笑成那样。人家阿一虽然算不上帅哥，却是个好人，算得上心地善良吧。"

"谢谢。我会考虑的。"

我行礼致谢。"真的，你真的要考虑哦。"昌江姨再次这么强调后，才开始擦我洗好的餐具。

孩子们还没回来，我只好去誓愿寺接人。边听蝉鸣边走在路上，蓦地，我决定跟那个叫阿一的人见个面。我已经不想再谈什么恋啊爱的，但我们需要"隐身衣"。既然是区公所的人，而且是心地善良的好人，那么我只要说得巧妙一点，他应该会行个方便，帮我们解决户籍问题吧。到时就不会再有人盘问我的来历了，说不定还能让熏背着红书包上学。"天底下哪有这种好事"的声音和"因为我们受到某种东西的庇佑"的声音，在我心中此起彼落。

孩子们正在誓愿寺的苏铁树后面玩耍。我一喊"回家喽"，他们就打打闹闹地过来集合。

"阿姨，明天我们可以去游泳吗？"里美问。

"只有小孩子去太危险了，不可以，除非有哪个大人陪你们一起去。"

"阿姨那你也一起去嘛。熏说她没在橄榄海滩游过泳。"小樱摇着我的手臂说。

"如果妈妈同意的话，我们可以带熏一起去吗？"有里问。

"如果有里的妈妈肯一起去，那当然是最好的，不过熏向来胆小。"

"熏才不胆小！"熏噘起嘴大喊。

"那么，就让有里他们带你一起去喽？熏你要游泳吗？"被我这么一问，波浪打来时一定会哭的熏，大声说："我要游！熏可以！"

"我才不想去海边。去鹿垣比较好玩。"新之介说。

"嘘！"小樱轻戳新之介。

"鹿垣是什么？"就算我追问，孩子们也只是鬼头鬼脑地窃笑，不肯回答。

太阳缓缓西斜，碧绿的田圃渐渐染上金色。蝉声如织，汇成合唱乐章。

八月十五日

今天我说不要去逛庙会。熏难得任性，竟吵着非要去，满脸通红地号啕大哭。纳凉祭和不久前安田小学的盆舞节，我们虽受邀了但都没去。也许那两场活动熏都很想去却忍着没说，所以现在才会一口气爆发出来哭成这样。"对不起，熏，你忍一忍。妈妈念故事书给你听。"我抱紧熏哄她，但她甩开我的手，嘶声如吠，哭个不停。

"京子！"主屋的后门口传来坂本先生的声音，"你的电话，是阿昌打来的。"

我只好暂时抛下哭泣的熏，前往主屋，从后门进去，拿起放在走廊上的黑色电话。

"京子，上次提的那件事，今天你有空赴约吗？"昌江姨在电话里发出热情的声音。

"上次提的事？"

"你忘啦，区公所那位。你一下班，人家就打电话来了。我要带小新他们去逛庙会，你可以顺便把小熏也交给我。"

我不禁安心地叹息。这下子总算可以让熏去逛庙会了。我跟她说"好，会带熏回面店"后便挂断电话。

"熏，你可以去逛庙会了。昌江婆婆说要带你去。"我告诉熏，但似乎已错过让她停止哭泣的时机，熏还是呜呜咽咽地哼个不停。不过，倒是不流眼泪了。

我和任职区公所的大木户一先生，前往土庄的餐厅。很久没上馆子了，跟男性共餐更是睽违已久。阿一是个正经的男人，对我随口说的话也咧开嘴笑呵呵的。如果我生在这个岛上——用餐时，我没专心听阿一说话，只在想这个念头——如果生在这个岛上，对外面的世界一无所知地跟这个人谈恋爱，想必一定会很幸福吧。那么我也就不会遇见那个人，不用体会无谓的痛楚，更不必捏造假名。但是，我又回过头想，就算过得再幸福，那样却无法遇见熏。

如果，我被迫站在一分为二的路中央，老天爷问我要走哪一边，我想，不管幸或不幸，也不管罪与罚，我一定会毫不犹豫地选择前方有熏的那条路。不管重来多少次，想必我还是会这么做吧。我如此暗想。

"你知道天使的散步之路吗？退潮时可以走，涨潮时就过不去了。下次，如果你愿意，我可以带你去。你可以把小孩也带来。"

阿一不停擦汗，说道。体格高大、全身都是肉的阿一说出"天使的散步之路"这种词令我忍不住感到好笑，看我笑了他也开怀大笑。

吃完饭，他问我要不要去逛逛庙会，我拒绝了。晚上快到九点时，熏跟着昌江姨回来了，还郑重其事地捧着装在粉红色袋子里的棉花糖，说要给我吃。我一打开袋子，棉花糖已化成原来的一半大小了。

九月一日

早上，一去面店，昌江姨就冲出来："跟你说哦，你可别吓到！久美她，那孩子，打电话回来了！"昌江姨用力拽住我的双臂，放声大喊。

"啊？她现在在哪儿……"我还没说完就被打断。

"在广岛！她说秋祭时会回来！今早我接到电话，简直吓了一大跳。"昌江姨依旧拽着我的双臂，连珠炮似的说，"我跟她提到你，起先她好像没听懂，我说到熏她才想起来。知道你留在这里她很高兴，还说很想见你。"

没错，久美听到"宫田京子"肯定一头雾水。有久美的消息我应该开心才对，但我心里七上八下的，只怕她说出我的本名。昌江姨又冲到来上工的伸子面前，把同样的话又说了一遍。

"可以看到小艾哦。"我对愣怔的熏说，熏只回了我一句"不知道"。她大概已经不记得了。

确定久美回来的日子后，我就去接她吧。这样在她抵达家门前应该来得及先跟她统一说辞。久美一定也不想让人知道她在 Angel Home 待过。

要回家时，昌江姨一路追来公交车站。"谢谢。"她把额头贴在膝上深深行礼，"多亏有你。久美肯回来都是京子你的功劳。"

"我什么也没做呀。"虽然我这么说，昌江姨还是迟迟不肯抬头。

九月十一日

今天有件事让人安心。每年举行的秋祭，据说今年由于顾及天皇生病将要取消。之前昌江姨和伸子以及有里他们的妈妈，都莫名热衷于让熏上台表演，熏甚至还照着他们教的台词练习，所以我心里一直捏把冷汗。不管怎样我都不能把熏带去会有电视记者采访摄影的场合。

即使久美有消息了，我们还是决定先不告诉她秋祭中止。

昌江姨说，因为久美也许会说既然不办祭典，那她就不回来了。

今天面店公休，我们去海岬分校附近的堀越庵和田之浦庵。这个牌子上的文字"同行两人"①，听说指的是与弘法大师两人。但在我想来，总觉得这是指我与熏两人相依为命。就我们两人，走在杳无人迹的路上，今后亦然。

在熏的要求下，我们绕到海岬分校。暑假已过，木造校舍悄然无声。坐在小桌前的熏，说："妈妈当老师。"大概是有里他们教的游戏吧。我站上讲台喊"宫田熏小朋友"，熏探出身子几乎从椅子上滑落，大声回答："到！"

我忽然很想带这孩子一起去阿一说的那条"天使的散步之路"。

回程，我决定去纽约饭店后面的公寓看看。喜美家的门，我敲了又敲还是无人回应。佳代的房间也一样。我再去敲真奈美的房门，一个满身香水味的女人出来。虽然态度不怎么客气，但她还是告诉我，真奈美和喜美母女都搬走了，不知迁往何处。

虽然我只在这公寓住了两个月，可一旦大家都走了，心中竟生出一股不可思议的怀念之情，怀念那只有一个炉嘴的瓦斯炉，会有飞蛾和毛毛虫闯入的狭小厕所。

"听说小花搬走了。"走在国道上，我如此说。

---

① 此处的"同行"指的是信徒，四国的行脚僧通常将这四字写在斗笠上，以示弘法大师的精神常伴左右。

"明天一定会在啦。"熏倒像个大人似的，用安慰我的语气说道。

田埂上开着彼岸花。那红得惊心的花朵，令人莫名联想到不祥恶兆，我不禁有点心慌。去年明明只被那艳红吓了一跳而已。

"红红的花，好漂亮哦。"熏的话令我稍感放松。蝉声唧唧，听来仿佛压低了嗓门嘶鸣。

九月十二日

中午过后，阿一搭区公所的车来了。他像煞有介事地抱着报纸进店，仔细检查桌面没有水渍后，这才吊人胃口地摊开报纸。垂落目光的我霎时哑然。我，竟然在报纸上。

"怎么了，阿一，你干吗把报纸……天啊！"

从里面出来的昌江姨看到报纸当下尖叫："天啊！不得了！伸子！"她大声呼喊正在洗碗盘的伸子。我愕然凝视那份报纸。

那似乎是全国版大报主办，以业余人士为对象的摄影比赛。占据角落一小块空间的照片旁写着"佳作奖"。是送虫节那天，拍的是我把脸凑近不肯拿火把的熏，带着浅笑、对她低语的模样，标题是"节日"。我觉得好像有无数只虫子从脚边往身上爬，几乎窒息。我想起那天，曾将相机镜头与世人的目光在瞬间重叠。

"我本来没注意，好像是不久前登在四国的报纸上的，因为评价很高所以入选了全国大赛。"

"可是，是佳作奖欸。我看比这张冠军奖拍得好太多了。"

"啊，是妈妈！"

"没错，是妈妈。熏也在上面哦。"

"京子的表情很棒。"

"背景的队伍火光渲染得很梦幻啊！"

"亏你注意到了，阿一。"

"没有啦，这个比赛我每年都会看。因为，之前不是也入选过嘛，是拍歌舞伎的。"

"噢，我记得那次是得头奖。"

"所以我们区公所会张贴出来。"

大家说话的声音听起来好遥远，越来越远，像地震的轰隆声钻入耳中。

"那我们店里也贴起来吧，好吗？来贴吧。"

拜托别闹了。我想这么说，却发不出声音。我想把报纸撕烂，手臂却重如铅块抬不起来。我把阿一吃完的面线餐具收走，不小心打破一个杯子。昌江姨把脸凑过来含笑对我说了些什么，但我完全听不见。放了学的新之介与小樱来喊熏。我像做梦般，目送玻璃门外渐去渐远的熏。

非逃不可。非逃不可。登出那种照片，迟早会暴露我的身份。我没去寺庙就回了家，吃完简单的晚餐后，我开始打包行李。熏在我旁边转来转去，不停问"怎么了""在做什么"。餐具通通扔下吧。衣服也只带几件就够了。化妆品和玩具都不用带。

"熏，明天，我们离开这里吧。我们搬家吧。"我这么一说，熏似乎不解其意一脸茫然，之后却猛地动手把我塞进旅行袋的东西扯出来。她小时候玩的鸭子和小男孩的衣物散落在榻榻米上。

"熏哪里也不去。"她咕哝。熏的耳朵泛红。她在生气，我想。她虽然这么小，却用全身在生气。

"没事的，熏。你放心。有妈妈陪你。"

"我哪里也不去！"熏用尽全身力气挤出这句话，就趴在散落的衣服上哭了起来。我抓着拢到一堆的衣物，呆然注视抖动背部哭泣的幼小女儿。

九月十五日

今天我做了一个决定，我要在这里待到不能再待为止。如果试着回想这段日子，只能说我果然是受到了某人的庇佑。那个"某人"，这次一定也会庇佑我。自从照片登在报上，生活并没有什么改变。所以不会有事的，我告诉自己不要紧。况且，久美马上就要回来了。如果要离开这里，至少等见到久美再走吧。不要像之前那样，连声谢谢也没说就默默逃走，这次要向照顾过我的人们道谢后再去别处。

我做完工作，去了土庄的照相馆。我把熏抱在膝上请人家帮我们拍照。下周可以拿到的照片，将是我今后的护身符。同行两人——按下快门的那一瞬间，我想起这句话。

九月十九日

一早，主屋那边喊我去接电话。我看看钟，才刚过七点。我从后门进屋，向吃完早餐正在收拾善后的坂本先生道谢，然后走向走廊上的电话。话筒另一端，传来昌江姨的嗫语声。

"你啊，今天在家休息就好。"她的声音急促。我内心深处一阵骚动。

"出了什么事吗？"

"你别管。总之，今天休息，知道吗？"仿佛要阻止我发问似的，她匆匆说完就挂断了电话。贴在墙上的日历上，写在今天日期下面的"佛灭"①两字忽然映入眼帘。

厨房里，坂本太太沐浴在晨光中清洗餐具，她的背影映入我眼中。水龙头的声音，餐具轻轻撞击的声音，走廊深处传来的电视声音。我想留在这里。一直留在这里。我想和熏在这里生活。在风平浪静的大海与点点浮岛，在酱油的气息和橄榄树

---

① 日本历法的六曜之一，乃诸事不吉的大凶之日。

的银白叶片，在灿烂的阳光与祭典的锣鼓声中。

"讲完电话了？"坂本太太察觉我的动静后慢条斯理地问。

"谢谢。"我行个礼，回到偏屋。

我叫醒盖着毛巾被睡觉的熏，让她洗脸刷牙，替她换衣服。抓起几件内衣、换洗衣物、鸭子和奶嘴，塞进旅行袋。我把向来在月底交房租的钞票搁在流理台上，牵着换好衣服的熏出门。我想留在这里，想在这里生活。可是直觉告诉我，那恐怕已无法实现了。

我一手拎着旅行袋，一手握着熏的小手，快步走出坂本家。我在杳无人迹的国道上疾走，沙石车扬起尘土驶过。

"妈妈，今天哦，熏跟小新他们——"熏一边任我拖着手一边说。我抱起熏，干脆用跑的，在朗朗朝阳中奔跑。七点、七点五十分、九点。我将开往高松的渡轮时刻在心中不断重复。来得及吗？来得及搭上七点五十分那班渡轮吗？这段日子遇到的众人的面孔不知为何逐一浮现于脑海。不肯看我眼睛的名古屋大婶，钻进小货车的久美，玛蓉和丹，成排并列的无脸天使塑像。昌江姨，有里。啊，久美。只差一点点，只差一点点就能见面了。本来马上就能完成寺庙巡礼。八十八处灵场，如果能早点全部参拜完毕，或许就不会变成这样了。还有，照片。那张本该当作护身符的照片我还没去拿。那是我跟熏合拍的唯一的照片。不，照片还能改天在别处重拍。只要能逃走，在哪里拍都行。熏的小手环在我脖子上笑着。怎么会这么重呢？怎么长这么大了呢？这个朝我微笑、笑得好像原谅一切的、小小暖暖的孩子。拜托，拜托，拜托。拜托保佑我。神啊，请助我逃走。

蝉声追魂似的萦绕不去。

那时的事我还记得。别的记忆其实已经很模糊了，唯有那天的事，我印象深刻。在空无一人的渡轮码头，那个人买了罐装果汁给我。买了船票，我们蹲在码头上看海。她紧紧地搂着我。我闻到香皂与煎蛋混合的味道。为了逗那个人笑，我想必说了什么。那个人无声地笑了。

本来空无一人的码头，忽然出现一群陌生人，包围那个人问话。那个人既没有挣扎，也没对我做什么。只是，当被拉离我身边时，她大声地说了什么。

"我什么也没做"或者"别把那孩子带走"，一定是类似那样的话吧。

其实，我并非记得那么清楚。我想应该是事后听别人说的，或是在哪里读到的。我所记得的，只有一直很安静的那个人突然大声高喊这件事。

然后，我就和那个人分开了。不知道发生了什么事，我僵硬得像个假娃娃。我被带上车，抵达另一个码头。我寻找那个人，但四处都不见她的踪影。我一哭就有人买巧克力给我。我把巧克力扔到地上继续哭。我跟许多大人一起上了船，下船后又坐车，是白色的车。

我清晰地记得从车窗看到的风景。因为，我很惊讶。河比我见过的河要大得多，还有建筑物。摩天高楼耸立眼前，天空顿时变矮，人们匆匆步行。我甚至忘了哭，只是凝目望着那从未见过的风景。下了车，啊，没有任何气味，我暗想。长久以来闻惯的气味，在那一刻，倏地消失了。气味一旦消失，街头色调也像熄灯般蓦然改变。我想我并没有哭。我害怕得连哭都哭不出来。因为不只是人与景色、气味、色彩，我所熟知的一切全都消失了。

　　那一刻的事，至今我从未跟任何人说过。

第
2
章

出了公寓，我跨上自行车。经过地藏坂，驶过大久保街，下了神乐坂的小巷深处就是我打工的地点。熬煮过头的闷湿热气如膜般包裹着我，即使飞快踩着踏板也无法冲破那层膜。虽然只有十分钟左右的路程，但抵达打工地点时，我的 T 恤已湿答答地粘在背上。大学已经放暑假了，看似学生的男女仍起劲地边走边聊。

"早安！"我把自行车停在巷底，拉开居酒屋的店门。虽已是傍晚，这里却喊早安。在柜台看体育报的店长抬起头，回我一声"早"。几个工读生停下打扫的手，同样含笑回应我。

在这间位于神乐坂的居酒屋打工，是今年——我上大二后——才开始的。从周二到周六，五点做到十二点；暑假期间则是从周一至周六。时薪一千一百元，晚间九点以后每小时一千三百元。也许是因为附近有很多大学，所以打工的多半是学生。有时同事们好像也会相约去喝酒，可我一次也没参加过。大家知道我个性孤僻，后来也不再邀我同行。

店里最忙的时段是七点到十点。十点过后到打烊为止，人虽不多却有不少醉客，所以就另一种角度而言，还是很忙。因为他们不是无意义地乱喊店员，就是弄脏厕所。不过，忙一点才好，这样就没时间胡思乱想，也不用加入工读生们的闲聊。

十二点下班，换好衣服离开时多半是十二点二十分。我喊声"大家辛苦了"便走出店外。白天的热气无处消散，淤积在巷子里。我蹲下打开自行车的锁，背后忽然传来声音。我转头一看，是个陌生女子，看起来大约二十五岁，一头笔直长发，穿着牛仔裤。

"哎，你是莉卡吧。"女人笑眯眯地说。看来是认错人了。我推着自行车，视若无睹地走过，女人却绕到我前面，态度亲昵地说："你是莉卡吧？你不记得我了？我是玛蓉。你没印象了吗？"我避开女人，朝大马路走去。女人阴魂不散地跟上来："你是秋山惠理菜小姐吧。"这次她说出我的姓名。我转身，路灯惨白的灯光照亮女人，她正笑容满面地看着我，也不知在高兴什么。

"我们不是在 Angel Home 住过嘛，还在同一个房间生活过呢。哎，你完全不记得了吗？"

Angel Home，这个名字我倒是知道。每次听到这个词，我心里总会涌起一股莫名的厌恶感。但这时，先于厌恶感的，是眼前一闪而过的景象——白色人偶，发亮的草皮，还有小女孩。"玛蓉"——虽不能说还记得，但的确有点印象。

"欸，我们多少年没见了？十五年？现在是二〇〇五年，所以已有十八年了吧。"女人轻触我的手臂，"要不要去喝一杯？前面就有居酒屋。"她不等我回答，便握着自行车车把，扯着往前迈步。

大马路边的连锁居酒屋挤满了学生。我们在吧台旁并肩坐下。啤酒送来，女人爽朗地举杯跟我的杯子碰了一下。

"我真正的名字叫作千草，安藤千草。我倒是对你印象深刻。你的脸一点也没变欸。"叫了几样下酒菜后，女人流畅地侃侃而谈，"莉卡——或许你不记得了，当时大家都喊你莉卡。如果你不高兴，我就不提这个名字。总之，你离开时，我不是十一就是十二岁，大概是那个年纪吧。"

在居酒屋的吧台和陌生女子坐在一起喝酒这码事，简直毫无现实感，但那对我来说是常事。不管在上课，还是跟岸田先生吃饭，不时都会像头上罩了袋子一般倏地失去现实感。

"欸，你回想一下嘛。我们不是还常玩公主游戏吗？你虽年纪小却坚持说不想当公主，每次都想当奶妈或家仆那些不起眼的角色。"

仿佛被女人说的话吸引，脑中再次有画面闪现，比方说塑料碗，还有光滑洁净的走廊。但我却说："不，我不记得。"说完无意义地笑着。

"是吗，你不记得了啊。也难怪啦，那时你还很小嘛。院子里有古怪的人偶，阿姨她们每天早上都要刷洗。"

千草一边忙着吃送来的炖牛杂和生鱼片，话匣子一打开就不肯停了。她说的那些我几乎都没印象，也不知道她干吗来找我，我只是挂着暧昧的假笑，不停喝啤酒。

我早已习惯有陌生人来找我，也练出一套这种时候的应对方法。不发问，不回答，只要一直傻笑就对了。如此一来，对方多半会不耐烦地离去。简而言之，就是看谁比较沉得住气。

当我叫第三杯啤酒时，千草含笑凑近盯着我，然后说："欸，你什么都不问呀。为什么？"

"不为什么，我毫无印象，所以也不知道该问什么。"

"如果毫无印象，你不会想要记起来吗？"

"记起什么？那个什么 Home 的事？"

"不只是那里，还有更多，全部。像我就是。我很想知道我不知道的事。Angel Home 是怎么回事，我妈为何会住进那里，当时我每天是怎么生活的……我想知道我所不知道的，也想重新想起我所遗忘的。我一直在想为什么。为什么我没有在普通的家庭里普通地长大？在那种地方长大，有什么意义？为什么是我？我就是想知道那些。"

知道自己不知道的，想起自己遗忘的，又能怎样——虽然心里这么想，但我还是挤出笑容。

"所以，你该不会把在那里住过的人全都这样找出来，一个一个谈话吧？"

新的啤酒在眼前放下。我拿起来一口气就喝掉三分之一。千草没回答我的问题。

"知道得越多，'为什么'这个问号也就越多。"她蓦地一本正经地咕哝，然后拿起放在脚边的皮包翻了半天，取出一本书放在台面上。是我没看过的单行本，书名是"天使之家"，书腰上惹眼地写着"只限女性的集体生活，前成员透露的真相"，上面印着我没听过的出版社名称。

"这本书几乎是我自费出版的，而且出版商还提出一大堆条件，根本没法写出我真正想写的。但我还是想写这个。就算问号只会越来越多，我还是非知道不可。"千草似乎已有醉意的失神双眼转向我，用格外热切的语气说。

"噢？了不起。"我说着，打都没打开就将书推到一旁，把杯中剩下的啤酒一饮而尽，又叫了一杯。

"我也要！"千草像跟我比赛似的说，慌忙把杯中剩下的液体灌下肚。

"所以，这次，我想知道你的事，因此才来找你。"千草用手指沿着吧台上圆形水滴的印子画过，如此说道。

"那个事件，我想写。"她抬眼小心翼翼地看我，喷出带着酒味的气息，笑了。

我没骑车，而是推着车把上坡。我一手摸索皮包，取出手机。有短信，是岸田先生传来的。内容是"下班回家时请跟我联络"。我驻足，倚着自行车，开始发短信。

——我现在要回去了。晚安。

立刻有了回信。手机屏幕发出光。

——回去的路上要小心。晚安。

我收起手机，跨上自行车，用力踩踏板。

自从放暑假，除了周日，我把所有的日子都排满了工作，与其说是因为没有任何其他安排，不如说是为了避免和岸田先生见面。我跟岸田先生只有非假日的晚上才见面，所以在暑假结束前，我应该不会和岸田先生碰到面。还有一个月。这么久没见面，我应该忘了岸田先生的。

我走上公寓楼梯，打开房门，阴暗的房间迎接我。我把两坪多的厨房和与之相连的三坪房间的灯打开，从冰箱取出矿泉水，直接拿起宝特瓶对嘴喝。在一体型的小浴室淋浴后吹干头发，我便躺在昨天铺开就没收的被褥上打开电视。我在唯有电视光线反射的昏暗中伸出手，从皮包里拿出千草硬塞给我的那本书。封面拙劣地画着天使。我将书高举到头上眺望，却还是提不起劲翻开阅读。我只是摩挲着封面。

我知道自己在那个自称 Angel Home 的机构待过。爸妈当然一直瞒着我，但上了初中后我从几本书中得知。从小我就知道，市面上有报道那起事件的书籍。虽然我妈绝对不准我看那些记者和报道文学作家写的书和杂志报道，但她自己却偷偷买来看。然后，她似乎看着看着就被激得失去理性，大喊"把我当傻子！"有时边看边哭，有时表情狰狞，把书撕个稀烂，也不管我就在旁边看她。该怎么说呢，她就是那样的人。书明明是她偷偷买回来的，结果却当着我们的面撕给我们看。她就是这样，老是言行不一、自相矛盾。

所以那些书，我是在图书馆看的。初中放学后我就去市立图书馆，找了张自习用的桌子摊开书。有的书把那人描写成执拗如蛇的魔女，有的书把那人写成大演爱恨肥皂剧的精英粉领族，有的书把她视为可怜的爱情受害者，说她是绑架犯。无论哪一本，都鲜少提到被绑架的小孩。书中用的"A子"这个称呼好像把我变成了一个单纯的符号。我不确定是否可以归因于此，但社会上对"那起事件"的既有报道，对我来说只留下不关己事的印象。

我知道自己一直——至少到上初中，不，说不定到上高中为止——都受到众人好奇的注视。父母——尤其是我妈，后来的确很想保护我。只是，她并不是那种可以克服自己内心矛盾的人。她常常心里想保护我却又让我变成众矢之的。即使搬了家、转了学，如影随形的"被绑架犯养大的小孩"这个标签依然让我觉得厌烦，就像挥之不去、嗡嗡打转的苍蝇。不，是我努力说服自己不过如此而已。我所感到的那种厌烦和书中描写的事件，并未在我心中产生连接。

然而，不可否认的是，那些书的确替我补足了我几乎毫无印象的幼时记忆。有时明明没见过，看了书却觉得好像见过。即便如此，被绑架犯养大的小孩，和现在的我之间，还是找不出关联之处。

我想起脚步踉跄地走出居酒屋、拦下出租车说声"下次见"便挥手离去的千草。下次见——这表示她还会出现吗？

我关掉电视，把冷气的温度略微调高。空调外机咔啦咔啦的运作声响也钻进屋里。我几乎要想起什么。在黑暗中，悄然响起压抑的笑声。"你已经睡了吗？"如此朝我发问的嘶哑童音。现在我已无从判断谁是谁，但我还是可以想起一些朝我伸出的小小手掌。有时那个声音喊我熏，有时喊的是另一个名字。

想知道以前不知道的事，想重新想起遗忘的事——那个自称千草的女人如是说。我从未这么想过。以前我觉得就算知道过去不知道的、想起过去遗忘的事也没有半点好处，至今依然这么认为。可是现在，她说的话正小声却执拗地在我闭眼等待睡意的内心响起。为什么？为什么是我？

岸田先生跑来我打工的居酒屋喝酒。看到有客人快十一点才进来，我反射性地问"请问几位"，听到对方喊我惠理才发现是他。我带他去吧台坐，拿菜单给他。

"吓我一跳。"我小声说。

"因为一直见不到你。我是来看你的。"岸田先生接过菜单，仰头看着站在一旁的我说，"我要啤酒、毛豆，另外有什么推荐的菜式吗？"

"自制豆腐之类的，或是鸡肉丸子。"我细声回答。

"你上到十二点吧？下班后，可以给我一点时间吗？"

我没回答，只朝吧台深处大喊"啤酒、毛豆、鸡肉丸子"。站在店内各处的店员齐声高喊"谢谢惠顾"。我向岸田先生行个礼便匆匆躲回后面。

他大概打算去我的住处吧，仓促地跟我上床，一边看时间一边等到凌晨一点过后就整装回家吧。我一定不会拒绝他吧。如果没见面就可以忘记。可是一旦见了面，即使忘了一百件事，也会有另外一百五十件事一齐涌现在脑海。

我往冰冻的啤酒杯倒入啤酒，端去给岸田先生。

"如果你今晚不回家，那就可以过来。"为避免站在吧台内的店长听到，我急急说道。

"我不回家。"岸田先生安静地笑了。

骗人。岸田先生动不动就说谎。明知他说谎，我却一再被骗。而今天，想必我又会受骗吧。

我跟岸田先生是去年在打工地点结识的。当初父母非常反对我搬出去独居，除了学费，坚持不给我半毛钱。最后，他们只同意替我付房租，生活费得靠我自己赚，所以我一上大学就开始在某间以中小学生为对象的大型补习班打工当事务员。岸田先生就是那里的讲师。

　　受邀跟他一起吃饭是去年五月的事。我说打工赚的钱要当生活费，后来他就常常请我吃饭。第一次跟岸田先生去宾馆是暑期讲习时，得知岸田先生已婚则是在暑假过完后。三十岁的岸田先生好像有个比他小一岁的妻子，还有个两岁大的孩子。得知此事时，自己虽然也觉得不像话，但还是忍不住笑了出来。书里描写的绑架犯——抚养我的"那个人"，顿时和我的身影重叠，明明没有血缘关系，却如此相像。我像要嘲弄自己似的笑了。

　　因为比起跟有家室的人谈恋爱，和"那个人"做出同样行为，更值得厌恶。我之所以辞去补习班的工作，就是因为觉得这样便不用再见到岸田先生。当然，事情并没有这么轻易结束。岸田先生依旧打我的手机找我，我也无法置之不理。

　　喜欢上一个人，以及，不再去喜欢，究竟是怎么一回事呢？我不懂。我第一次跟男生交往是在高中时，第一次性经验也是在那时。岸田先生并非我的第一个男人，与之交往也并非我第一次恋爱，但我至今仍不懂。照理说，只要不见面应该就能忘了。我不知道他来见我的话该如何是好。

　　"我好想你。"当我把岸田先生点的东西放在吧台上时，他幽幽地说。我朝吧台内瞥了一眼。店长正和打工的女孩谈笑。

　　"惠理不想见我？"

　　想啊——我把这句话用力吞回去，冷淡地说声"我在工作"

就回到了吧台，将堆积的盘子一一放进洗碗机。

又要重演去年的旧事吗？我半是死心地换衣服，带岸田先生回我的住处，然后在夜里目送他离去。不主动跟他联络，只是默默等他跟我联络——那倒也无所谓。那种事，我一定可以眉也不皱地做到。我讨厌的是，越跟岸田先生见面、越觉得需要他，我就越会想起"那个人"，像傻瓜一样爱着我父亲的"那个人"，把我们一家搞得乱七八糟的"那个人"。当我深深爱上某人时，我一定也会做出像"那个人"一样的行为吧。那个念头令我打从心底感到恐惧。

"大家辛苦了！"我从更衣室朝店内大喊。"辛苦了！"四处也响起回应。岸田先生八成已经结完账，在外面等我了吧。我抱着既厌烦又期待的复杂心情走出后门。

"莉卡。"上次那个女人又站在眼前，"喂，要不要再去喝酒？"她笑嘻嘻地说。

"凭什么……"说到一半，站在巷口的岸田先生映入我的视野一角。"嗯，走吧。"我打开自行车的车锁，"走吧走吧。"我无意义地重复，推着自行车。

"抱歉，我跟朋友约好了。今天不行。"

我向站在巷口的岸田先生点了个头，急急走过去。千草一边毫不客气地打量岸田先生，一边手扶车把与我并肩步行。我强忍住想转身的冲动。

"莉卡，刚才那个人，是你男朋友？个性好像很闷。"穿过小巷，千草转头看着后面说。

"别叫我莉卡好吗！"我说。听来很刺耳。

"啊，抱歉。那你希望我怎么喊你？"千草亲昵地把脸凑近我。

"随便。叫秋山小姐就行了。"

"你好像心情不佳？是不是叫你男友一起去比较好？我是无所谓啦。"

千草好像真的这么想，不停转头回看，我慌忙对她笑。

"不用了。那个人，不是我男朋友。我们还是赶快找个店进去坐吧。那个人说不定会跟来。"

"啊，他是跟踪狂？那，莉卡……不是，秋山小姐，我送你回家吧。"

我仔细打量隔着自行车站在旁边的千草，然后回答："嗯，就这么办。"

我只说请她送我回家，可没叫她进屋喝酒，更没邀请她留下过夜，千草却毫不客气地躺在我的被窝摊成大字形呼呼大睡。我毫无睡意，坐在千草脚边，和调低音量的电视大眼瞪小眼。

我在思考自己为什么就是无法拒绝千草。是因为她不像班上同学那样察觉我无言的拒绝，自动退避三舍，抑或是因为如她所言，过去我们曾经一起生活过？即便我完全没有当时的记忆。

她说想写书，好像是真的。这次不是自费出版，她说希望由大型出版社出版。她送去某家出版社的企划案已顺利通过，甚至和那家出版社的编辑找到了我父母家和我念的大学。千草好像是守在放暑假的大学前，向到校参加社团活动的学生一一打听我的事，最后才找到我在神乐坂的打工地点的。

老实说，我觉得很扫兴。搞了半天，她和过去追逐我们一家挖丑闻的那些人根本没两样，就像总是在身边飞来飞去的小苍蝇。但即使如此我还是没把千草赶走，也许是因为上次她说的话在我脑海中萦绕不去。

为什么？为什么是我？

千草的皮包掉在地上颓然张口，里面的东西撒了出来。有笔记本、铅笔盒、手机和厚厚的档案夹。我瞄一眼酣睡的千草后，朝她的皮包伸手。我抽出塞得鼓鼓的档案夹，悄悄打开。果然，关于"那起事件"的周刊与报纸剪报资料塞满了透明的档案页。明明早已料到，但翻着那一页又一页的报道还是令我动摇了。我心跳加快。无法正视那个人模糊的照片。我的大脑抗拒将印刷字体当作有意义的词汇加以理解。

若要回想那个人的长相，总是会浮现刊登在报纸杂志上那张模糊照片的面孔。她是否真是这样的长相，我已不复记忆。她的声音和身高亦然。

这点对我自己来说也一样，我不记得自己的面孔。当然只要照镜子就会看到自己的脸，我知道自己是个有着鹅蛋脸、双眼皮、薄唇，梳着短发的女子，可一旦离开镜前我就想不起来了。

不，我怎么也无法相信，前一刻还在镜中看到的面孔现在就顶在自己的脖子上。在没镜子的地方若要想起自己的长相，浮现脑海的总是平板雪白、一片空茫。那便是我所能想起的自己。

我暗忖，若把我记得的浮光掠影用自己的语言说给千草听，或许我就能看到自己的脸吧，就能看到不是附属于新闻报道和书籍的自我过去时光，想起不是剪报照片的"那个人"的脸吧。

我关灯，找了个空位躺下，借着一闪一闪变换着色彩的电视光线，垂眼看档案夹中的文字，努力试着给迟迟无法进入脑中产生意义的印刷字体赋予意义。

野野宫希和子。

一九五五年，生于神奈川县小田原市。从当地的公立中学毕业后进入私立女子高中，其后因就读于 T 女子大学前往东京。同学们对希和子的印象是：认真、亲切、文静、好学生。

曾加入别校的滑雪社团，据说还交了男友，但她不曾将男友介绍给朋友认识，也不曾携伴与其他友人情侣一同约会，因此没人对希和子的男友有具体的了解。"她是个美女，所以我想应该有很多人追，但她好像没有真正喜欢过谁吧。"希和子昔日的某位同学如此表示。

毕业后，进入某大型内衣制造企业 K 社商品开发部任职。同年，希和子的母亲澄子脑出血过世。四年后，她被调至宣传部。这个部门负责媒体方面的宣传与应对，发行商品目录及定期刊物。希和子也参与每月发行的社内刊物编辑工作。

这个社内刊物，有一页是专门介绍社员的。这个专栏会针对中途入社或调至东京总社的社员做个简单的采访，再附上照片，希和子因此结识了从长野分社调来的秋山丈博。

比希和子年长四岁的秋山丈博生于长野县，从公立高中毕业后，于一九六九年进入K社，隶属于长野分社的营业部。一九七九年，二十八岁的他与同在K社打工的津田惠津子结婚。津田惠津子生于一九五三年，比丈博小两岁。

之后在一九八二年，绩效博得好评的丈博升迁至东京总社工作。

在那期刊物中，希和子的采访报道出了差错。她把丈博的照片与之后要介绍的另一个社员的照片放反了。希和子去道歉，丈博半开玩笑地说："你若要道歉就请我吃饭吧。"就此促成两人接近。

当时丈博暂时处于独自赴任的状态。虽已确定调至总社却尚未在东京找到房子，只好把惠津子留在长野，自己先住进K社名下的单身宿舍，同时利用周末找房子。

把丈博的玩笑话当真的希和子果真请他吃饭了。希和子原本只是抱着道歉的心情，没想到两人却相谈甚欢。

之后，在丈博的邀约下两人开始约会。假日，丈博邀希和子去上野动物园出游，在那里表明自己已有家室。希和子决定不再将此人视为恋爱对象，但在两周后的六月底——希和子生日，两人发生了肉体关系。

之后丈博便经常待在希和子住的位于武藏野市吉祥寺东町的公寓，几乎是半同居状态。假日两人常去房屋中介公司参观。虽然是在找房子以便把妻子惠津子接来同住，希和子却产生了是在找他俩的新居的错觉。

丈博铆足全力往上爬的冲劲，在希和子看来充满魅力。从分社被提拔到总社的社员，在当时的K社尚属罕见。对于向来选择中庸安全路线的希和子而言，丈博的那种霸气显得很有男子气概。刚来到东京的丈博只觉得一切都很新奇，他邀希和子去当时刚开始流行的咖啡吧和迪斯科舞厅。这种小小的狂欢对希和子来说新鲜十足。

一九八二年七月，丈博终于在杉并区永福租到房子，把惠津子接来团聚。在新居安顿下来后，惠津子开始去附近的超市打工。秋山夫妇的东京生活看似安定，但丈博依旧与希和子见面，每两周就有一天会在希和子的公寓过夜。

此时，丈博开始常把离婚挂在嘴上："当初我应该先遇到你。""我已开始考虑离婚了。""趁着没孩子赶紧做个了断，我想，这样对我太太也比较好。"他不断这么告诉希和子。渐渐地，希和子开始实际考虑起她与丈博的将来。

希和子怀有丈博的孩子，是在他们相识的一年半以后，一九八三年的秋天。

千草在狭小的厨房来回走动，一下子打开流理台下方的柜子，一下子又开冰箱："拜托，你家怎么什么都没有。你平时到底吃些什么？"

她转身看着躺在房间的我，一脸被打败似的表情抱怨道。

"我从来不在家里开火。附近就有便利店，况且打工的地方也提供员工晚餐。"

"这年头的年轻人真是的。"千草自己明明也才二十几岁却说出这种话。"要不要去吃早餐？"她开朗地说。真不懂这人为何一早就这么有精神。几乎彻夜未眠的我充耳不闻地用毛巾被蒙住头。

"欸，去嘛，去嘛！跟我去啦。"千草扯开毛巾被，蹲下来摇晃我。

"唉，你烦不烦啊。好啦，我去。"我不甘不愿地起床。

我在客人零星填满座位、光线暗沉的咖啡店与千草相向而坐。千草点了早餐套餐，我只点了咖啡。入口旁边有一扇圆窗。窗外灿烂的白光令人几乎看不见风景。

"千草，你是做哪一行的？"我问。

"什么都没做。因为我要写书。"她得意扬扬地回答。

"那你靠什么生活？"

"伸手要钱，在家当米虫。"

"啊？你爸妈是做什么的？"

"我家有公寓大楼。那个人——我说她叫丹——你可能也不记得了吧。丹离开 Home 后一直对我有罪恶感。她觉得让我在那种地方生活多年很愧疚。所以，就算我不工作，她也毫无意见。她害怕。所以，我也就放心大胆地向她要钱了。也许这样能消除她的罪恶感。"

弯腰驼背的老妇端了盘子来，在我面前放下咖啡，在千草面前放下装有吐司和煎蛋卷的盘子。千草在吐司上涂满草莓果酱开始吃。店内播放着有点夸张的古典音乐。

"你讨厌你妈？"千草舔吮着滴到手指上的果酱的时候，我如此问她。

千草愣怔地看我："不是讨厌或喜欢的问题。母亲就是母亲。"她迅速说，"最近我开始可以这么想了。"她小声补充，然后就这么沉默了半晌，看着盘子里的沙拉，蓦地抬起头。

"怎么样？"她问我。

"什么怎么样？"

"昨天，你看了吧，那本档案夹。"千草瞪大双眼看我。那时耳朵深处清楚传来喊我莉卡的童音。圆脸。透着阳光闪闪发亮的褐发。

"不过，那些我早就看过了。没有任何新东西。"

"啊？你看过？"

"都是拜我妈所赐，她常买那些——虽然不是被她藏起来就是撕破了，但她做得太明显。我小时候就在猜想那上面到底写了什么。于是，到了上初中的年纪就在图书馆看过了。"

"天啊！"千草发出怪叫，重重倒向椅背，"那么莉卡，不是，惠理菜，路的事你也全都知道喽。"

"路？"

"呃，绑架犯。野野宫希和子。"

"噢，"我从牛仔裤口袋掏出香烟，"知道啊。就跟知道福田和子①是谁一样。"

我点燃香烟深吸一口。吐出烟后，坐在邻桌正在看报的西装男故意咳嗽。我才不理他，继续吞云吐雾。我察觉千草皱眉看着我。"干吗，这里又没有禁烟。"我说。

"可是当年那么一丁点大的小莉卡，现在居然大模大样地抽烟！吓我一跳。"她瞪圆双眼说，"欸，第一次看到那种报道时，你有何感想？现在看了，又有什么感想？"千草倾身向前，隔着桌子问道。她翻皮包取出笔记本，好像真的以为自己是纪实作家了。

"没什么感想，好像只是陌生人。应该说，她本来就是陌生人。倒是我，该怎么说呢，对我爸……对我父亲比较反感吧。他居然摆出那副面孔说出这种话。不过，那种书和报道的内容本来就不知有几分是真的。因为野野宫希和子被捕后几乎完全

---

① 1982 年勒毙酒女同事后弃尸潜逃，逃亡长达十五年，其间多次捏造假名及整形，落网后她的故事经过新闻媒体及纪实作家大幅报道轰动社会，甚至拍成了连续剧。

没替自己辩解过，对吧。或许是我爸比较笨才会那么大嘴巴地喋喋不休，但我总觉得事情发展得未免太巧了。我想其中应该掺杂了不少执笔者的主观意见与猜测。若真是如此，我倒觉得写作者好像都是很单纯的人。"

千草依旧紧握本子和笔，定定地看着我。"看我干吗？"我问。

"我觉得你好厉害。"她喃喃低语。

"我哪里厉害了。"

"嗯……该怎么说呢，该说是非常客观吗？你好冷静啊。"

"因为我觉得那根本不关我的事呀，尤其是我爸跟那个人过去那一段，本来就是别人的事，跟我无关。我所认知的'那起事件'和婚外情之类的毕竟还是无关的吧……"

真不可思议。那是我从未跟任何人提过的事。我在想什么。怎么看待这件事。有何感想。今后，纵使跟谁再怎么亲密——就算真的能跟谁亲密起来——我以为我也绝对不会说。可是现在，在这昏暗咖啡店的角落，我却对一个几乎完全陌生的女人说了，同时感到安心。首次这样向人倾诉，令我心中微感喜悦。再多问一点，再多问一点，让我毫无保留地全都说出来吧——我竟萌生这样的心情。

邻桌的西装男起身，付账离开了。我们自然而然地目送他出去。门一开，白花花的日光灌入，霎时间刺痛眼睛。门随着铃铛的声音关上，薄暗又缓缓回来了。

"那，你所认知的'那起事件'是怎样的？"千草慢慢将视线移回我身上，问道。

"那毕竟还是——"说到一半，皮包里的手机响了。我慌忙取出，有短信进来——一定是岸田先生吧。我正想查看短信内容。

"小姐，要讲电话，麻烦到外面。"驼背的老妇人店主走过来，小声说道。

"啊，对不起。"我连忙关机，将其收回皮包。我朝千草看去，她微微吐舌浅笑。我也笑了。

"然后呢？"千草催促，我喝一口冷掉的咖啡，再次开口。

对我来说的"那起事件"，是被一群陌生的大人带往另一个港口，搭船抵达冈山港，再从那里坐车，有生以来第一次搭上新干线的那天开始的事。不是那天之前发生的事，而是那天之后的事。

我瞥向新干线的车窗，风景以难以置信的速度飞快地流过。四岁的我看了很害怕，死也不肯再看窗子。我觉得风景流逝的速度，就等于我被带离原本所在场所的距离。有个女人坐在我旁边，一直柔声对我说话。我不发一语。我被某人抱下新干线。四周闪烁着虹光，我怀疑世界是否即将毁灭。那时的我自然不可能明白，那是照相机的闪光灯。抱着我的人，用力将我的脸压在自己胸口。我呼吸困难，把脸扭向一旁，只见从未看过的一大堆人正把相机镜头对着我。我全身悚然冒出鸡皮疙瘩，拼命忍住尖叫的冲动。

后来的事，我已不记得先后顺序，只留下犹如将剪碎的底片重新拼凑的记忆。

在某间酒店，几个陌生人来见我。瘦得像削尖铅笔的阿姨，高个子叔叔，还有跟我年纪相仿的小女孩。阿姨一进房间就冲过来抱紧我，同时频频喊着我没听过的名字。阿姨在哭。叔叔一脸困窘地看着我。跟叔叔手牵手的小女孩，不停偷瞄我，但每当目光相接，她便立刻撇开脸。抱紧我的阿姨号啕大哭。我被大人的号泣吓到了，困惑与无所适从在这时到达顶点，我无言地僵直身体，就这么尿在裤子上。抱紧我的阿姨发觉之后倏地躲开身体，惊愕地看着我。她来回看着我，以及地毯上在我脚边晕开的污渍。在种种事情混杂纠缠中，唯有那双眼睛令我印象鲜明。她的表情惊慌失措，仿佛发现本以为很柔软才摸的动物毛皮竟然硬邦邦的惹人不快。

阿姨立刻露出笑容，大声嚷着要换衣服，叫人拿尿片来。屋里的大人们连忙走出房间。我在那个房间，当着大家的面，任由阿姨替我换衣服。被当众穿上尿片令我羞耻难耐。其实根本用不着——但我说不出口，只好勉强穿上松紧带过紧的纸尿片。

那之后不久，我得知那个阿姨就是生下我的秋山惠津子，那个叔叔是我爸秋山丈博，那个小女孩是小我一岁的妹妹秋山真理菜。但直到更久更久之后，我才开始真正感到他们是我的家人。又说不定至今我依然没有那种切身感受。

我在酒店住了几晚。不时有陌生的大人来喊我，测量我的体重和身高，检查我的身体，然后，问我之前那段日子的事。在那种混乱中，据说是我爸我妈的人一而再再而三地告诉我，我绝对是他们的亲生小孩，只是一出生就被坏人拐走了，也告诉我那个翻眼定定窥视我的小孩是我妹妹。

当时我爸妈住在八王子的公寓。在酒店住了一阵子后，我被他们带回公寓。那是双层木造公寓的二楼房间。一进门就是厨房与饭厅，对面有两间和室。两个房间都很凌乱。餐桌上总是凌乱堆放着吐司面包、脏盘子、信件、印章和报纸。

现在回想起来，在当时，我爸、我妈，还有我妹，都对我的突然出现感到手足无措。当然我妈的眼泪想必是真心的，他们大概也的确打从心底高兴我的归来。问题是撇开那股高兴不谈，他们显然不确定该如何对待这个突然现身的女儿。

我妈有时会用跟婴儿说话的那种温柔语气滔滔不绝地对我诉说，可是下一秒又会忽然陷入沉默，像在看什么珍禽异兽似的凝视我。有时含笑说得好好的，突然就背对我哭了起来，再不然就是朝我爸歇斯底里地怒吼。所以，我真的不知道该怎么跟我妈相处。当我期待她的笑容鼓起勇气跟她说话也常常遭到她的漠视；相反地，有时我在乖乖看电视她却死缠着我说话。我爸跟我妈比起来还算好一点，因为他的态度一以贯之，总是客气地像在应付陌生小孩般轻露笑容说话。他既不会哭也不会大吼大叫。可惜我还是不习惯与男人相处。或许他其实是个温和体贴的人，但他粗厚的嗓音、高大的个子、粗壮的体格、朝我伸出的粗糙手指都只令我感到恐惧。被他摸头或是抱着，有时甚至他只是靠近，我就会哭。我一哭，我爸就会露出仓皇失措的表情凝视我几秒，然后假装发现有别的事要做，匆匆从我身边离开。

将秋山家迎接我的心态具象化的，是我妹妹真理菜。年仅三岁的真理菜，似乎已听爸妈解释过为何突然有另一个小孩来到家里，但她当然不可能理解。更何况，爸妈还好声好气地刻意讨好那个陌生小孩，耗费比平时更多的时间陪那孩子，她心里当然不是滋味。真理菜不肯接近我，总是贴在爸妈的腿边，时不时地瞪我一眼。她也做出过退回婴儿期的幼稚行为，只要没看到妈妈就用足以震动屋内空气的音量哭个没完。

那里和我过去待的场所相比，一切都差太多了。虫鸣和湖水般的静谧不见了，取而代之的是电视的声音、小孩的哭声，还有爸妈说话的声音与餐具相撞的声音。这些声音挤满屋内，再也没有小朋友来喊我出去玩。我的周遭仿佛隐隐覆起一层膜，我瞥向窗外却看不见群树的绿意也看不见蓝天，只看到刮痕般的电线和隔壁大楼的灰墙。而且我被禁止外出。我觉得自己被囚禁在一个和过去截然不同的世界里。

与此同时，八王子的住处也有形形色色的人上门造访。那些人一来，室内的空气便猛地绷紧。我和真理菜被送进有电视的那间和室，纸门外传来大人们说话的声音。那和昌江婆婆来访时的气氛截然不同，而且等他们走后我妈的心情总是变得很糟。

印象中，搬到八王子的公寓后有段日子我完全没开过口。因为我不知该说什么。就算爸妈跟我说话，我也无法理解爸妈在说什么、问什么。我现在回想起来感觉很好笑，但是当时我真的以为自己被绑架了。不是被坏人拐走后终于历劫归来，而是现在正被坏人拐走、囚禁。

那是几时的事呢？我记得很冷，所以应该是冬天吧。我离家出走了。我想回去，回到有那个人和昌江婆婆、有里他们的那个地方。

和室里铺着被子没收拾，我和真理菜被安顿在那里睡午觉。我妈躺在我俩中间哄我们入睡。真理菜睡着后不久，拍抚我背部的母亲也跟着睡着了。我默默爬起来，尽量不发出声音地拉开纸门，偷偷穿过有暖桌的厨房，打开玄关的门。太阳很刺眼，风景看起来白花花的。

我缓缓下楼，走到楼梯最下面，开始步行。家家户户如积木并列。在我原先住的地方，只要这样笔直走下去就可以俯瞰大海。只要沿着海边的路继续步行，就会抵达新之介他们在停车场玩耍的面线店。

可我走了又走，依然是连绵不断的房子。房子成排耸立在我面前，像要阻挡我的去路。车子扬起尘土，一辆又一辆地驶过。自行车擦身远去。没有我熟悉的绿意，没有我闻惯的那种咸咸甜甜的气味，我走了又走仍看不见海。我只穿了毛衣，冷得身上发疼。我想起那天搭乘的新干线，想起以快得吓人的速度不断流逝的窗外景色。我忽然想到如果不用那种速度奔驰也许回不去，于是我开始跑。跑了又跑，我不停地跑。路的遥远前方，应该有那个人张开双臂等着我，背后衬着闪闪发亮的大海。

我当然没能回去。当我累得蹲在地上时，被警察喊住了。原来我妈午觉醒来找不到我便闹得鸡飞狗跳，火速报警，所以警方正在附近四处找我。

"你跑到哪里去了！"我妈怒发冲冠地骂我，"害我这么担心！真是坏小孩！这种坏小孩不是我们家的孩子！"

我妈失控地大吼，说完才赫然一惊闭上嘴，然后温柔地搂住我，一边抚摩我的头发、背部和手臂，一边对我轻声细语："别再让妈妈担心了，别再跑去任何地方。妈妈都快急疯了。万一惠理菜又不见了，妈妈一定会死。"

不是我们家的孩子——这句话在我耳中萦绕不去。没错，我根本不是这家的小孩，所以放我回去吧。如果我年纪再大一点，更懂得表达自己的想法，我大概会这么说吧。但我什么也说不出口。我甚至不知自己该想什么才对。只是，母亲在我耳畔重复的轻声细语徒然令我感到恐惧。

也许我的安身之处只有这里了。那天，被带回公寓的我终于开始理解这一点。

和千草走出咖啡店，太阳已升至中天，像要发泄怒气般烈焰四射。被冷气冷却的肌肤顿时笼罩在窒闷的热气中。

"还好吗？"千草把头凑过来问我。我不知道她在问什么还好吗，但我还是回答："完全没事。"我俩开始下坡。

"我还可以再来找你说话吗？"千草问。

"你不就是为了这个才来找我的嘛。"我说。我们就这么一路下坡来到饭田桥的车站。我有点不想跟千草分手，于是我问："你午餐怎么解决？"

"不是才刚刚吃完早餐。"千草笑了，一个转身与我面对面。

"谢谢你收留我一晚。下次见。"她把笔记本牢牢抱在胸前，一边后退一边挥手。

"那起事件相关报道的档案夹你带着吧。能不能借给我？"

我追上千草说。千草驻足，看了我半晌，然后从皮包里取出厚厚的档案夹递给我。

"谢了。我一定会还给你。"

千草不知为何露出要哭的表情看着我，但她旋即咧嘴挤出笑脸，再次挥手。我抱着档案夹，也朝她挥手。千草倏地转身背对我，如泅泳般穿过人群离去。档案夹沉重如石。

我抹去从额头和太阳穴滑稽地流下的汗水，朝公寓走去。树木繁茂的神社，传来一整团嗡嗡蝉鸣。我想起刚才在咖啡店收到的短信，取出手机查看。果然是岸田先生发来的。

几时能见面呢？我好想见惠理，想得快疯了。

短信是这么写的。原来见不到面不会忘记，只会发疯啊。其实我也不是不想他。我想他。想见岸田先生。想让他摸我的头，紧紧抱住我说他爱我、最喜欢我。可是我想，会让我发疯的一定不是见不到面，而是继续见面。我不想变得跟"那个人"一样，但我无法向岸田先生解释这种事。岸田先生不知道我曾是全国知名案件的当事人。他不知道我就是那时被拐走的小孩。我好不容易才走到今天，只靠自己的双脚，只靠自己的力量。

我没回短信，正想把手机收回包里时，铃声响起。我以为是岸田先生，但屏幕上闪烁的是"真理菜"这几个字。是我妹打来的。

"姐？"一接电话，真理菜温暾的声音传来，"你现在方便说话吗？"

"可以啊，什么事？"我边走边说。

"荒木町离哪个车站最近？"

"你说的荒木町是新宿区那个？应该是四谷三丁目那一站吧。搭丸之内线。"

"四谷三丁目啊。谢了。"

"跟人喝酒？"

"嗯。联谊。"

"如果喝到太晚可以住我那里。"

"我想应该不会。如果可能要外宿我再打电话给你。谢了。"真理菜说完这些就把电话挂了。我垂眼看表，现在是十二点半，大概是午休时间吧。

对于我搬出来独居，爸妈非常反对。我爸有好一阵子都不肯跟我说话，我妈则是又哭又叫地问我这么讨厌这个家吗。可是，一旦我真的搬出来了，他们几乎对我不闻不问，现在家里只有妹妹真理菜会跟我保持联络。高中毕业后，在货运公司上班的真理菜现在仍住在位于立川的老家。她常为了新宿哪里有好找的约会碰面地点，或是从立川坐到青山的换车顺序这种无关紧要的小事打电话给我。我想她并不是真的想知道那个答案，只是在不着痕迹地关心我。她是在告诉在家里找不到安身之处的姐姐：我们还是一家人。

真理菜常为了与人聚餐喝酒来到市中心，我跟她说如果结束太晚可以来我这里过夜，但她一次也没来过我的公寓。所以，我就算接到妹妹的电话也不急着收拾房间。

我关紧窗户打开冷气，躺在昨天千草睡过的被子上，点起一支烟，对着天花板吐烟。我望着随手扔在一旁的档案夹，伸手轻轻翻开封面。文字还来不及化作有意义的语言，睡魔已猛烈来袭，我摁熄香烟闭上眼。拜托别让我做梦。我一边这么拼命祈祷，一边等待睡意降临。

野野宫希和子告诉丈博她已有孕在身。然而，希和子以为或许能因此促成丈博离婚的希望落空了，他劝希和子把孩子打掉。起先希和子坚持一定要生下孩子，但丈博再三劝说她，动之以情："我也想要你的孩子。可是如果现在生下来，好不容易才有进展的离婚计划一定会搞砸。要是我太太知道你怀孕了，她八成会为了赌气不肯离婚，说不定还会向你我双方索求精神补偿费。所以我拜托你，这次就算了。等我把各方面都解决好之后我们再生小孩。那样对小孩也比较好。"听到丈博这么说，最终希和子决定堕胎。她以为自己打掉小孩就可以更快实现她与丈博的将来。

一九八三年十一月，希和子在怀孕第十周做了人工流产手术。这期间，丈博很少去希和子的住处。希和子以为他正在准备离婚，所以不以为意。没想到次年一月，希和子从丈博口中得知，他的妻子惠津子怀孕了。仅仅在两个月前自己刚失去小孩。得知惠津子怀孕的希和子决心与丈博分手，于是在下班后相约见面告诉他，但丈博却对要求分手的希和子泣诉："我还是想离婚。只是想到妻子大老远跟我来到东京才一年半，我就要抛弃她，未免太可怜，所以不忍叫她堕胎。"希和子分手的决心为之动摇。结果这天丈博留在希和子住处过夜，两人的关系重修旧好。

妻子惠津子便是在那之后，对频频晚归、有时还外宿的丈夫起了疑心。当惠津子逼问他是否有外遇时，丈博坦白供认自己与希和子的关系。面对愤慨的惠津子，丈博承诺会尽快与希和子分手。

惠津子开始打电话骚扰希和子，是一九八四年二月的事。本以为丈夫会结束外遇，但是看来不像已经结束，于是惠津子打听到希和子的住址和电话号码，开始每天打电话给希和子，偶尔还写信。她有时恳求对方与丈夫分手，有时破口大骂希和子，数落她的罪状。最伤希和子的就是小孩的事。

惠津子以亲密的语气，把那天做的产检、她和丈夫正在替小孩想名字的事一一告诉希和子。还有一天，她提到希和子堕胎的事，挑衅地说："真不敢相信你居然把小孩拿掉。换作我，不管发生什么事都会生下孩子。"后来在法庭上，希和子的辩护律师问到这点时，惠津子以有产前忧郁症，情绪很不稳定作为解释："我害喜很严重，已经够惶恐不安了，丈夫却不在家，令我不知如何是好。我只是希望希和子能把丈夫还给我。"

这时惠津子向丈博提议搬家。站在惠津子的立场，她希望通过拉开距离拆散希和子与丈夫。在希和子面前暗示一定会离婚的丈博其实压根不打算离婚。为了将来买下独栋房子，他和惠津子商议减少房租开销以便存钱，最后秋山夫妻决定搬到位于日野市的公寓。由于通勤耗时变长，惠津子以为这样丈夫下班后应该无法在外逗留，没想到对丈博来说反而正中下怀。他以"加班和应酬到太晚，错过了最后一班电车，简易旅馆比出租车费便宜"为由，常常在希和子的住处过夜。丈博在希和子面前则是大发牢骚："我老婆擅自决定了搬家地点。这种脾气令人无法忍受。"丈博这种吊胃口的态度和惠津子疲劳轰炸的刻薄言辞，渐渐将希和子逼入绝境。

一九八四年四月，三人的胶着状态出现变化。希和子独居的老父因癌症住院。被惠津子的电话骚扰搞得精神崩溃的希和子认为这是离开丈博的好机会，决心辞去工作返回老家，遂把吉祥寺的住处退租，搬回小田原的老家。为了照顾被医师宣告已是癌症末期的老父，她天天待在医院。没想到丈博通过社内通讯录查出希和子老家的电话，和希和子取得联络，甚至谎称出差，大老远跑来小田原找她。几乎是独自照顾老父的希和子在不安与孤独中无力抗拒丈博，最后，希和子的决心再次被推翻。

到了五月，希和子由于经期不顺，利用照顾父亲之便抽空去妇产科挂号。结果医师诊断她有子宫粘连的毛病。前一年的堕胎手术导致子宫粘连闭锁。虽然医师解释只要做分离手术还是有怀孕的机会，但希和子认定，都是因为那时杀死宝宝自己才会遭到惩罚，已经不能生育了。之后，惠津子对动不动就出差的丈博起了疑心，查出希和子老家的电话，又开始打电话骚扰希和子。

野野宫希和子遭到逮捕后，在公审期间，针对她与秋山丈博、惠津子夫妻之间的关系几乎未置一词，唯有一句话她再三重复："惠津子说我是个空壳子。她说我会变成空洞的身体是我杀死小孩的报应。想起这句话，我忍不住在父亲睡着后躲在病房里偷哭。"不管问什么都以一句"没错"回应的希和子，唯独这时语气强硬地清楚表明。在第六次公审时，对于辩护律师"你还记得（惠津子打来的电话中）被骂了些什么吗"这个问题，她还是说出一模一样的话。对此，秋山惠津子表示："我没说过那种话。是那女的有被害妄想症。"

八月三日，希和子的父亲过世。死因是胃癌，享年六十九岁。自七月中旬起，希和子便几乎以医院为家，也没跟丈博联络。而丈博也忙着准备妻子的生产，没有去过小田原。惠津子于八月十八日阵痛入院，翌日生下长女惠理菜。在医院住了一周后，回到日野市的家。

这时，希和子虽已和丈博断绝联络，却凭着之前从丈博那里听来的地址找上日野市的公寓。二十五日，她目击抱着婴儿的惠津子与丈博一同回家。

正在洗衣时，对讲机响了。我以为又是千草来访，也没从门上的猫眼看清是谁就开了门，当场哑然。站在门口的是岸田先生。他衬衫渗着汗，一手搭着外套，把蛋糕店的盒子高举到眼前。

"伴手礼。"说着，他莞尔一笑。

"你怎么这个时间跑来？"我问。"今天有全国模拟考试，不过这次我不用当监考老师。"他隔着我的肩膀朝房间一瞥，

"可以进去吗？"他问。

　　你走。我不想见你。言语虚无地零落四散。"等一下。我收拾一下。"我说，关上门，把地上散落的从千草那里拿的资料塞进壁橱。我将房间角落堆成小山、已放了好几天的待洗衣物也整团抱起，堆到那上头。对于马上就兴奋起来的自己，想起岸田先生手指触感与嘴唇柔软的自己，另一个自己正不屑地冷笑以对。

　　初中翻阅"那起事件"的相关书籍时，我总觉得一切离我太遥远，野野宫希和子和书中以假名代称的爸妈，对我来说都仿佛是小说人物。所以我忘了自己正在看什么，只觉得心烦气躁。怎么会爱上这种满口谎言的男人呢？我既不觉得他是个魅力大到值得抢夺的人，也不觉得他体贴。我气希和子，也气我那为人妻的母亲。对这样一个对女人三心二意、优柔寡断的人渣，这两个女人为什么会如此看不开呢？尤其是希和子。一个连妻子的骚扰电话也解决不了、都敢追到女友老家来却连人家父亲的丧礼也不肯露脸的男人，她为什么就是忘不了呢？

　　不过，现在我可以理解了——当然并非全部理解。我只明白一件事：即便对方是满口谎言、对女人三心二意、优柔寡断的人，有时还是会忍不住爱上，纵使对于心知肚明的自己深感厌恶。

　　"让你久等了。很热吧？"我打开玄关的门。站在走廊上的岸田先生一进屋就用力抱紧我。蛋糕盒掉下。"蛋糕——"我才开口就被他的唇堵住。

"我好想你。好想……好想。"岸田先生呻吟道。我用力吸进男人身上的汗味。又苦又重、属于男人的、岸田先生的汗味。

我一边竖耳静听浴室传来的淋浴声，一边把鼻子凑近皱巴巴的床单。上面有本来早已消失的岸田先生的气味。这下子，我恐怕又将有好一阵子都无法忘记岸田先生了。我打开冰箱，取出刚才他带来的蛋糕盒。打开盖子一看，被岸田先生摔到地上的蛋糕已歪七扭八，粘在盒子右边。

一定就像这样吧。我俯瞰惨不忍睹的蛋糕暗想。野野宫希和子这个人，与秋山丈博这个人的情事。在成为绑架犯前，成为我的父亲前，我所不知道的两人，应该就是这样吧。不是特别轰轰烈烈的恋情，也没什么刻骨铭心的滋味，只是见面、做爱、吃蛋糕，想着今天就分手，可是见了面又忍不住想起，如此一再重演。对方诚不诚实或说不说谎，在这种平凡的时光中想必早已不再重要。

"谢谢你借我用浴室淋浴。啊，要吃蛋糕吗？"岸田先生从更衣室里探出头。

"可是，蛋糕已经变成这样了，刚才被岸田先生摔到地上了。"

"没事，没事。味道还是一样的。"岸田先生一边说，一边穿上内裤和背心，套上衬衫，从头发滴落的水滴在衬衫上形成小小的圆点，"唉，真不想回去工作。"

"那就别回去了？"

"你别这么说。我真的会不想回去。"岸田先生系上长裤的皮带，从更衣室出来。我把摔烂的蛋糕移到盘子里，然后端到小桌上。

"你看，草莓蛋糕和水果塔正好合为一体。这样两种味道都吃得到。"岸田先生盘坐着，开始吃被摔烂的蛋糕。

"你喜欢我吗？"我问岸田先生。岸田先生抬起头，看了我半晌。

"我喜欢你离开时从不回头。"他说着笑了，"惠理喜欢我什么地方呢？"

"明知听起来就很假却还要说谎。"

我正经回答，岸田先生却笑弯了腰。

其实，爱上岸田先生的那一刻，就像上周的事一样记忆犹新。第一次一起吃饭的那天，岸田先生带我去了新宿西口的某家餐厅。车站内人很多，我和岸田先生并肩步行。迎面走来的中年男人狠狠撞过来，我踉跄数步，男人啐了一声就想走。那时岸田先生反射性地抓住男人的手臂，低声说："撞到人的是你。"男人再次咂舌，甩开岸田先生的手扬长而去。岸田先生看着我困窘地笑了："自己没错时用不着道歉。"

吃饭期间，我数度想起岸田先生说的那句话。自己没错时——那对我来说犹如咒语，犹如将我放出牢笼的咒语。

那时我之所以会把爸妈反对我独居、我在自己赚生活费的事告诉岸田先生，也是因为希望他多说点什么。我希望他说：
你一点也没错，那个家会变成那样，让你一心只求离开，这些
通通可以忘了，再也没有人知道你的过去，所以你可以安心了。
"连生活费都不给，我爸妈很过分吧。"我在岸田先生面前甚至
还笑得出来，就像个普通的十九岁女孩。而岸田先生笑道："他
们大概以为你会叫苦连天，立刻乖乖回家吧。"然后又补上一句，
"不过你爸妈想错了。你活得很坚强。"

　　我不知把岸田先生那天说的话反刍过多少次。用不着道歉。
你活得很坚强。只要把他的话在心里反复温习，我就相信自己
能够到达更远的、自己想去的地方。

　　如果跟别人说，对方八成会觉得"这只是微不足道的小事"
吧，八成会笑我："为了这种微不足道的小事，你就爱上他？"
同样的话，就算换一个人来说，我或许也不会爱上对方，抑或
岸田先生在另一天、另一个地点这么说，我或许也会毫无感觉。
可是那天，在我心中，一切都恰到好处地嵌合了。

　　可是现在，我把别人可能会说的话对自己说了。为了这种
微不足道的小事就爱上他？对于一个满口谎言的人，只为了那
么一丁点小事就打算继续喜欢他？

　　临走时，岸田先生在玄关门口抱紧我："真希望能说声'我
回来了'立刻又回到你身边。"他在我耳畔说。我不发一语，把
脸埋在他触感冰凉的衬衫上。门被关上，岸田先生下楼梯的脚
步声传来。

我才不信那种话呢。我不是对岸田先生说，而是对记忆中的野野宫希和子说。在模糊的照片中直视前方的三十几岁的野野宫希和子。我跟你不同，我才不会那么轻易地相信男人说的话。因为我不像你那么傻。

　　明确理解自己只能待在这里，和察觉如此一来我必须让这个家的人喜欢我，几乎是在同一时期。那时我正要上小学。

　　我们本来住在八王子，但在我上小学的前夕，举家迁至川崎。后来我才知道，那是为了逃离我们一家已传遍附近邻里之间的流言蜚语。

　　后来我妈说，如果继续住在那里，她怕我也许会因为那件事被学校同学欺负或嘲笑。而更久之后，我才知道那与其说是为了保护我，其实是在保护他们自己。随着时间流逝，"那起事件"的细节渐渐曝光。野野宫希和子做了什么，跟她发生婚外情的是什么样的男人，那个男人的妻子又是怎样的人……这些全都闹得人尽皆知。在描写"那起事件"的书籍与报道中，有一些把我爸妈这两个真正的受害者描写成加害者。他俩，一个成了吊着希和子若即若离、逼她堕胎、一直在劈腿的负心汉，另一个则成了连日连夜不停骚扰希和子、宛如恶魔的悍妻。我和妹妹都不知道，爸妈当时好像收到了不少谩骂他们的匿名电话与信件。正因有这段内幕，他们才渴望逃走。

　　川崎的家，从车站搭乘公交车后还须徒步五分钟。那是一间位于住宅区的公寓，但社区的氛围和家中格局，对七岁的我来说都跟八王子一样。依旧是逼仄杂乱、看不到海的城市，依旧是凌乱吵闹的房子。不过比起之前，访客少多了，电话响起的次数也随之骤减。

事件发生后，我爸辞去内衣公司的工作，成了推销学校教材的业务员。我上小学后，我妈开始在附近超市打工。明明是为了逃避闲言闲语才搬家的，但流言却不知从哪里悄悄尾随而来，令爸妈不得不换了好几次工作。我曾被人拐走的事也传遍校园。我懵懵懂懂理解了这点。我并未如爸妈所担心的遭到欺负。同学只是对我敬而远之。人人都离我远远的。我想，对小朋友来说，那起事件一定也超出了他们的理解范围。大家都不知道应该如何对待一个曾经遭到绑架的同龄小孩。

不过，外面的世界对我来说并不难熬。无论在学校还是放学后的校园，我只要发呆就行了。看看书，望望天空，时间就打发掉了。我窃喜没人肯接近我，窃喜不会被问任何问题。

难熬的是在家里，我必须讨好爸妈。然而爸妈是否喜欢我，我完全无法判断。当时，我开口说出的是岛上的方言。我觉得自己必须说点什么，所以总是缠着回到家的母亲："偶跟你说哦，今天在学校，有考试咧。"我妈一听就面目狰狞地瞪我："我跟你说，今天学校举行了小考。"她刻意重复我说的话，像新闻主播一样字正腔圆地说一遍给我听。在我妈看来，那种方言想必会唤起禁忌的回忆，很不可原谅吧。

"偶可以看电视咧？""我可以看电视吗？""跟你说哦，偶想买零食。""妈妈，我想买零食吃！""刚才真理菜哦。""刚才真理菜她！"我妈动不动就扯高嗓门纠正我。我一个人独处时，总是拼命练习说话，在校园角落，在独自归家的放学路上，在母亲还没回来的厨房，在蒙着被子的小小黑暗中。你知道吗，我的名字叫作秋山惠理菜。我念小学一年级。我有一个妹妹，她叫作真理菜。听着爸妈对话，听着妹妹与家人对话，听着电视里的对话，我一一重复他们的发音，学习他们的遣词用字。可是，每当爸妈跟我说话时，我害怕出错以致紧张过度，立刻又冒出"偶跟你说哦"。

"你够了吧。"当我妈按住我的双臂想教我正确发音时，我爸如此说道，"这孩子吓坏了。你就随她怎么说吧。将来自然就会改过来的。"

我妈一听，当下朝我爸怒吼："我们的小孩为什么非得用我们听都没听过的方言说话不可！"然后趴在地板上哭了出来。

情绪起伏激烈的母亲固然可怕，温和的父亲也渐渐令我心生惧意。想必是因为我敏感地察觉，那种温和中掺杂了漠不关心与自弃吧。

我爸打从心底害怕别人把事件的原因通通归咎到他身上，而非希和子身上。正因如此，事件发生后，我爸妈动不动就要互相确认自己在各种角度上都同样是被害者。但我妈一旦情绪失控，就会开始含沙射影地暗指这都是我爸的错。我爸也好不到哪儿去，只想用漠不关心与自弃来敷衍。

　　我唯一不用紧张的，就是跟小我一岁的妹妹真理菜共度的时光。真理菜起初对于突然出现、看似独占父母关爱的我很排斥。她曾把我的东西藏起来，也曾自己摔倒却说是被我推倒的，故意大哭大叫。但搬到川崎后，大概是因为家中的气氛总是充满火药味，她和我的距离渐渐缩短了。在我妈外出打工还没回来时，我俩会钻进壁橱分享秘密。在真理菜面前我什么都可以说。说池中幽魂、海边小学、夕阳如何沉落大海彼端。我还骗她说我是生在遥远国度的公主，那个国家打仗打输了，所以包括我在内的所有小孩都被掳来日本。真理菜什么都相信。"不准告诉爸爸他们哦。"我板起面孔这么一说，真理菜也露出同样严肃的表情再三点头。"惠理，那你有一天会回那个国家吗？"真理菜嗫声问道。"也许会回去吧。"真理菜一听就露出快哭的表情。"我再也回不去了。"听我这么说她才松了口气。

　　有时跟真理菜说的谎话，连我自己都几乎信以为真。因为在川崎的生活和我记忆中昔日的生活，差距实在太大了。

　　住在八王子时，身边骚动仍未平息，我也还完全在状况外，就这么莫名其妙、糊里糊涂地过了一天又一天。搬到川崎后身边出入的人变少了，母亲开始上班，真理菜也开始跟我一起上小学，表面上算是开始了极为普通的生活。在那之前，我只注意到屋内的凌乱和窗外的风景这些肉眼所见的差异，现在我也逐渐注意到生活本身的差异了。

比方说早上没有人来叫我起床。起床时我爸不在，我妈还在睡，真理菜还要靠我去叫醒她。起得晚，上学当然会迟到。在我学会如何设定闹钟之前，每天都好像在打赌，不知明天是否来得及准时上学，也曾多次因紧张过度而失眠。过去我从未尿床，现在即使上了小学二年级还会犯这个毛病。

早上起来也没东西可吃。电锅是空的，冰箱里顶多只有生鸡蛋和青菜。如果有零食，我就跟真理菜一起吃零食。放学再带着在校园等我的真理菜一起回家。母亲会在天黑时回家弄晚餐，但晚餐是将超市卖的熟食带着保利龙托盘直接端上桌。而且，通常只有一样可乐饼或一样炖菜，就用那唯一的菜配米饭。我们边看电视边吃，吃完时我爸通常也回来了。我爸一回来，就轮到我妈出门了。虽非每晚如此，但一周中的大半时间都是这样的。我和真理菜一直以为妈妈晚上也要上班。过了一阵子我才知道不是这样，她似乎只是去夜游。她会去附近的居酒屋喝酒，跟朋友去当时刚开始出现的 KTV 唱歌，或是去迪斯科舞厅跳舞。

"我真的不知该怎么办。"我妈曾这么对我说。那时我大概已经上初中了吧。"一看到你，我就会想起那个女人。想起那个女人，我就会恨你爸。想到为什么只有我得受尽这种痛苦，我就无法忍受再待在家里。"

换言之，我妈是在逃避。逃离我回到的原生家庭。

我妈出门后，我爸多半在餐桌前喝酒。看到我们在看电视，他只会想起来似的随口问声洗过澡了吗、功课写了没，然后就像石头一样纹丝不动地继续喝酒。我想，我爸也同样在逃避。我有一对只知道逃避的爸妈。

爸妈都不打扫房间，家里自然永远积满尘埃、杂乱无章。尿湿的被子，我从小学起就自己拿去晒。否则，那天我就得睡潮湿的被子。

早上被叫醒，醒来就有饭吃，中午小朋友们会来找我玩，大家一起热热闹闹地吃饭，晚上被妈妈牵着走回家，在固定的时间吃晚餐，睡前妈妈会讲故事给我听。家里永远整齐清洁，窗外看得见绿意盎然，路上行人会对我笑，走一小段路就是无垠大海……那是遥远国度的公主的生活。是我失去的生活。

外出的妈妈多半等我们睡着后才会回来，但偶尔也会提早回来。那种时候她就会啰唆地缠着我，不是突然搂紧我，死都不肯放手，就是陪我一起洗澡，帮我从头到脚地刷洗干净，再不然就是钻进我的被窝。

"惠理菜，你喜欢妈妈吗？"她一问再问，"比起带走惠理菜的坏人，妈妈比较温柔吧？""妈妈很高兴惠理菜你能回来，惠理菜也跟妈妈一样高兴吗？"她会这么追问，有时还会哭。害我妈哭泣，我很难受，会觉得自己好像犯下什么滔天大罪。

小学五年级时，我第一次交到朋友。新朋友叫作真部聪美，是从东京转来的学生。她好像不知道我那段人人皆知的过去，主动接近孤零零的我。我之所以能客观地理解自己的过去与"那起事件"，就是经由这第一个朋友。

　　聪美住在有院子的独栋别墅，我去玩过好几次。她妈妈总是亲自出来迎接，还准备了一大堆两个人根本吃不完的零食。有个星期天，她邀我去她家替她庆生，班上同学只有我一人受邀，只有她爸妈和她在等我。她的爸妈和她的家都很像是电视连续剧中会出现的。我们说着玩笑话相对大笑，桌上摆满亲手烹调的大餐。我还记得当时我紧张得好像误闯不知名的世界。然后大家把灯关掉，观看录影带。那是聪美的爸爸替她拍的成长记录，从婴儿时期到现在的聪美断断续续地映在银幕上。在浴室哭泣的婴儿，爬行的婴儿，在草皮上学走路的小宝宝……我跟他们全家一起看着，蓦地，清楚地理解了自己的过去。

　　"你小的时候，被全世界最坏的女人带走了。"之前，爸爸妈妈、爷爷奶奶、外公外婆都说过的话，在那一刻，我彻头彻尾地理解了。一切都首尾贯通了。我终于明白之前觉得奇怪的理由。我根本不是什么遥远国度的公主。那个家才是我的家。我爸之所以把我当成陌生小孩对待，我妈之所以又吼又哭夜夜出门，都是因为"那起事件"。是那起事件，不，是模糊残留在我记忆中的那个女人，毁了我们的家。这些年来我之所以没有朋友，体育课也无人愿意跟我一组，家中之所以乱七八糟，我之所以背负强烈的罪恶感……一切的一切，不是我的错，而是那个女人害的。

　　在聪美家昏暗的室内看录影带的同时，数不清的"如果"

涌上心头。如果没有那个女人，我们应该会是普通的一家人；如果没有那个女人，爸妈应该会正常地爱我；如果没有那个女人，同学想必也不至于对我筑起无形的墙；如果没有那个女人……如果、如果、如果……

世界仿佛正缓缓颠倒。全世界最坏的女人。这时我终于知道，父母说的是对的。

庆生会结束，聪美的父亲开车送我回公寓。我下了车朝聪美挥手，目送车子远去，忽然猛烈作呕。我当场蹲下把刚吃下肚的东西全都吐出来。聪美的妈妈做的炸鸡、什锦寿司、鸡蛋沙拉和雪白的蛋糕，全在黑暗的柏油路上被我吐个精光。

五年级结束时，聪美开始疏远我。我用余光看着聪美和其他同学愉快地放学回家。她想必是听班上同学说了什么才疏远我的，但是对于这个第一次交到的朋友，我并无恨意。我憎恨的只有一个人，就是那个从我身边夺走每一样"普通"的女人。

我已有两个月没来月经了。九月没来时我以为只是生理失调，但这个月，已超过以往日期十天仍无消息。我很想这个月也佯装不知，但还是不得不承认月经没来这个事实。

八月暑假结束后，我的生活又可笑地恢复原状。早上起来去学校，上课，拒绝别人随口邀约的聚餐，一周五天去打工。周一不时跟岸田先生见面，让他在外面请我吃饭，或在我家喝啤酒。

一旦承认月经没来，我顿时心生惧意，上课的内容也听不进去。老师说了什么后就离开教室，同学离席热闹交谈的声音散落在我耳边。

　　只是迟了而已，明天一定就会来。一定是暑假期间我几乎没好好吃午餐，营养不良导致的。我慌张暗忖，但藏在毛衣下的手臂却爬满鸡皮疙瘩。

　　回过神我才发现，教室里坐的全是陌生面孔，讲台上是陌生的教师在讲话。看来是我耽于沉思之际已过了第四堂课，开始第五堂课了。我连坐在四周的是一年级的学生还是三年级的都不知道，也不知道这是什么课。因为不是大教室，我也不敢公然起身走出去，只好一直低着头坐在位子上。教师说的明明是日语，却无法化作任何意义传入我心中。我瞥向窗外，刚才银杏叶尚沐浴在阳光中，现在却隐隐融入薄暮。

　　万一月经继续不来怎么办？万一腹中已孕育某个陌生人怎么办？当初是谁得意扬扬地嘀咕绝不会像那个人一样、不会像那个人那么傻？我体内深处阵阵发冷，低垂的脸庞滑落大颗汗珠。

　　下了课，我抱着包冲出教室。在大批学生来往穿梭的走廊一角，我打电话到打工地点，匆匆表示我身体不适要请假。听到店长叫我保重的声音后我按键挂断电话，然后用颤抖的手搜寻电话簿。我想找个人见面，想找个人不当回事地对我笑着说没事。输入的姓名一一出现在手机屏幕上。我爸，我说不出口。我妈，我不可能告诉她。真理菜，我该从何说起？岸田先生，要跟岸田先生说什么呢？难道要说"我有个好消息"吗？接着出现的是打工地点的人名，以及大一时互相交换电话号码的几个同学的姓名，但他们对我而言宛如外国笔友。千草。千草——就算是千草，我又该说什么才好呢——虽然这么想，我的手指还是按下了拨号键。

在学生街的烤串店，我们并肩坐在吧台前。有千草在身边令我深感安心。

"干吗，什么事这么正经八百要跟我说？难不成是你想起什么新的回忆了？"叫了啤酒和烤串拼盘后，千草如此说着，从皮包里取出笔记本。我定睛俯视千草的笔记本。

拿起送来的啤酒喝了一口后。

"我可能怀孕了。"我说，然后笑了。自己还笑得出来令我很惊讶。

"啊？"千草拿着啤酒就这么定住，凑近看着我。

"我也不确定，月经才两个月没来。说不定马上就来了。人家不是说年轻时经期不顺是正常的嘛。"

瞪圆双眼的千草一直保持那个表情，于是我慌忙地说。但千草依旧如化石般纹丝不动。

"你一定想说我模仿那女的也模仿得太彻底了吧。明明没有血缘关系。"

我再次对她笑，千草这才把酒杯放回吧台。

"呃，是上次在巷子里看到的那个很阴沉的人？"好不容易才开口的千草劈头这么问道，害我笑了出来。

"你可以喝啤酒吗？"

看我笑个不停，千草担心地问。

"没事，我要大口喝个痛快。最好淹死在啤酒海里。"

本来是打算开玩笑，听在耳中却发现自己的语气异样强硬，不禁一惊。仿佛已经不打自招：只不过是月经两个月没来，自己却一直担心那并非只是单纯的月经迟来或不顺。而且，自己的声音也让我发现，"死了最好"其实是自己的真心话。

"拜托你，别说这种话……"千草一脸快哭了的表情小声说，"欸，我们现在就去你家吧。回去的路上去药店买验孕剂。反正有我陪着你，先用那个验一下吧，好吗？"千草抓紧我的手臂，压低嗓门说。

店员在台子上放下摆满烤串的大盘子。

"先吃点烤串再说。"我伸手拿起烤串说。为了不让千草发现我拿烤串的手在发抖，我将手肘抵在台子上，背着千草吃掉。烤串吃起来索然无味。

千草提议搭地铁，但我坚持走路回去，千草只好乖乖跟上。千草拎着药店的塑料袋，里面只装了刚买的验孕剂，是个小袋子。夜风虽冷，吹在被啤酒熏热的脸上倒是很舒服。我和千草并肩走在徐缓的上坡，步道上空无一人，来往穿梭的车辆一再将我俩的身影照亮。

"刚才，你不是说'我模仿那女的也模仿得太彻底了吧'？那是什么意思？"千草小声问道。

"啊，对呀。我还没告诉你吧。上次站在小巷那个看似阴沉的人，就是我现在的交往对象，他已经有老婆小孩了。"我尽量说得不当一回事。千草倏地看我。我知道她尴尬地撇开眼。

"到头来，我做的事跟那女人一样。你一定觉得我很蠢吧。我自己也这么觉得。"

"你喜欢那个人。"

"喜不喜欢，我已经不知道了。"我说。是真的。"你不觉得，可以天天见面说话的人，其实不多？在大学里虽然总是见到一些熟面孔，交情却跟每天搭电车通勤遇到的人差不多。撇开那种人不论，可以见面、说话、谈笑、发问的人，你不觉得寥寥无几？我从以前就有这种感觉了。所以，即使是跟岸田先生——啊，岸田先生就是那个阴沉的人——每周见个面，我也会觉得安心。也许是因为可以确定，上周的自己和这周的自己一样吧。"

"你还有我呀。我也一直跟你见面的呀。"千草说得认真，害我忍不住笑了。

"可千草你是女的，跟情人又不一样。"

千草陷入沉默，看着自己的脚下走路。前方不远处出现便利店的白色灯光，我正想问千草可不可以去一下便利店，她倒是先开口了。

"我没跟男人交往过，也没性经验。"千草用轻松的语气说出这些话，所以我知道，她也想尽量说得轻描淡写，"所以，我不懂，想跟男人在一起的心情是怎样，情人是怎样，性交又是怎样。我通通不懂。因此，你的心情我无法体会。"

"嗯。"我微微点头。

"像这种不是出于自愿，只因在 Angel Home 长大就遇到的令人火大的事，还有很多。比方说无法适应学校生活，也曾被同学欺负，不过，那些通通都已不重要了。只是，无法爱上男人，实在令我很害怕；想到再这样下去，我或许会和恋爱无缘，永远孤零零地生活，有时候，我会蓦地很茫然。这点令我说什么都无法原谅，到现在也仍然充满疑问。我不懂为何不能让我看到一个普通的世界。"

千草径自低头，像在踢石头似的说。

"我们去便利店买啤酒吧。"我没点头附和却如此说道。

"你还要喝？"千草目瞪口呆地说。

在便利店买了罐装啤酒，我们带去公园喝。千草虽然一下子嫌冷，一下子又嫌黑，频频催我回去，但她还是乖乖跟来，坐在我身旁喝起啤酒。白色的路灯照亮堪能看出形状的沙堆。环绕公园的群树遮住马路的灯光，使得公园内一片漆黑。蓝色塑料布在灌木丛中搭起四角帐篷，大概有人住在这里。

"你不想回去吧。"千草在我身旁说，"你怕回去验孕吧。"

被她这么一说，我才察觉自己的心态，但我没回答。在冷空气中喝啤酒实在不怎么惬意，但我还是举起罐子一口灌入。

"你听过蝉的故事吗？"我将冰冷的罐子放在掌心之间把玩，向千草问道。千草看着我。"当你知道蝉在土里待了好几年，一出地面立刻就会死时，有没有吓一跳？"

"你怎么突然说起这个？"

"是三天还是七天，精确的时间我不知道，总之，蝉一直在土里，可是出生后只能活这么几天就会死，实在太惨了。我小时候，曾经这么想过。"

我仰望遮蔽前方的黑色树林说道。几个月前，骑自行车经过这个公园旁还能听见蝉鸣响彻云霄。有时我会停下车子，在阳光中眯起眼仰望树木，寻找蝉的踪影。虽然我一直没发现蝉到底躲在哪里嘶鸣。

"不过，长大之后我开始这么想：既然别的蝉也是七天后就会死，那应该没什么好难过的吧。因为大家都一样。它们想必也不会怀疑为什么非得这么早死。可是，如果明明应该七天后就死，有一只蝉却没死掉，同伴们都死光了只有自己还活下来，"我把剩下的三分之一啤酒倒在脚边，液体微微发出声响渗入土中，"那样应该比较悲惨吧。"

千草不发一语。我再次抬起视线，凝望沉入黑暗中的群树。没死在夏天的蝉，仿佛正屏息依附在树干上。为了不让人发现它还活着，屏息以待，绝对不发出鸣声。

"走吧。"千草悄声说。

"我想上厕所。去那边的厕所吧。顺便验一下刚才买的玩意好了。"我故意用玩笑的口吻说。

"在这种地方？"千草满脸忧心。

"现在喝醉了，不管是什么结果一定都不太会害怕。否则等我回到家，一定会怕得不敢验。"

听我这么一说，千草连忙从塑料袋里取出验孕剂，打开细长的纸盒，取出里面的东西。她把折成小方块的说明书摊开，对着路灯仔细阅读。

"这上面说，要把尿液滴在这里。"说着她把形似体温计的塑料棒递给我。

我接过来，摇摇晃晃地走向厕所。位于公园角落的厕所，像从天而降的太空船一样发出白光。我钻进弥漫着臭味、满是涂鸦的小隔间，蹲身小便。做着做着，自己忽然觉得好笑。

我拿着滴水的塑料棒走出厕所，忍不住笑了出来。千草忧心忡忡地跑过来。

"上面说要等五分钟。到时如果这个框里没有出现印子，就表示安全过关。"

千草拉着我走到路灯下。我们动也不动地默默凝视小方框。在这种地方试图确定怀孕与否，还真像我的作风，简直太适合我了。所以，在朦胧的路灯下，当塑料棒的小方框，缓缓浮现代表阳性反应的蓝线时，我既不觉得不安也不觉得害怕，倒是顺理成章地想：果然如此。

父亲的丧事办完后，希和子不久便回到东京都内。她在一九八四年十月租下以前丈博住的杉并区永福的某间小套房。父亲留下的土地与房子由父亲的妹妹继承，希和子自己只继承了父亲的人寿保险金与存款。

但希和子没把新的住址告诉秋山丈博。丈博一心以为，他与希和子的关系已经自然结束了。到二月为止，希和子曾数度前往日野市观察秋山家。然后在一九八五年二月三日，希和子成功潜入秋山丈博家中。

"起先，我真的只是想知道有没有宝宝生下。一旦去看过他家，就忍不住想再去一次。我想知道宝宝是男生还是女生，也开始渴望靠近，看得更仔细一点。经过几次观察后我发现，早上秋山先生会在八点十分过后出门，他太太会开车送他到最近的车站，其间家门不会上锁。我每次都感到很不可思议，为何开车送秋山先生去上班时居然没把宝宝带着。一口咬定我是魔鬼的人，自己为何忍心撇下宝宝，这令我感到不可思议。"希和子在法庭上如此说。

但希和子坚称她并非预谋带走婴儿："我想看宝宝。不是远观，我想近距离看个仔细。我进屋时，双膝发抖。我知道自己在做坏事。居家生活的情景劈头窜入眼帘，令我陷入惊慌。我什么也无法思考，只听见宝宝的哭声。我找到睡在里屋的宝宝，一抱起她，就此万劫不复。"

当初希和子矢口否认纵火："我根本没有纵火的念头，满脑子只想着宝宝。"虽然她这么说，但审理的重点还是锁定在纵火上。对于检察官再三质问她是否下意识想要复仇，她在第八次公审时，推翻了原先的说辞，表示"不无可能"。虽然辩护律师从头到尾都主张"是开着没关的电暖炉不慎倒下，引燃铺在地上的被褥和窗帘"，但希和子自己却表示"不能完全排除绊倒暖炉的可能"，使得辩护律师无法再继续坚持。

总之，拐走婴儿的希和子在当天晚上逃往学生时代的同学家中。希和子的同学 A 做证时指出，她并非知道希和子犯罪、故意包庇。"她说同居的男人会动粗，所以带着孩子逃出来投靠我，我信以为真。我看婴儿跟她很亲，她也很疼小孩，所以没有起疑。"

此外，虽然希和子和秋山夫妇绝口不提，但事态演变至绑架案的内情、秋山丈博与希和子的关系，以及秋山惠津子接近希和子的举动，都在她的供述下公之于世。

同学 A 虽然几乎拒绝了所有采访，但在希和子判刑确定后，只有一次在某杂志记者询问感想时，她曾做出回答："当我自己生下小孩时，曾把她找来让她抱孩子，一起替孩子换尿片。现在想想，那或许也间接逼她走上绝路。如果有机会再见，我想向她道歉。"

希和子在同学 A 家待了六天后，将永福的房间退租逃往名古屋。那是八十年代初期因地价高涨被收购的地区。在居民几乎已全部迁出的社区里，住着一名拒绝搬迁的女性，希和子被她收留。

希和子之所以能逃往名古屋，进而逃亡长达四年，背后还有一段内幕。

送丈夫上班后，秋山惠津子又去便利店买了东西才回家，却发现自家公寓冒烟。就在惠津子回来前后，附近邻居叫的消防车已赶到进行灭火。房子幸未全烧，但婴儿不见了。惠津子陷入慌乱，连忙打电话给丈夫，同时心里已认定，这一定是某个男人干的好事。

搬到杉并区永福时，惠津子身边没有亲戚朋友，丈夫又每日晚归，有时甚至彻夜不归，这令惠津子郁郁寡欢。她认为出去工作也许能交到朋友，于是开始在超市打工。在那间超市，惠津子认识了B男，日渐亲近。比惠津子小五岁的B当时二十四岁，以短期兼职员工的身份出入超市。在惠津子看来，那只不过是为了解闷才开始的交往。怀孕后惠津子就辞去打工的工作，也向B提议分手，但B却迟迟不愿分手，最后甚至撂狠话说"别以为这样就没事了"。惠津子之所以选择搬到距离丈夫公司颇远的日野市住，多少也是因为担心听到分手就翻脸无情的B会采取报复行动。

得知婴儿不在屋里时，惠津子首先想到的就是这个B。她以为这是"别以为这样就没事了"所招致的恶果。警方的调查小组就是被这个惠津子认定纵火、绑票的B拖累了。

一直靠打工兼职维生的 B，当时正好行踪不明。其实他只是赖在某个于欢场结识的女人家里，但要清查 B 的行踪意外地耗时。由于起初秋山丈博对于野野宫希和子的事只字未提，调查小组遂把 B 锁定为嫌疑犯。惠津子一心认定犯人就是 B，对于丈夫过去的外遇对象倒没想那么多。

调查开始的第八天，警方终于查出 B 的下落，B 接受警方侦讯。在二十岁那年离开岐阜老家来到东京的 B，没钱花时就去打工，有时也靠关系密切的女人养活，一直过着有一天算一天的生活。对于他与惠津子的关系，他如此回答："她会请我吃饭，所以就在一起了。我之所以不肯分手，是因为心想也许能从她那里弄到分手费。"当然，B 的嫌疑立刻洗清了。

"想吃什么尽管叫，"岸田先生高举菜单看着说，"我们好久没有一起吃饭了。看看是要吃顶级排骨肉还是横膈膜肉。"

见我不回答，岸田先生举手喊店员，自行点了菜。

烤肉店里挤满了来吃饭的一家人和团体客，屏风后面溢出笑声。

"我有话跟你说。"我俯视点起火的烤炉说。

"先干杯再说。干杯！"岸田先生拿起送来的啤酒杯，撞了一下我的杯子后送到嘴边，一口气喝掉三分之一。

"我有话跟你说。"我又说一遍，带着笑容。

"什么事？坏消息？"岸田先生从筷笼取出筷子，递给我，伸手替我的小碟倒酱汁，忙碌地动个不停。这个人正在害怕，我察觉。他害怕一个小自己整整十岁的女孩要宣布的事。顿时我很同情岸田先生。我想起这段日子岸田先生为我付出的种种。我觉得不该让这个人害怕，也不该让他困扰，更不该让他碰上悲惨的遭遇。我保持微笑，简直像在对烤炉说话似的急促说道："如果，我有了孩子，你会怎样？"

岸田先生只"啊"了一声，当下定住了。

"我是说如果啦。如果有了怎么办？"

"可是惠理，你不是还在念书吗？况且……"

"我是学生没错，但我可不是小学生。"我只是想开个玩笑，但岸田先生没笑。这是当然的吧，我想。"你会叫我生下？或者，你会叫我拿掉？"

本欲开口说话的岸田先生察觉店员走近慌忙闭嘴，用夹子从桌上的大盘中拣出牛舌和肋排肉，异常慎重地放在烤炉上。

"我当然希望你生下来，可是，从现实角度考量我想现在恐怕没法立刻生。你说是吧？你有你的前途，我也有种种问题打算解决，不可能明天或后天就立刻办妥离婚。如果非要现在生……"

岸田先生压低嗓门说。烤炉冒出滚滚浓烟。屏风后面，一群女孩娇声欢呼，岸田先生表情僵硬地转头看声音来源。

"嗯……那如果是以后就没问题喽。"

"那当然。我是真心想跟你生活。等你毕了业，我家的小家伙也没那么需要照顾时，我打算全部做个了断。这我不是也说过好几次了嘛。"

"哇，这个牛舌，好好吃！岸田先生你也吃吃看，再不快吃就要烤焦了。"

岸田先生默默伸出筷子夹起牛舌吞下肚，翻眼小心翼翼地看着我。

"你有了？"

"没有啦，跟你说了只是如果嘛。班上的女同学说她月经没来，我想改天陪她一起去医院，所以免不了东想西想。"

我一边把肉翻面一边说，趁隙偷瞄岸田先生一眼。如释重负的表情在他脸上明显地溢开。

"别吓我好吗？你吃这个，这种还带血的熟度最好吃了。"

岸田先生用筷子夹起烤肉，放进我的盘子。

菜品逐一送来，泡菜、生菜、横膈膜肉、里脊肉，还有牛肚。这顿饭和放暑假前的没两样。岸田先生好笑地描述我也见过的补习班讲师与职员的八卦、学生的奇葩行为，我也把学校发生的事和打工地方的怪客人说给他听。我们发出与屏风后面一样的笑声。每次肉一烤好，岸田先生就伸手夹进我的盘中。本以为点太多吃不完，结果盘子就这么一一被清空。

"要吃点饭吗？"岸田先生翻开像连锁快餐店一样大的菜单间。我没回答，保持刚才的笑容说："我不会再跟岸田先生见面了。"

岸田先生轻轻"啊？"了一声，从菜单边缘露出脸。

"所以请你别再打电话给我。"

"啊？等一下，怎么突然这么说？是我说错了什么话了吗？"

"我已经吃得很撑了，不用再吃饭。今天是最后一次，所以就让你请客喽。"我离席站起。听着背后传来"等一下"，我正要朝出口迈步走去，忽然想起还有话没说，于是又折回几步站在岸田先生身边。

"这段日子谢谢你。真的谢谢你。"我深深鞠躬，不看岸田先生，就这么走出去。我对他的挽留置若罔闻，径自走出烤肉店，一边朝车站走去，一边关掉手机。

是他替我过生日。是他带我去看烟花。是他圣诞节陪我一起装饰我的房间，替我举办小小的派对。是他新年第一个传短信给我。是他带我去看樱花。是他让我懂得跟人一起围桌共餐的愉悦。是他跟我说他最爱我。我不想说的事，他从来不问。他一直不知道我的过去。是他让我懂得喜欢上一个人是什么感觉。是他让我懂得想念是什么滋味。

我曾以为自己绝对无法再也不见他，绝对无法跟他分手。可是，我做到了。我想，我应该再也不会见岸田先生了，我终于战胜想见他的冲动。因为，我已经不是一个人，我再也不会孤单了。

上周，我搭上从未坐过的电车，在从未去过的车站下车，走在从未走过的街道上，冲进第一间映入眼帘的妇产科。护士和医生都满头白发。"恭喜你怀孕了哟，小姐。"白发医生用女性化的语气说，对我露齿一笑，"会在绿叶最美的时节出生哦。"

我本来打算将孩子打掉。我不可能生下来。因为小孩会没有父亲，我也无法告诉父母，而且我还在念书，甚至没有固定收入。岸田先生一定也会很困扰，我本来决定借钱做手术打掉孩子的。可是，听说孩子会在绿意最盛的季节出生，原先的打算顿时一扫而空。现在身在此处的某人不是我，我想。这孩子张开眼，第一眼看到的必须是茂密的新绿。

我一边沿着陌生的街道一路走到车站，一边体会着不可思议的感受。那是我从未有过的感受，是我现在再也不孤单的强烈自信。比起想用避而不见来忘记岸田先生的暑假时的我，现在的我好像变得更加坚强了。我终于可以跟他分手。当车站遥遥在望时，我豁然开朗地这么想。

离开烤肉店很远后，我悄然回顾。路上行人之中不见岸田先生的身影，我松了一口气。混在通勤乘客之间，我小跑步冲下通往地铁站的楼梯。

把散落在地板的杂志与 CD 盒堆到角落，千草从她每次带的皮包里取出厚厚一沓广告传单打开。

"你应该不可能在家中生吧？现在也有所谓的贵妇产房，不过你应该没那么多钱。该选自然分娩还是无痛分娩呢？话说回来，如果医院太远，去检查也很辛苦吧。这样的话，就只能选这家、这家或者这家了。"她把五颜六色的广告单一一分开，"我上网一查，听说这家医院的护士非常严格，直到生产那天还逼产妇走路。不过你年纪轻一定没问题。"

我站在三坪房间和厨房之间，凝视忙着把广告单分门别类的千草。

"我知道你很难跟爸妈开口，但生孩子要花不少钱，不说不行。反正你已经决定要生了，他们应该也没办法硬逼你打掉。"

我忽然觉得好笑。对于我怀孕这件事，千草的态度似乎比我还严肃。

"你在偷笑什么？"千草皱眉仰望我。

"吃炒面好吗？炒什蔬配饭也可以。反正用的食材都一样。"

"算了，我来煮。你是孕妇，坐着就好。"

我终于忍不住笑了出来："千草，你怎么好像当婆婆的。"

"趁我弄饭的时候，你先看看这个。"千草走过大笑的我身旁，径自进了厨房。她打开冰箱，一边检查蔬菜，一边一一取出，若无其事地问道："你的手机换号码了？跟分手有关吗？"

"有啊。"我蹲在地上，拿起广告单回答。

"不过，那个人既然是成年人，应该可以帮上忙吧。比方说钱的方面，或者更多方面。"

"他帮不上忙的。我想他应该也不会再来我这里了。"我说，"因为他是个只想逃避麻烦的人。"

发现千草正从广告单之间的缝隙凑近窥视我，我吓了一跳。

千草一手拿着切半的卷心菜仔细打量我，说道："逃避麻烦……亏你能爱上那种人。或者应该说，明知他是那种人，亏你还能爱上他。"

我看着千草眨了几次眼。啊，对呀。凭着自己不经意脱口而出的话，我理解自己为何会喜欢岸田先生了。因为他是个逃避麻烦的人，跟我爸妈一样。

"这种人反而更有女人缘吧，连老婆都有了。"

"你可真是个酷妹。"千草一脸被打败的表情说道，回到厨房。旋即传来用菜刀切菜的声音。但千草可能不常做菜，咚咚的切菜声不稳得令人提心吊胆。"你不会害喜吗？"千草背对着我问。"嗯，还没有。"我回答。"一月就会进入稳定期吧？"她又问。我不太清楚稳定期是怎样，但我还是回答"对呀"，千草一手拿着菜刀转过身。

"等你进入稳定期，我们一起去旅行，好吗？采访旅行。"

"什么意思，要去哪里？"

"那当然是 Angel Home 的原址，还有你以前住过的小岛什么的。你不想去看看？说不定会想起种种回忆哦。"

"那样拿菜刀很危险。"我说着把广告单往地上一撒，在榻榻米上躺倒，"那我怎么可能去。我既没钱，也没什么想看的。"

"是啊。"千草意外干脆地放弃，厨房再次响起笨拙的切菜声。我伸腿把窗子推开一点，因为躺着所以看得见夜空。在某种光线照耀下的夜空很明亮。电线黑压压地切割着夜空。"喂。"

我保持面向窗外的姿势对千草发话，"喂，你干吗对我这么好？"

"啊？什么？"千草从厨房扬声问。

"我说，你干吗对我这么亲切？因为我是采访对象？因为要出书暴露我的种种过去，所以有罪恶感？"

"好烫！你看怎么办啦！"

千草大叫，我转头一看，瓦斯炉正冒起滚滚白烟。我慌忙冲进厨房，原来空烧的平底锅冒出大量浓烟。

"天啊，你搞什么！你太早开火热平底锅了！"我急忙关瓦斯，打开抽风机，"拜托，我自己来就好，你去看电视吧。"我把菜刀从千草手里抢过来，开始将被她切成大块的胡萝卜细细切碎。

你干吗对我这么亲切——对于我这个问题，直到吃完饭洗碗盘时千草才做出答复。

"我不知道这样算不算亲切，但我就是想跟你一起走出去。我想从幽禁封闭的场所，前往更不一样的地方。"

正在洗盘子的千草忽然这么说，令我在一瞬间无法理解她在说什么。

"要从哪里走出去？"我好不容易才听懂千草的意思，如此问道。她把湿盘子递给我。

"现在的置身之处。"千草幽幽回答，"就这个角度而言，我也许是在利用你吧。一个人不敢走出去，可是如果跟你一起，我好像就敢走出去了。老实说，遇到你后我就这么想。'啊，如果是跟这丫头，我就可以走出去了，就可以解开一直困扰我的心结了。'跟你见越多次我就越发这么觉得。"

"嗯——"我一边无精打采地勉强附和，手上一边不停擦干她递来的盘子。我能够理解千草说的话。我能够理解，并且暗想：那是不可能的。你要怎么想是你的事，但我出不去；况且只要跟我在一起，你一定也会走不出去。我没把心里的想法说出口，因为我对千草的喜欢已到了说不出这种话的地步。

"你知道吗？"把最后一个盘子递给我后，千草关紧水龙头说。她不像是问我知不知道，倒像是在自言自语。"听说 Angel Home 里的女人不是死了小孩就是生不出小孩。"

我接过最后一个盘子擦干后将其放回餐具柜，取出装有速溶咖啡的瓶子："所以呢？"

我问千草。这一点我已从千草写的书和档案夹的剪报中得知。不过，我不认为知道这点有什么大不了的。那个我已记不起来的机构，无论是不孕妇女团体还是可疑的宗教机构都不关我的事。

"没什么所以。"千草的视线对上我手里的瓶子，软弱地笑了，"是没什么啦。"说着她拿起水壶装水，放到瓦斯炉上。我拿出马克杯准备泡咖啡。那是和岸田先生一起用过的情侣对杯。

由于调查陷入瓶颈，希和子暂时得以继续逃亡。收留希和子九天的中村富子作为希和子逃亡期间的证人，同时基于包庇犯人的嫌疑，遭到警方搜索。但警方却发现，早在希和子被捕的前一年——一九八七年九月，中村富子已于神奈川县川崎市的养老院过世。

逃离中村富子家的希和子搭上路过的 Angel Home 小货车，在那个机构生活了大约两年半。

以奈良县生驹市为据点的 Angel Home 几乎不为世人所知，直到希和子再度逃亡的一九八七年。就在希和子逃亡的同时，媒体大篇幅报道这个机构涉嫌诈骗个人财产及软禁未成年少女。希和子被捕后，Angel Home 更因此闹得举国知名。

Angel Home 原本是生于生驹市的长谷川美津于一九四五年创立的教会"天使之家"。本为农家女的长谷川美津在三十七岁那年突然宣称"我是神派遣来到人间的天使"。她声称，天使乃是神与人类之间的中介者，其任务就是帮助有困难的人走向正途，并且在近邻之间传扬她对《圣经》的个人见解。翌年美津挂出"妇女生活顾问咨询"的招牌，将在战争中失去丈夫或孩子、无家可归的女人聚集在一起共同生活。美津强调"要互相帮助，为了互相帮助必须先学会放下"。以关西地区为中心，信徒日渐增多，在某位信徒提供土地后她们也开始建造机构。然而五十年代中期过后，信徒人数逐渐减少。

一九四八年，美津收养了某位女信徒托她照顾的少女——长谷川拿俄米，也就是日后 Angel Home 的负责人。

拿俄米于一九六〇年嫁给经营袜子工厂的男人，翌年离婚，回到天使之家。一九六二年美津过世，第二年，拿俄米打出"Angel Home"的招牌。拿俄米没有像美津那样自称天使，也没有宣扬教义，她从美津那里继承的仅有"妇女生活顾问咨询"这块招牌。

在天使之家的原址，拿俄米和剩下的几名女信徒，一边过着自给自足的团体生活，一边设立以女性为对象的综合咨询所。面对上门倾诉家人生病、家庭暴力、身体不适等烦恼的妇女，拿俄米把"婴灵作祟"挂在嘴上。有流产或堕胎经历的女性，毫不怀疑地相信了。

拿俄米向她们募款，开始在原来的天使之家院子里放置天使塑像。那是面孔光滑、没有五官，跟地藏菩萨一样大的白色人偶。拿俄米贩卖命名为"天水"的水，她宣称只要用那种水刷洗天使塑像，就可以得到无缘出世的孩子的原谅。

一九六八年以降，附近山地开挖，开始新市镇建设时，随着世间急速变化，Home 也有了改变。拿俄米不再对外宣称供奉婴灵，取而代之的，她打出"抛下一切执念，追求真正的健康"这个口号。拿俄米改口说，曾经扮演婴灵地藏角色的天使塑像其实象征毫无执念的天使心灵，刷洗塑像就可以扫除心中的执念。聚集在 Home 的女人分派到的工作，也不再是刷洗天使塑像和祷告，而逐渐变为蔬菜栽培及食品加工。

进入七十年代后被人们炒得火热的健康风潮使得 Home 的经营开始走上轨道——蔬菜、白米、面包、食用肉、饮用水——

拿俄米她们把院子里能采收的作物都采收起来，无法采收的就和农民直接签约，采用巡回贩售、邮购贩售的方式。早自"天使之家"时代就具备的女性生活咨询功能在这种巡回贩售中也得到发挥。那是个没有 domestic violence（家庭暴力）、stalker（跟踪狂）、不伦这些词的时代，相应的对策和避难场所当然也绝不普遍。因此不少女性把 Home 视为投靠的场所。拿俄米告诉她们："唯有将性别和出身、财产与执念，乃至姓名全都放下，才能摆脱人类背负的苦恼。"

乍看之下是在实践"只要你肯敲门，大门就会为你而开"，但 Home 的大门并非对所有人敞开。只有通过女干部的面谈与体检，主动坦白或经医生诊断有流产、堕胎经验，或先天、后天不孕的女性，才得以获准加入。成员们并未被告知这项事实，只有女干部及少数几名资历较深的成员才知道。

拿俄米为何如此坚持这点呢？她本人否认曾经堕胎或不孕是加入条件，因此真相不明。或许是抓住这些女性共同的痛处乘虚而入，又或许是结婚一年便离异返家的拿俄米也发生过那样的遭遇。总之，毫不知情的希和子躲进的就是这么一个背景颇具讽刺意味的场所。

在希和子加入 Angel Home 的八十年代，这个机构因天然食品的贩卖，也开始具备自我启发的性质。希和子加入之际曾被迫签下财产委托承诺书，其实这套规则当时才刚开始实施。八十年代前期，机构还曾一度闹出归还财产纠纷，所以这一规定应是之后慌忙采取的措施。

一九八七年，Home 让未成年少女加入会员。离家出走的少女的家人声称女儿遭到囚禁，掀起骚动。他们把要求归还财产的原成员也卷进来一起向媒体揭发，Home 只好让律师和行政机关介入，进而同意让警方任意搜查——就在希和子逃走不久后。除了一直放任学龄期孩童不就学，只是这么住在里面，这次搜查行动并未发现任何违法事项，因此没有酿成媒体渲染那么严重的问题。

希和子被捕后，由于她曾在 Angel Home 里度过两年多的逃亡生活，机构的名号再次出现在大众的视野中。负责人长谷川拿俄米、干部佐佐木万里子、长冢治江以及其他几人，都以知道希和子身份却知情不报的嫌疑遭到警方侦讯。

Angel Home 是个与电视、广播、报纸杂志等大众传媒隔绝的场所，但是据说拿俄米在申请加入者接受研习期间，已把那些人的底细调查得一清二楚。此外，出外进行巡回贩卖的成员以及被称为"out-work"去外面打工的成员，也极可能都在希和子加入后发现了她的真实身份。不过，对于警方的调查，只有拿俄米一人承认知道希和子是何许人。她坚称是在希和子加入后才知道她是绑架犯的。"但我又不能因此就把她赶出去。"她说。

替聚集的信徒另取出自《圣经》的新名字，早在天使之家时代就开始实行。没被收养前本是信徒之女的拿俄米，就是由美津替她命名的。拿俄米在 Home 也继承了这个命名的传统。给某些人取男性名字想必是因为拿俄米自己否定性别差异吧。而拿俄米给希和子取的名字是"路得"。说到拿俄米和路得，就令人想起《旧约圣经》的《路得记》。故事讲的是失去丈夫与孩子的拿俄米，以及留在没有血缘的婆婆身边、失去丈夫的路得。

拿俄米表示："我并非将《圣经》的人物性格及行为投影在成员身上才予以名字的。我所在意的仅仅是不要让名字重复。"然而，明知希和子的身份还让她加入，极可能是对她怀着某种期待。希和子财产金额高想必也是原因之一。虽然标榜放下姓名与学历，实际上还是很重视在俗世的经历，就这点而言她们可能也对希和子另眼看待。此外，她们或许也认为希和子不可能退出，具有利用价值。

唯一承认包庇犯人的长谷川拿俄米经判决判处有期徒刑八个月，缓刑两年。

"妈之前还说，不知你过年回不回来呢。"真理菜说。电话另一端很安静，大概她是在自己房间打的吧。

"我想我应该不回去了。"

我整个人缩在暖桌里躺着，只露出脑袋，一边抚摩肚子一边回答。虽已怀孕第十六周，不过穿着宽松的长袖 T 恤看不太出来肚子隆起，但恐怕还是瞒不住吧，这样不可能回家。

"偶尔回来走走好吗？区区一碗年糕汤我还会煮。我想应该也领得到压岁钱哦。"

"那，你帮我告诉他们，把压岁钱用现金挂号寄来就好。"我说着笑了。真理菜也笑了一下，然后蓦地一本正经地说："他们没救了。你要体谅一下。"

"那个我早就知道了。"

"是嘛，说的也是。"真理菜低笑，"不过，反正离得很近。你如果改变主意了，随时可以回来哦。"说完便把电话挂了。

我咻一声坐起上半身，翻开摊在暖桌上的存折。不管再看多少遍，存款余额当然还是不会变。

直到第八周还好好的，没想到一进入第九周突然对气味敏感起来，我只好辞去工作。千草替我找到以中学生为对象的函授讲座改作业工作，上个月才刚开始，但一个月顶多只能赚个十万日元。虽然知道差不多该开始认真思考将来的问题，但大学放寒假后，我几乎没离开过公寓，一直窝在千草开车替我搬来的中古暖桌里。

待在安静的房间，我便想起初中时的事。上了初中后，同学们不再露骨地避开我，也有人主动跟我说话，午餐我也不用再一个人孤单地进食。可是，我身边总是静悄悄的，跟小学时一样安静。

上初中后，我妈不在家成了家常便饭。以前打工结束后她还会先回家一趟，后来也许是直接去玩了吧，索性连家也不回了。这种日子她会在桌上放一千日元，我就带着真理菜去超市，像我妈以前那样买一两样熟食，回来洗米煮饭，和真理菜一起吃。我爸通常八点回来，晚的话九点。他会吃我们吃剩的饭菜，坐在餐桌前默默喝酒。

我曾向爸妈抱怨过。那时我已经融入秋山家，到了可以随口抱怨的地步——我以为已经融入。

我的抱怨来自烦人的家事，我得准备饭菜、洗衣服、熨衣服。我因为必须做这些事，所以放学后无法跟朋友去玩，也没时间做功课。"这种事在别人家都是母亲在做。"我如此说。"别人家是别人家。你懂什么别人家。"我爸这样回答。"我就是讨厌待在家里。"我妈则如此答复。他们直言不讳的答复把我再次带回过去，我这才发现那起事件原来并没有结束。

我就是从那时开始流连图书馆的。放学后我带着真理菜一起去，假日则自己一个人去，搜寻那起事件的相关书籍，埋首于自习桌前耽读。既然无法逃离过去，我决定试着去了解过去。

上了初三，在"社会现实"这本大书中出现的我爸妈的形象，我也能看清了。于是，我这才首次了解我爸妈是什么样的人。不在家的妈妈，像摆设品一样纹丝不动、只会喝酒的爸爸——我恍然大悟他们何以变成现在这样。

把我带走的女人固然很笨，但我认为我爸妈也同样愚蠢。他不配为人父，她也不配为人母。不只是我爸，连我妈也有外遇。纵使没有发生那起事件，我的家庭恐怕也还是会像现在这般吧。我妈还是会出外冶游，我爸也依旧不敢责骂我妈，只是自顾自地不停喝酒吧，我们家永远也不可能变成像别人家那样的

"家庭"吧。想到这里我觉得轻松多了。因为我终于知道支离破碎的家，我爸的漠不关心，我妈的夜游不归，原来都不是我的错，不是因为我的归来。

然后我想到的只有一件事：能带我去与那起事件毫无关系之处的，不是别人，只有我自己。能帮我逃离凝重的空气、像地雷区一样动辄得咎的家、禁忌的回忆、我爸的沉默，以及我妈的情绪化的，也只有我自己。

真理菜上高中之际，我们家再次搬家，这次搬到了立川，住的是比川崎的房子稍微整洁一点的公寓。从这时起我妈的情绪渐渐开始稳定下来，晚上也较少外出了。虽然我们吃的还是买回来的现成配菜，但她至少会笨拙地替我熨制服，也会替我准备被冷冻食品填满的便当了，可是这次却轮到我疏远家庭。我在KTV打工到晚上八点，然后去速食连锁餐厅或漫画咖啡屋复习功课，快十二点回到家时我妈还在等我。她忽然摆出的慈母架势令我很反感，不管她对我说什么我都置若罔闻，径自回自己房间。

考上大学，不顾一切反对搬出来独居时，我觉得心中的石头终于落地了。我如愿以偿地，靠自己的力量带自己离开那里。周围再也不会有人把十年前的那起事件跟我扯到一块，父母也无法再用不经意的话语将我带回过去。

肚子猛地一动，我紧闭的双眼赫然睁开。肚内一跳一跳的，有种痉挛的感觉。孩子在动！我不由得如此大叫。我屏息凝视自己的肚子。

能带我离开这里的只有我自己——过去的想法唐突地涌上心头。

是的，若说我渴望去什么地方，绝不会有任何人带我去，我只能靠自己的双脚走过去。

我寻找手机。抓起放在暖桌上的手机，我打电话给千草。

上次你提的采访旅行，我可以陪你去——该说的话在舌尖滚动。用现有的钱和千草一起去旅行，回想起来的说不定全是不愉快的回忆，打听到的也许都是痛苦的信息。但是，若能走一趟那样的旅行，回来应该会比较有行动力吧。对于今后的事，或许也就能具体做出决定了吧。我一边这么想，一边抱着孤注一掷的心情听着电话铃声。

我紧张得快吐了，甚至觉得害喜时还比现在好一些。明明是要去谈腹中胎儿的事，我却故意罩了一件宽松的 T 恤。站在镜前，我确认肚子没那么显眼。要去立川的家做什么，在走出公寓时我便感到不确定。

大年初二的电车很冷清。从立川车站搭公交车，车上除了我也只有两个盛装打扮的女人。

我只在立川的公寓住过两年左右，当时又很少待在家中，所以这里对我来说直到现在还是陌生得像别人家。公寓没电梯，我只好走楼梯上三楼。我把手伸出口袋想按对讲机，才发现手指抖得厉害。我其实是胆小鬼啊,我想。继而又想,我虽然那么看不起父母,其实还是很怕惹他们生气啊。

来开门的是真理菜。大过年的她却依旧穿着邋遢的运动服。

"啊!"她眉开眼笑,"姐姐回来了!"她朝屋内大吼。

走进玄关关上门,一股窒闷热气顿时笼罩我。玄关和走廊上,乱七八糟地堆放着纸箱和报纸。八王子的、川崎的,塞满物品,蒙了尘埃,吵吵闹闹的小公寓,又使我缅怀起之前住过的那些房子的空气。所谓的怀念,原来指的并不只有甜美的情感啊。我跟在真理菜后面一边走进走廊一边暗想。痛苦、苦涩的心情,似乎也同样蕴含在"怀念"这个名词之中。

我爸正躺在地板上看电视,面前放着装有啤酒的玻璃杯。我妈在厨房不知做什么。

"噢。"我爸只动动眼睛说。

"天哪,要回来至少也该先打个电话嘛。"我妈从厨房出来说,目光倏地扫视我全身。我心头一跳。我明明就是来自首的,却还是心惊肉跳。我在一瞬间暗想,要是我妈现在注意到并问我肚子是不是太胖了,事情交代起来就简单多了。然而她一个转身又回厨房去了。

"如果肚子饿了的话有咖喱。"我妈说,被她视而不见令我有点烦躁。

戳在一旁的真理菜用手肘捅我。我转脸一看,她笑得贼头贼脑。"是我煮的,你放心。"她嗫声对我耳语。不擅烹饪的妈妈连咖喱都煮不好。明明只要把买来的咖喱块丢进锅里就好，但她煮出来的咖喱不是太稀，就是蔬菜半生不熟。

便利店的塑料袋和酒瓶、被捏扁一半的啤酒罐、连袋子一起扔在地上的马铃薯和平底锅……我望着依旧凌乱不堪的厨房。

"学校怎么样？"我爸眼睛仍盯着吵闹的电视，兴致不高地问道。

我深吸一口气，吐气，再次吸气，然后鼓起勇气开口："那个，我怀孕了，现在五个月。我要生下来。"

我说的话令喧闹的室内空气霎时安静。当然开着电视的室内依然嘈杂，但我知道，我爸妈和真理菜全都倒吸了一口气。

"所以我是来借钱的。我以后一定会还，拜托借我。借多少都行。"

爸妈和真理菜都不发一语，各自从他们所在的位置，像看到什么不该看的东西似的看着我。我在他们的注视下走进客厅，推开袜子、毛巾、报纸、杂志，在沙发上坐下。屋内依旧是一片令人不安的死寂。爸妈与妹妹那带着顾忌又缠绕流连的视线，一瞬间令时光倒流。本该只剩模糊记忆的那一天，竟又鲜明地浮现于脑海。那是我第一次见到这三人时。对了，我妈现在就像看到一个尿裤子的陌生小孩那样看着我。我是孤单的。我突然发现，我真的是孤身一人。谁说我已不再是一个人呢。我忽然好想砸毁这充斥屋中的静谧，这徒然滑过表层的喧嚷。这念头如此强烈，甚至令我的指尖阵阵发麻，而我诚实地听从了那股冲动。

"你们想问孩子的父亲是谁？孩子的父亲啊，爸，是个跟你一样的人，是个不愿当父亲的人。但我还是要生。我用不着去拐走那个人的小孩，我会一个人把孩子生下来。我们母子会相依为命。今后我们两人——"

我就此打住，双手捂住嘴巴，否则我恐怕会尖叫出来。

为什么。为什么。为什么。为什么是我。告诉我，为什么是我。我用力咬舌，好不容易才把涌上喉头的呐喊吞下去。

厨房传来猛烈的撞击声。刚刚才吞下的叫声却从我的体外传来。一抬头，只见我妈大步冲过来。她一手拿着汤勺，一手抓着隔热手套，朝着我大步冲来。胡乱挥舞的汤勺黏附的咖喱随之四溅。

我妈把汤勺朝地上一砸，又把隔热手套朝我扔来，尖声嘶吼着瘫倒在我脚边，抡起拳头打我的腿、我的膝盖、我的脸、我的手臂，肚子以外的其他地方她都打。

"为什么、为什么？为什么会这样？你到底为什么要做这种事，连你也想折磨我？"她面孔扭曲，鼻涕和眼泪像开关坏掉似的流个不停，她举起握得太用力以致失血泛白的拳头打我，用潮湿的声音高喊，"为什么？为什么要做那种事？为什么不能做个正常人？为什么要那样——"说到这里她再也说不下去，趴在地上放声大哭。我爸直起上半身，瞪着双眼看我妈。那应是惊讶的表情，不知为何看起来却很空洞。真理菜垂着头就这么呆立原地。

不是讨厌或喜欢的问题。妈妈就是妈妈。

在这刚刚被我彻底摧毁的安静与喧哗中，我冷不防地想起好久以前千草说过的话。

啊，对哦。

看着哭泣的妈妈、动弹不得的爸爸和垂头不语的妹妹，我非常冷静地想。啊，对哦，说的也是。为什么是我呢？这些年来一直抱着这个疑问的其实不只是我。我一直在想，为什么是我被卷入那起事件。可是真正的疑问并非那个。为什么我是我？为什么不得不接受"我"这个角色？爸妈以及妹妹，想必也一直这么想。我为何会当什么爸爸？我为何会当什么妈妈？我这个做爸爸的为何不敢正眼看历劫归来的女儿？我这个做妈妈的为何让这孩子看到我的情绪化？我这个做爸爸的为何背对一切？我为何动不动就想逃避？我为何突然多了个姐姐？我为何是这家的孩子？我为何只能变成这样？父不像父，母无力为母，总是顾忌我的妹妹，还有用憎恨一切来保护自己的我。我们一步也无法踏出那个自觉"本来不该是这样"的场所。如今我才明白，无关乎讨厌或喜欢的问题，不管怎样我们终究是一家人。

"对不起。"我嘶哑的嗓音传入自己耳中，"对不起。可是我想生下来。"我一直咬舌使得舌头隐隐作痛。我看着躺在地上的汤勺。上面沾的咖喱弄脏了地板。仿佛现在才想起似的，咖喱刺激的气味在鼻端弥漫开来。

我们在鸟居前车站搭乘生驹缆车，再从终点站搭出租车。如果坐飞机到伊丹机场 [①] 可以省下一小时的时间，但千草坚持"万一出了什么事就麻烦了"，所以我们还是坐新干线去的京都。看看表，已经快三点了。动作快一点的话今天也许就能抵达小豆岛，但千草应该不会同意我赶路吧。如此一来，势必得在京都或奈良住一晚。看着出租车窗口流过的景色，我如此盘算。

在东京车站会合后，千草像中年大妈一样翻阅旅游指南，讨论要吃什么、该去哪儿吃，可是一转眼又像小朋友吵着口渴，换乘电车后则像观光客一样频频在我耳边嗫语"好小的电车""大家讲话真的都有关西腔"，一直毛毛躁躁、动来动去的，上了出租车后，她却忽然闷不吭声咬起指甲。

"千草，你最近也去过 Angel Home 吧。"我快被千草酝酿出的凝重气氛压倒，于是向她确认。

"对呀。写那本书时，我去采访过，可是最后她们还是没让我进去。根据传言，莎莱伊或莎库好像还在。我想，她应该是没别的地方可去吧。"

既然最近去过，那她在紧张什么呢？我感到很不可思议。

---

① 即大阪国际机场。

对于还是毫无记忆的我和对幼时记忆留有深刻印象的千草来说，Home 的意义也大不相同吗？即使听到莎莱伊和莎库的名字，我也搞不清楚那是什么人。

"不知道 Angel Home 的人是怎么看待希和子的。负责人虽然得以缓刑，但毕竟被判定有罪。"我说出一直藏在心头的疑问。

"可是 Angel 大人却因为那起事件，被成员们另眼相看了哦。新闻媒体当然把她攻击得体无完肤，但她像煞有介事地说什么'不能把来求助的人拒于门外'，在当时，这一举动使得来自全国各地的申请加入者暴增也是不争的事实。甚至令人怀疑，她该不会打从一开始就连这一点都算计好了。"

一报上 Angel Home 这个名词，司机就不断通过后视镜偷瞄我们。我提高戒备准备应付司机的问题，但司机什么也没问。

"我说过好几次了，不用进去里面，只要在外头绕一圈就好。"

"知道啦。"千草没好气地说，又对着窗外啃起指甲。

根据千草所说，Angel Home 现在一边贩卖天然食品，一边开设以女性为对象的瑜伽和有氧运动教室，已废止财产全数捐出的规定，改为入住者缴纳保证金的方式，过去的婴灵信仰和自我启发的那一套似乎也全都取消了。照千草的说法，"这种说变就变的态度正是那个团体的特性。"既然供奉婴灵惹人争议，那就改走天然食品路线，九十年代狂热的新兴异教遭到批判就改走心灵治愈路线，聪明地抓住每个时期流行的东西不断变身——好像有内核，但其实完全没有。听到这番话，我不由得想起曾在周刊上看到希和子说过的一句话："她说我是没有内容的空壳子——"

千草倾身向前眺望，我也跟着朝那头瞥去。山路中突如其来地出现白墙，看起来已极为老朽。墙内有方形建筑，是像医院一样冰冷的建筑。出租车左转，在铁栅大门前停车。

"怎么样，要等你们吗？"出租车司机开口问，我和千草面面相觑。

"不用了。你开走吧。"我说。

千草付车钱的时候，我先下车走近铁门。每走近一步，心跳便越发激烈。门内是修剪整齐的大片草皮，毫无装饰的建筑物分外凝重地耸立着。整排窗户倒映蔚蓝晴空。虽然无一个人影，却觉得好像正被对方观察，令我不由得在离门数尺处驻足。

"怎么样，有印象吗？"

背后传来千草的声音。我没转身，极目眺望视野所及的庭院。于是，面向建筑物放眼望去，我蓦地醒悟，自己正在看的是从那窗口望出去的风景。我明明身在建筑物外，却在脑海中勾勒从建筑物窗口看见的风景。辽阔的天空，伸展枝条射向天空的寒冬群树，翠绿的草地和白色的人偶，若隐若现的山棱与眼下朦胧的家屋。

"我什么也不记得。"

我嗫语。才说完，种种陌生的感觉便涌上心头。蒸气氤氲的宽敞浴室，某人临去犹频频回首的背影，闷在被窝里的低笑声，塑料餐具的撞击声。可是能想起的只有这种感觉，当时的自己在想些什么，为何发笑、为何哭泣，却怎么也想不起来。我甚至想不起自己幼年时的模样。就如同离开镜子时我想不起自己的面孔一样。

　　"我来采访写书时，一直在想 Angel 大人当时为何会收留希和子。她为何会同意让一个带着不是自己生的婴儿、看起来就很可疑的女人加入呢？虽然大家都说，是因为捐的钱多或跟学历有关，但我认为应该没那么简单。"

　　"这话怎么说？"

　　"接下来纯粹是我的推测啦……希和子加入的时期，Angel Home 或许正打算进一步转型为宗教团体。不只是之前的健康食品贩卖事业，在经济方面、组织方面，当然也包含知名度等方面，都想扩大规模，正处于过渡期。"

　　"所以不管怎样先增加人数再说？"

　　"不，不是这样的。我猜 Angel 大人收留的不是希和子，而是你。"

　　"什么意思？"

　　"根据调查，Angel Home 开始收留孩童，是八十年代前夕的事。换言之，我就是第一批加入的孩童之一。当时的 Home 扩大原有的生活咨询顾问服务，开始标榜赞助生产费用，支援育儿困难的单亲妈妈。她们并未对外公开宣传，而是由外出布施的人告诉来买东西的家庭主妇，通过口耳相传的方式散布出去。珠胎暗结的失偶女子，以及带着小孩、生活穷困的女子，风闻之后纷纷来到此地。有人领到生产费用，有人获准留下居住，也有人获得育儿补助费。但是那里，早自"天使之家"时代，就只有一群女人共同生活，无论如何就是很排斥让男人加入。带着男童的母亲或生下儿子的女人，都被命令做通勤的 work。你或许不记得，但 school 为数不多的几名男生都是每天从外面过来通学的。内部成员的小孩全是女生。"

看着阳光下修剪整齐的草皮，我聆听千草的叙述。我似懂非懂。说到这里我才想起，这个院子以前不是排满了白色人偶吗？现在不见了，是被搬到别处去了吗？

"我根据我妈的记忆和采访对象的描述搜寻，好不容易找到一个人。她说生产时 Home 替她出了一半的费用。那个人虽然坚持不肯说出她投靠 Home 的理由，但她说出了当时的情况。生产并非在哪里都可以，一定要在 Home 指定的医院。她说，足月快生时，自己拿到一张契约书。据说上面载明了生产所需费用、Home 承担的费用，以及她不用还那笔钱云云。据说，最下面还有一行小字，写了这样的内容——"

千草的眼睛一直看着门内，像烧昏了头似的不停呓语。她在看那边的什么呢？

"生出来的小孩必须委由 Home 教育。一问这是怎么回事，

Home 的回答很官方，说什么有人把小孩送去念昂贵的私立幼儿园和私立小学，还要求 Home 负担学费，所以写上那句话只是为了防止这种事发生；还说 Home 有孩童集体学习的时间，为了让学童体会到团体生活的重要性，每周最好有几天把小孩送来上课。足月临盆时没有钱、只能仰赖 Home 的人听了也没想太多，就在契约上签字了。你知道这代表什么吗？"

我摇头。

"这是在制造纯粹培养的小孩。在 Home，没堕过胎的女人和可能怀孕的女人无法成为会员。所以在 Home 援助下生产的女人以及带着小孩来的单亲妈妈，会被派去做每日通勤的 work。Home 想要的不是母亲，是小孩。其间，小孩会交由 school 照顾。等到孩子懂事后，她们就以体验集体住宿为由，让孩子离开母亲住在 Home。她们把'既非男也非女'这句口号又搬出来教给孩子们，慢慢培养出更多在 Home 出生、接受 Home 想法的孩子。就那些人的作风而言，这算是难得一见的长期计划。换言之，那个时期 Angel 大人非常想要小孩。越小的孩子她越想要。"

"所以也想要尚在襁褓的我？"

"应该是吧。当然，这只是我的推测——尤其是她们算准了希和子绝对不会逃走。所以希和子带着的你，几乎百分之百符合 Angel 大人的计划。在这里学会说话、在这里成长、在这里变成大人，除了这里不知道任何地方，成为纯粹培养的天使之子。"

"那么，拿俄米说不定会让我当接班人喽。"

对于这听来不太舒服的话题，我只能这样开玩笑，但千草没笑。

"没错，真的。"千草一本正经的脸转向建筑物，喃喃低语。

"可是，这种婴儿就算长大后待在这里，也违反了必须有堕胎经验或不孕这个条件。

"相对地，她们不懂男人，就这么保持处女的身份长大。"

听着千草的话，我的背上倏然一冷，并且立刻想起千草曾经坦承"没有性经验"。我将目光从千草身上移开，凝视眼前耸立的铁栅门。

"真的有小孩那样长大吗？有人照 Angel 大人的计划养大，现在也待在这里面吗？"

"谁知道，应该没有吧。因为如果我的推测正确，她那个长期计划早就失败了。想必还来不及执行，认定小孩被拐的家长就已闹开，导致行政机关和警方介入。没上学的孩子们被送去附近的公立学校，不管是否愿意都看到了外面的世界。之后希和子被捕，再次引起社会瞩目。生产契约书那种充满争议的东西，想必立刻就被 Home 全盘否认。再加上一九九五年发生奥姆真理教的地铁毒气事件，"宗教等于狂热，狂热等于危险"，这个公式想必已成了常识，于是 Angel 大人不得不慌忙改变路线。这就是我推断出的 Home 内幕，但我没写在书里。因为我觉得，好像不该写出来。这倒不是为了 Home 着想，而是想到用这种方式生下孩子的女人、这样出生的孩子，可能正在哪里生活。一想到这个我就写不出来了。"

千草低下头，叹息地笑了。我朝大门走近一步，逐一看着倒映天空的窗子。窗中，飘过流云。

"假设千草你的推测是对的，当时希和子如果没逃走，那我现在一定还住在这里。"

这么一咕哝，打从刚才就一直刺激五感、本应毫无记忆的光景便不停在脑海中闪现。

"可是，即便真是如此，八成也过得跟现在的我一样。该吃饭时就吃饭，有时生气，有时欢笑，到了晚上就睡觉。"

我意外地轻易描绘出住在这栋古老冰冷建筑物中的自己。不管身在何处，即便当初我没被带离日野的家，抑或在这里长大成人，我想明天还是同样会来临。千草不发一语，只是凝目望着庭院，像在寻找什么。千草亦然。如果她母亲没有离开这里，现在千草必定正从窗内，望着站在此处的我。

"但我在这头。"我幽幽低语。

"但我，在这头。是啊。"千草也小声同意。

Angel Home 同意行政机关进入的同时，希和子再次企图逃亡。当初希和子没说出她从在 Home 认识的泽田久美那里拿到住址的事，之后在泽田久美及其母昌江的供述下警方才得知。

泽田久美与昌江，也因涉嫌包庇犯人遭到警方侦讯，但两人都坚决否认。以辩方证人的身份出庭作证的泽田久美表示，在 Home 大家都是用 Angel 大人取的名字互称，避免打听别人的隐私，因此她根本无从得知希和子的真实身份。对于为何将老家的地址告诉一个真实身份不明的女人这个问题，久美是这么回答的：自己离婚时被丈夫抢去儿子的监护权，后悔与罪恶感令她失去活下去的意志，自暴自弃地前往 Home。只要住上几个月就会发现，聚集在那里的女人几乎都有这一类的隐情。在那里可以切实感受到，不论是自己的小孩还是别人的小孩，都由大家一起抚养，这让她感到自己得到救赎。外界人士来调查时，看到希和子的样子，她推测希和子八成会离开。虽未想到犯罪，但能轻易想到她大概不能让丈夫或家人发现下落。之所以把自己娘家的地址给她，只是觉得能让她多逃一日算一日。

雇用希和子的久美之母泽田昌江也以辩方证人的身份出庭。她同样表示，虽听说过那起案件，但压根没想到她会是犯人。岛上居民虽然对外来者敏感，但反过来说也正足以表示，人们对于熟人往往会轻易解除戒心。首先是昌江，听说希和子是女儿的朋友后便信任她，而昌江既已说明希和子是"远亲"，周遭的人自然也跟着相信了。

公审后面对媒体的采访，关于希和子与孩子的相处情况，他们异口同声地强调："看起来就像亲生母女。"在希和子常去光顾的杂货店和超市，也有人以为惠理菜是小男生。因为昌江送的衣服都是男童装，希和子取的名字"熏"，又是男女通用的名字。

唯有泽田久美在公审后，拒绝所有媒体的采访。

公审后，泽田面线店一举成名，天天被大批记者包围。有一阵子周刊甚至详细写出希和子在岛上的生活情况。有些报道把希和子描写成捏造假名混进面线店，利用纯朴岛民的善意，甚至还跟某男性公务员相亲的狡猾女子；也有报道以戏谑的笔法写其"穿的是别人给的，吃的是面线的残渣，在逃亡期间节衣缩食，省到极点"。

一九九二年，某女性报告文学作家频繁造访面线店，从昌江那里打听到颇多证词，昌江之所以照顾萍水相逢的希和子，似乎主要是基于她与久美的母女关系。久美高中毕业后，表明想去东京念职业学校，但其父亲义一与昌江都很反对，久美相当于是在半离家出走的状态下前往东京。亲子之间断绝音信，直到六年后昌江才接到久美"要结婚了"的通知。那年久美结婚后，本来断绝的亲子关系看似修复。之后久美返乡生产，在娘家待到长子满三个月。回到东京后久美与公婆同住，她常打电话给昌江，开朗地谈论宝宝的情况与育儿的问题，因此昌江深信久美之前担心的同住生活毫无问题。

亲子关系再次起龃龉，是在久美离婚后。久美带着儿子逃回岛上。她向父母诉说再这样下去孩子会被婆家抢走，但在昌江看来，之前一直以为女儿的婚姻生活顺遂无事，现在却突然离婚，还跑回娘家要求父母让她和儿子藏身，会闹到离婚一定是久美不够忍耐，所以昌江教训她：因为父母的任性让小孩在单亲家庭长大会很不幸。昌江的本意是想劝她采取行动改善现况，但久美却在第二天早晨没告知去向便离开岛上。几个月后，久美只打了一通电话回家，冷淡地报告说"官司打输，小孩被抢走了"，从此毫无消息。

就在这种情况下，打着久美名号的希和子出现了。昌江对久美的罪恶感，以及期待希和子能在中间替她与久美搭起桥梁的心情混杂在一起，使得她未作多想便接纳了希和子。

女作家问了和公审时同样的问题："你对野野宫希和子有没有话想说？"在法庭上，昌江缄默以对。但这次，在一阵漫长的沉默后，她幽幽地说："我至今仍在想，假使你不是野野宫希和子而是宫田京子，那该有多好。"

抵达车站内的观光中心介绍的酒店时，已将近六点。天空呈现群青色，星星似乎比在东京看到的多一点，但也许只是错觉。千草躺在冷清的床上，不停按遥控器变换频道。

"我头一次住酒店。"我俯视着窗外连绵的民宅灯火低语。

"啊？真的？"

"宾馆倒是住过，不过还是不太一样。宾馆的感觉比较安心吧。"

"一般人的感觉应该相反吧。"千草在床上蹬脚大笑。

"因为我们家从来没有全家出去旅行过。暑假和新年都一样，根本没有任何节日。我上了初中才知道，圣诞节是要吃蛋糕的，每年生日都会有人祝福也是和岸田先生交往后才知道的事。"

我尽量不让自己的语气带着恨意。实际上，我也没什么好恨的。别人家是别人家，父亲如此说过，现在我觉得他说的没错。我只是生在一个没有节日也没有纪念日的家庭，如此而已。我的家庭无法像别人家那样极为自然地做出家人应有的举动，如此而已。

千草不笑了："说到那个，其实我也一样。像我，多年来连自己的生日是几号都不知道。因为在 Home，大家都是庆祝 Angel 大人赐名的那天。"她幽幽说道。

房间里弥漫一股尴尬的沉默。事到如今我才发觉，我对千草一无所知。千草一直问我的事，却很少提到她自己。我觉得如果现在开口说话，屋内的气氛恐怕会变得更尴尬，但我还是坐在床上，出声说："千草的妈妈为什么会住进 Angel Home，又为什么决定离开？"

千草本来一直躺在床上玩电视遥控器，她蓦地关掉电视，说："我三岁时，我妈长了子宫肌瘤，于是开刀把子宫拿掉了。出院后好不容易恢复正常生活，有一次她跟我爸因小事吵架时，我爸竟然说她已经不是女人了。我妈好像一直忘不了这件事。我是无法理解那种感觉啦，但她说当时非常震惊。那里不是会开车巡回兜售天然食品嘛，所以她就跟来布施……呃，来卖东西的成员聊了起来，然后就带着我离家出走了。我想那时我大概五岁。"

"那时的事，你还记得啊。"

"不，我不记得了。对我爸也几乎毫无印象。我觉得好像打从有记忆起就待在 Home 了。这些都是后来才听说的。我妈去 Home 前曾威胁我爸说要打官司，逼他写离婚协议书分财产，然后她就带着全部财产逃进 Home 了。我记得的，大概只有不能跟我妈一起睡的事吧。路姨……野野宫希和子没来之前，那里完全否定亲子关系，所以母亲跟小孩被拆散，小孩得跟别的女人一起睡，也不能喊自己的母亲"妈妈"或"妈咪"。那让我很难受。我记得当时我每晚都哭。那里的女人，虽然大多很和善，但也有凶巴巴的。尽管不至于动粗，但我哭个不停就会被骂，也曾被扔下不管。可是，也有人会紧抱着我，唱摇篮曲哄我。起初我只有一个念头，就是好想好想回家。我想回到有爸爸、有妈妈，而他们只属于我的地方。我既不喜欢被人用怪名字称呼，也不能尽情地吃零食、玩玩具。可是，小孩能怎样？除了去习惯，毫无办法。"

千草说到这里打住，定定望着天花板。看她的眼神，仿佛天花板那处映着什么，所以我也跟着仰望，却只看到一块被间接照明照亮的浅橙色方形空间。

"习惯之后，对很多事都无所谓了。或者应该说，不学着无所谓的话根本过不下去。况且不哭就不会挨骂。除了母亲，我也有了其他喜欢的人。再加上你的加入令我很开心。你是个乖巧安静的小孩，我觉得好像多了一个妹妹一样，好高兴。你总是摇摇摆摆地跟在我后头。不过，你大概什么都不记得了。

"一九八七年，行政机关介入的事你已经知道了吧？School 的小孩通过辅导进入当地的学校，我本来以为那样就结束了，但媒体闹得很大，于是警方也持续进行搜查。我记得当时闹哄哄的，整天都有拿着相机的媒体记者在门外打转，还有人天天在门外嚷着'交还女儿'或'交还财产'。因为没做任何违法的事，所以安然无事，但被那些人一闹，有段时间机构内部很不稳定。"千草咬着指甲，继续说，"Home 的女人，被迫一一放弃自己的信念，放弃不了的人就会被赶出去。所以一旦外界那样介入，媒体又蜂拥而至，该怎么说呢，已经脑袋一片空白了。那里都是那种女人对吧？失去冷静下，只要一点风吹草动就立刻会被左右。她们开始对外界超乎寻常地敌视，将自己的场所格外神圣化，以前很少见的对立现在也变得醒目起来。虽有被称为 study 的反省会，但气氛却越来越险恶，变成用来排挤别人、检举谁工作摸鱼或谁说了什么坏话的批斗大会。当时，可能就是靠那样才能维持平衡吧。不过这当然都是我后来多方调查才知道的。但我那时已超过十岁了，所以我很清楚气氛不对劲。我幼小的心灵以为，你们母女就是知道会变成这样才逃了出去。因为没人肯告诉我你消失的原因。最后，连我妈也被这样公开批斗。至于原因，我长大之后才听说，简直目瞪口呆。"

千草说到这里打住，蹬脚大笑。她猛地直起上半身，在床上盘腿而坐。

"说她在自慰，这就是批斗的理由。"千草直视着我说，这次她仰天大笑。

"什么啊。"

"真的很莫名其妙对吧。她们说丹每晚都在自慰，忘不了俗世的事，说她污染了 Home，所以要批斗她。我从我妈那里听到时，已过了二十岁，我还真的问她说：你真的在自慰吗？结果，我妈说她没有。她说她只是把前夫的照片装在小相簿里带在身边。里面都是些她婚前和婚礼时的照片，还有我婴儿时期的照片和家人的合照。她一直留着，打算将来给我看，结果好像被人发现了。那里都是些生不出小孩、想结婚却结不成，或是搞外遇的人，总之，每个女人都有一把辛酸泪。除了最低限度的行李之外明明都要放弃，我妈却还小心翼翼地留着那种幸福洋溢的相簿，所以大概有人看她不顺眼吧。

"女人哪，顺遂的时候一团和气，一旦出了什么问题马上就成了一盘散沙。当时正是 Home 最混乱的时候，我妈被人用相当卑鄙的手段排挤后，就被她们以冠冕堂皇的理由赶出来。去俗世再做一次 work——这是她们赶人时常用的借口。于是，她就这么身无分文地和我一起被踢出门了。什么不分性别、真正的解放，嘴上说得好听，结果只为了一点鸡毛蒜皮的小事我们就遭到迫害。不过，我也因此才能逃离。"

千草说着，发出歇斯底里的笑声，倏地陷入沉默。

"那么，你们后来怎么办？"看千草不说话，我只好问道。低头玩电视遥控器的千草瞟了我一眼，再度啪地倒卧床上。

"我们回到了我妈位于横滨的娘家。可是我妈加入 Home 时已被赶出家门，与娘家断绝关系，所以她每天都跟我外婆吵架。而且她一看到我，不是抱怨我外婆就是大骂 Home。我真想求她别再跟我说了。当初明明是她自愿要加入的。我也在适应学校生活，根本没心情管她。现在虽然好像什么事都没发生过，相处得其乐融融，但我永远忘不了那时的事。"

"那种心情，我懂。"我忍不住说。躺在床上的千草对我瞥了一眼。"我妈什么都跟我说，最后搞得我都快疯了。好像一切都是我的错。"

"对！就是那样。明明我只是被无辜带去的，但我妈每次痛骂 Home、又哭又恨时，我就会觉得好像都是我害的，那让我很难受。"

千草和我都莫名地陷入沉默。在那沉默中，我遥想千草的过去。我想象着那个只认识墙内世界的小孩，被高耸的建筑物与川流不息的人潮吓坏了，就这么不断换乘电车，来到陌生的城镇，被迫喊陌生人外婆，穿着不习惯的制服上学的情景。在我的幻想中，千草不知不觉变成了我自己，变成那个总是将自己包裹在安静中的小学生的我、初中生的我。

"我忽然觉得有点饿。"沉默变得尴尬，于是我说。

"刚才不是才吃过晚餐。"换了话题，千草似乎也松了一口气，语调开朗多了。

"我想吃甜的。比方说卷心蛋糕。"

"真拿你没办法。要我去买吗？"

"我跟你一起去。"

我拉上窗帘，和千草一起离开房间。

此地夜晚的空气比东京的沁凉，寒气刺人。路上的商店几乎都已拉下铁门。好安静。和千草这么并肩走着，我不禁想起那次买验孕剂时的情景。虽仅是短短三个月前的事，却仿佛已是陈年旧事。那时和现在，我觉得自己似乎已站在相隔遥远的两个地方。

便利店的白光在夜色中晕染开来。我盯着那抹光，问千草："那个女的早已出狱了吧？她现在在哪里？"

"出版社的编辑替我查过，她是一九九六年出狱的。不只我认识的出版社，好像也有很多媒体记者一开始就在追查她的下落，说不定现在也有媒体知道她在哪里，但就我所知，目前她下落不明。五年前，希和子的辩护律师收到希和子的明信片，当时寄信地址好像是东京。"

"东京？！"

我不由得失声高喊。那女的有可能住在东京吗？也就是说，或许我会在不经意的情况下与那女人擦肩而过。肌肤内侧好像爬满了鸡皮疙瘩。宝宝在肚子里滚来滚去，我慌忙抚摩肚子。

没事的，我忍不住在心中对宝宝说。

"可是，我认为那是烟幕弹。希和子应该不在东京。"千草异常肯定地说。

"为什么？"

"因为，希和子在东京没有留下任何美好的回忆。"

走进便利店，温暖的空气瞬间笼罩我们，空气中充满关东煮的气味。

"那么，你认为她会在哪里？"我一边走向放甜点的货架一边问。

"小豆岛。"拎着黄色购物篮的千草爽快回答，我本欲伸出的手倏然缩回。我凝视千草。

"为什么？"

"我认为跟东京比起来，她从 Angel Home 逃往小豆岛后，在那里留下许多美好回忆。"

"可是——"

我正想反驳之际，后面有人喊了一声"借过"。一个年轻女人正满脸不悦地瞪着在货架前争论的我们。"对不起。"我俩慌忙道歉，让出位置。她走向收银台后，我们默默把手伸向货架，各自拿喜欢的甜点放进黄色购物篮。

见千草掏出钱包，我连忙制止她，然后自己付账。交通费是我自己出的，住宿费和餐费是千草出钱。虽然千草笑着说那是必要开销，可以报公账，但我还是不好意思什么钱都让她出。

走出便利店，被暖气烘热的身体立刻冷却。

"可是，她做出那种欺骗岛民的行为，怎么还有脸回去？"

走在通往酒店的昏暗小路上，我继续刚才的话题。

"的确。所以可能是小豆岛上某个没有熟人的地方，或是在濑户内海的其他小岛上。"

我赫然一惊看着千草。千草也跟着止步，愣怔地看着我。

"千草，你该不会——"

我的声音在颤抖。

"你该不会，已经查出那个女人的下落，想安排我跟她见面？然后你打算把这些情节写成廉价小说，所以才邀我一起旅行？你替我出钱，也是这个缘故？"

我本来打算保持冷静，可是声音越来越大，最后已变成怒吼。骑自行车经过的男人频频回头看我们。

"我没那个意思。况且我真的不知道希和子的下落。"

千草细声说。我猛地把脸往旁边一撇，朝着酒店大步走去。不用看也知道千草快步跟在后面。因为便利店的塑料袋摩擦的细碎声音一直从背后传来。

一回到旅馆房间，我就把千草皮包里的东西通通抖落到床上。当我发现打从初次见面她就抱着的笔记本时，我当下将它抱在胸前。

"你想干吗？"千草呆立在衣柜前，依旧用屡弱的声音说。

"还是请你别写我的事了。不要出版什么书。别把我当成珍禽异兽！别让我又回到那好不容易才逃离的场所！"

我怎么可能养小孩呢？因为我根本不知道母亲应该是什么样子，该怎么疼爱自己的小孩，该怎么骂小孩，怎么哄小孩，怎么跟小孩好好相处，怎么替小孩过生日，这些我通通不知道。我所知道的，仅有那个不是亲生妈妈的某人的身影，以及像看怪物一样看着我的妈妈。

我渐渐长大，打工赚钱，离家独居，谈恋爱。可是，我心中的某一部分依然停留在搭上新干线被陌生人带去酒店的那一刻。跟尿裤子的那一刻一样，我不知所措地呆立原地。这样的我怎么会以为自己能生孩子呢？我生下的孩子，迟早会恨我吧，就像我恨那个绑架犯，就像我恨那未尽母职的母亲。

千草一直看着我。下一瞬间她脸一挤，我以为她会哭出来，但千草却笑了出来。她边笑边靠近我，朝我的肚子伸出双手。

"欸，欸，让我摸一下。让我摸摸宝宝。"

"你干吗，人家是在跟你说正经的！你有在听我说话吗？我叫你不要写什么书了，把这种破笔记本撕烂算了！你明明只是抱着看笑话的心态，看我傻傻地怀孕，根本不可能当妈妈还坚称要生下来，你一定在心里笑话我吧！你一定暗想我不愧是那个女人抚养出来的小孩，觉得很好笑吧！"

千草置之不理地在我肚子上摸来摸去，突然跪在地上把耳朵贴在我肚子上。"你搞什么！"说着我拽她肩膀想拉开她，但她的双手牢牢按住我的腰，把侧脸紧紧贴在我肚子上。

"第一次跟你见面时我本来以为你会这样说。"千草的耳朵继续贴在我肚子上，用平静的声音说，"我以为你会叫我滚开，说你无话可说，但你没这样做。我那时觉得你很可怕。我觉得仿佛已绝望似的，漠不关心地谈论自己的事情的你好可怕。所以，那种笔记，你尽管撕破，没关系。我现在总算不怕你了。"

"你在胡说什么。"我依旧抓着千草的肩膀说，"我听不懂。"

我的声音嘶哑："这种地方，我根本不该来。我才不想去什么小豆岛。明天天一亮，我就自己回去。"

"惠理菜，你绝对可以当妈妈。你跟那个某某人，好歹也谈过一阵子恋爱吧。你知道自己是被爱、被需要的吧，那你就一定可以当妈妈。"千草跪着，侧脸仍然贴在我肚子上，用安抚小孩的口吻说，"如果没自信，我可以陪你一起当妈妈。或许我不太可靠，但是两个笨妈妈，总胜过你一个人吧。"

千草闭上眼缓缓呼吸。暖气嗡地发出低吟。

"在那种怪地方长大，一直令我感到自卑。更何况那又不是我自愿的。可是，你怀孕后我就在想，那里的大人全都是母亲，虽然有的人我喜欢，有的人我敬而远之，但她们全都是母亲。一般小孩只有一个母亲，我却曾有过那么多母亲。所以，等你生下小孩，我想我一定也能胜任母亲二号，助你一臂之力。虽然我没爱过男人，也没被爱过，但我觉得，我一定也可以做得到。"千草说到这里打住，做了个深呼吸，低声呢喃道，"我已经不想再细数自己没有的东西过日子了。"

千草跪在我面前，抱着我把侧脸贴在我肚子上。她的大衣上倏然滴落水珠，我这才发现自己在哭。千草弓着背，她的大衣就像吸收雨滴的柏油路面，一点一点地晕开水渍。千草，我懂。我真的懂，千草。我起码懂得你并不是觉得好玩才想写书。我起码懂得你并不是把我当成珍禽异兽看待。因为，你根本就写不出来。你不忍心写拿 Home 补助费生产的女人。你怕伤害那个人，所以无法下笔。我起码懂得，你真正想写的，不是我的故事，而是你自己的故事。我只是害怕，害怕面对自己的过去，以及未来。

"上次，我们聊过没死掉的蝉，你还记得吗？那时你说，比起七天就死，活到第八天的蝉更可悲。我本来也一直这么想。"千草静静地诉说，"但那也许是错的。因为第八天的蝉可以看见别的蝉无法看到的东西，虽然它也许并不想看。但是，我想，那应该不全是糟糕得必须紧闭双眼的东西吧。"

我想起秋天时与千草一起仰望的公园树木。我想起当时还曾在悄然矗立黑暗中的树上，寻找屏息的蝉的影子。我唐突地想到，那个女人——野野宫希和子，在当下这一瞬间，也正在某处度过第八天之后的日子，如同我和我爸妈拼命做的。

"听得见什么吗？"我问。

"我听见心跳声，只是不知道那是你的，还是宝宝的。"

千草分外正经地说。千草耳朵贴在我肚子上的身影，宛如在雨幕彼端般模糊晕染。我抽泣着，吸着鼻涕，一边滴滴答答地掉眼泪，一边再三反刍千草说的话。

只是不知道那是你的，还是宝宝的。

我和宝宝的心脏，同样在跳动——如此理所当然的事，我却在这一刻深深体会到。我也好想像千草一样把耳朵贴在自己的肚子上，仔细倾听，倾听宝宝活着的声音，倾听我活着的声音。

警方之所以发现希和子，是因为业余摄影家的一张照片。拍摄小豆岛节庆的那张照片在地方版报纸得了奖，被刊登在全国版上。镜头以侧面的角度拍出正把脸凑近哭泣孩童的希和子。不知当时希和子是心情太放松了，还是注意力全放在小孩身上，总之，她似乎完全没发现对着自己的镜头。

当时任职于人寿保险公司的秋山丈博看到那份报纸，带回家里。当天晚上，秋山夫妇便通知了警方。

一九八八年九月十九日，希和子在小豆岛草壁港等待渡轮之际遭到逮捕。她坦承正打算逃往高松。希和子带着的幼童平安获救。那时她健康状态良好，身高和体重甚至比四岁儿童的平均值还略高出一些。

这起掳走畸恋对象的小孩整整逃亡三年半的案件，在那天下午就以快报的形式传开，占据了晚报和翌日早报的整个版面，头上蒙着外套被警方带走的希和子，每天被八卦谈话节目大肆报道。

第一次公审，是在希和子被捕的两个月后。一九八八年十一月于东京地方法院开庭，一九九〇年十二月审理终结。希和子从头到尾都认罪不讳，对于犯罪事实不做争辩。

就连她起初否认的纵火罪名，之后也转为含糊的说法："我无法断言自己没有故意踢倒暖炉。"

根据希和子学生时代友人的证词，丈博与希和子的关系、惠津子短暂的外遇，以及她对希和子的骚扰渐渐曝光，这些内幕为周刊提供了最佳话题，炒作得沸沸扬扬。把丈博描写成玩弄希和子身体和感情、将秋山夫妻视为各自出轨的假面夫妻、把焦点放在惠津子的骚扰行动上的报道尤其多，这使得社会大众抨击他们夫妻的声浪甚至高过批判希和子。秋山夫妻面对采访大军，脱口说出"匿名电话和信件，令人精神崩溃"。

检方表示："以极为自私任性的理由绑架幼儿，有计划地逃亡，在幼儿最需要关爱的时期将她从父母身边夺走，被捕时还企图继续逃亡，带给小孩父母的精神痛苦难以计数，被掳的小孩恐怕也将留下终生的心理创伤。被告的说辞仿佛错都在被害者父母身上，至今既无反省之词，也无道歉之意。即便被告全面供认犯行，尽心照顾幼儿之处也理应酌情考量，被告的刑事责任依然极为重大。"因此希和子以民宅纵火及绑架幼儿的罪名被处以有期徒刑十二年。

在检查方论告求刑的第十二次公审席上，当法官问被告希和子"可有想具体道歉之事"时，她是这么说的："我对自己的愚行深感后悔，同时，四年来得以体会到育儿的喜悦，也要向秋山先生表达谢意。"

法官又说:"我不是叫你道谢,而是问你有无道歉之意。"
希和子这才小声说:"我做了真的很对不起大家的事,无话可表
歉意。"

在长达两年的审理过程中,这是希和子第一次也是最后
一次道歉。第二天早晨的报纸纷纷以"野野宫被告令人错愕的
感谢,毫无反省之情""育儿的喜悦,逃亡剧的结局"为报道
标题。

法官对于引起争议的有无纵火这个问题,认为"不能排除
过失弄倒暖炉之可能",判处希和子有期徒刑八年。

上午,我们退了酒店的房间从奈良前往大阪,再到新大阪
搭新干线。昨晚我本来打算今早天一亮就独自回东京,现在却
提不起劲搭乘从新大阪开往东京的"希望号"快车。反正已经
来到这里了——在千草的推波助澜下,我们买票搭上开往博多的
快车。然而电车一驶出,我便感到自己的心情却越来越退缩。

那是我小时候曾住过一阵子的岛,是我曾经离开八王子的
公寓,企图独自走回去的岛,是我曾经坚信一定就在住宅区前
方的场所。

如果去那里,说不定可以在现实中找到那偶尔在梦中出现、
倏地掠过眼前的模糊景象。那些几乎毫无印象的记忆,或许会
被鲜明地唤醒。

然而，我害怕。我怕那里有人认识我。我怕他们质问我为何事到如今才再次出现。我怕那被封印的禁忌岁月被证明是真的。但是，我无法告诉千草，我害怕所以想回家。我不能丢下她独自逃回去。我把额头贴在窗上，凝视不断流逝而去的风景。这么做，令我感觉仿佛回到了四岁时，回到了我害怕风景飞速流逝、死都不敢看窗子的那一天。

"怎么了，不舒服吗，还是肚子饿了？要不要我去买些零食？"

见我一直默默凝视窗外，千草忧心地对我说。我朝千草一笑，让她安心。

"路好像连绵不绝啊，光是坐着就可以到很远的地方。"我这么说道。

"你在说什么孩子气的傻话。"千草笑了，"你以前应该参加过学校的修学旅行之类的吧。"

"我没去过。"我回答。小学时我装病请假没去。初中那次则是真的发烧了。高中时，一听说旅行地点是广岛，我再次装病。去广岛一定得经过冈山。那是当时的我死都不想去的地方。

"噢？一次也没去过？"

"嗯，一次也没去过。"我回答，眺望窗外。

过去我压根没想过，有一天竟会离开东京前往某地。由此可见，我有多么恐惧，恐惧去确认旅途会一路开往过去。

我想起自己决心在这趟短途旅行结束后就要将很多事做个

了断。怎么准备当妈妈，大学该怎么办，工作怎么办，这些我都得逐一审慎思考，所以我才不惜借钱来到此地。我在心中如此告诉自己。

新干线抵达冈山，我们下到站台。我当场伫立，缓缓做个深呼吸环视四周。乘客纷纷从伫立的我身旁经过。一群女人发出娇笑，看似上班族的男人们步履匆匆。

没有任何东西是我所熟知的。我可以想象被一群陌生人包围着搭电车的小孩，但那无法与自己的记忆重叠。

"行李给我，我帮你拿。"我听话地把包交给千草。

"搭出租车去冈山港吧。"

千草护着我，缓缓走下通往检票口的楼梯。宝宝忽然狠狠地踹我肚子，仿佛替我道出自己恐惧未知旅途的心声。

"两位小姐，是从东京来？"

一坐上出租车，年老的司机就笑眯眯地主动搭讪。"对，没错。"我一边听千草如此回答，一边再次眺望窗外。宽大的道路，竞相耸立的大楼，比东京辽阔的天空。

"去冈山港是要搭船去小豆岛？"

"对，观光旅行。"

"这样啊。冈山也参观过了？那里很大哦，一定要仔细参观。去仓敷走走，再去后乐园逛逛。吃顿什锦寿司。什锦寿司很好吃哦，一定要介绍给东京人。"

司机快活地笑着，千草也跟着笑。穿过市中心，出租车开始沿着河开。温湿的感觉滑过太阳穴，我用食指一摸，原来是汗水。抬手触额是整片濡湿。河道越来越宽，吸收阳光后微微荡漾着粼粼波光，光看水面的话会以为夏天到了。肚子如波涛起伏般倏然一动，我慌忙用双手包住肚子。察觉到我的动摇，宝宝似乎正用手肘和小脚频频诉说着什么。没事的，不怕，不怕哦。我在心里如此对宝宝说。

前方终于出现大海，可以看到停泊的渡轮。出租车驶入渡轮码头的停车场。

"等肚子里的宝宝生下来了，记得再带他来哦，让他尝尝什锦寿司！"

老司机一边接过千草给的纸钞，一边从后视镜对我笑。"谢谢。"我本来打算笑着说，但声音嘶哑，面孔抽搐。

下了出租车，我跟在两手提着旅行包大步前行的千草后头，忽然感到视野一晃，不禁当场蹲下。

"喂，你没事吧？"千草发现后跑到我身边，"累了吗？还是哪里痛？要去候船室休息吗，还是去医院？"她蹲下来急急问道。

"没事。我只是有点头晕。"我说，抓着千草站起来。

外面阳光普照，候船室却朦胧晦暗，长椅成排面向大海。候船室很空旷，长椅上只坐了一个大婶和一个把纸箱堆在脚边的大叔。

千草去买票时，我在前方的椅子上坐下，一边抚摩肚子，一边看着明媚的大海。穿着水蓝色罩衫的女人，正弯着腰起劲地打扫室外。穿西装的男人走来在我前面那排坐下，取出手机开始发短信。小店的大婶正与出租车司机谈笑。

突然间，现在眼前的光景，与不在眼前的光景混杂交错。发短信的上班族，浮在平静大海上的群岛，专注扫地的大婶，像窗帘一样垂挂着的雪白面线，停泊的渡轮，在黑暗中闪闪发光的塑料温室，从渡轮走下来的船员，抓着铁链攀爬岩壁的女人的背影，光景以错乱的顺序混在一起，如走马灯般出现在眼前。

很熟悉，我蓦地察觉，熟悉到甚至不需去回想。那天，被陌生人带着抵达这个场所时，倏然消失的色彩与气味，像被推挤般一下子通通回来了，那汹汹来势令我手足无措。

橙红的夕阳，银亮如镜的大海，略呈圆形的绿色小岛，田埂边绽放的艳红花朵，随风摇曳的银白叶片，带着酱油甘甜的熟悉气味，与朋友赛跑玩耍的鹿垣濒临崩塌的围墙，那并非我渴求的色彩与气味，那被当成禁忌塞到记忆底层的光景，如倾盆大雨淹没我。熏。我听见呼唤我的声音。熏，没事的，不要怕。

那种东西我一样也不需要。平静的大海、酱油味和另一个名字，我都不要。我什么也不求，什么也没选择，但我却熟稔于心。对于这个我从未主动造访过的场所，我竟拥有如此多的回忆。我竟在不知不觉中拥有如此丰富的回忆。

因为活到第八天的蝉，可以看见别的蝉无法看见的东西。也许它并不想看，但是，我想，那不全然都是糟糕得非紧闭双眼不可的东西。

昨晚千草的话语，仿佛近在耳边。

打扫的大婶驻足，定睛看着我这边。我们四目相对之际，她慌忙撇开脸，挥动扫帚。在阳光中，尘埃清晰飞舞。我发觉自己哭了。我慌忙用大衣袖口擦拭双眼。

我并不想放弃，不想放弃和那女人的荒谬生活。我渴望回到那里，甚至不惜独自离家出走、四处寻找。然而，我无法承认这点。我以为就算被大卸八块也绝对不该有想回到那个女人身边的念头。我是被举世最坏的女人拐走的。我无法爱我的家，父母弃我于不顾，只要全归罪于那个女人，至少会令心情轻松一些。为了活得轻松，于是我恨那个女人。我也恨把那个女人搅进我们一家的父母。是恨意救了我，令我得以安心。

其实我根本不想恨。如今我头一次这么想。其实，我根本什么也不想恨。无论对那个女人，对我的父母，抑或对我自己的过去。憎恨虽令我轻松，却也将我囚困在狭仄的场所。恨得越深，那个场所便越发压迫我。

"再等一下船就开了。"

千草拎着塞得鼓鼓的塑料袋回来，发现我用大衣袖口擦脸，顿时噤声在我身旁坐下。她安抚似的轻拍我的膝盖。我朝千草放在膝上的塑料袋瞥了一眼，隐约可见巧克力、袋装海苔卷和其他零食。千草取出罐装咖啡递给我。接过来我才发现那是热的。

"在公园得知肚子里有宝宝时，"我的声音从远处传来，听起来仿佛是别人的声音，"我本来想拿掉。我知道不能依靠岸田先生，也觉得很多事都不可能。我压根没有当妈妈的意愿。对于堕胎，我也毫无惧意。"

千草低微地"嗯"了一声。

候船室响起音乐。广播通知可以开始上船了。一个妈妈牵着小孩的手走进候船室。小孩在小店前驻足，任凭妈妈呼唤也不为所动。坐在我前排的男人把手机收进口袋，站了起来。抱着纸箱的大叔也捧起那些东西走出候船室。千草和我没起身，茫然目送他们走出候船室的背影。

"去医院检查时，我本来打算当场决定手术日期。可是，千草，那位老医生说，等宝宝出生时想必绿意盎然。那一刻，该怎么说呢，我的眼前，霍然一亮，看见了风景。有大海、天空、云彩、日光、树木、花朵，漂亮的东西应有尽有，我看见了辽阔壮观的风景。那是我从未见过的风景。于是我就想，我有义务让肚子里的生命见到这些。大海、树木和阳光，好多好多漂亮的东西。有我见过的，也有我没见过的，所有美好的事物。"远处传来的声音听来简直像在安慰自己，"纵使我别开眼完全不看这些东西，但是对于已置身此处的某人，我还是必须让他得到那些。因为在这里的人，并不是我。"

候船室响起通知渡轮即将启航的广播。

"怎么办，要等下一班吗？"千草担心地问。

"不。我们上船吧。"

我握紧罐装咖啡，护着肚子站起来。

小孩在小店前吵着要买东西，索性哭了起来。做妈妈的蹲下哄了一会儿，最后大概是放弃了，抱起小孩走向渡轮码头。小孩的哭声越发响亮。我跟在替我拿行李的千草身后正要走出候船室之际，仿佛听见有人喊我的名字。我不禁转身。

打扫的大婶正与小店的人含笑交谈，坐在后方座椅的大婶似乎不打算搭船，动也不动地呆坐着。

"怎么了？"千草在数米外驻足问道。

"不，没事。"

我缓缓迈步向前。一走到遮阳篷外，炽烈的冬日阳光令我不由得眯起眼。

渡轮内部平坦空荡，成排的座椅几乎都是空的。我在前方的窗边坐下。千草坐在我旁边，开始把买来的东西一一摆开，甚至从袋子中取出三明治与饭团。

"你太能买了吧。"我不禁失笑。

"谁叫你动不动就喊肚子饿嘛。你现在是一人吃两人补啊。医生不是也说，你应该再胖一点嘛。"

千草一边说着，一边把三明治塞给我。我撕开薄薄的塑料袋，张口咬进嘴里。

不久，屁股底下感到一阵振动，渡轮缓缓变换方向。我把额头贴在灰扑扑的窗上，阴暗的候船室乍然一现，旋即流逝在身后。

"没想到船很稳啊。"吃着海苔卷的千草凑近窗子往外看。

"因为这是濑户内海呀。"我说完暗暗一惊。这简直像有另一个人借我的嘴说出的话。不是自己的某人，像以这句话作为暗号似的就此滔滔不绝。我如同在听别人说话般听着自己的声音。

"跟你说哦，千草，濑户内海非常平静。真的，感觉就像镜子一样。你猜，那面镜子上倒映着什么？告诉你哦，上面什么也没倒映。没有云，也没有四周的浮岛，不可思议地什么都没映现——那是空无一物的镜子，只是静静泛着银色。在那银色之上，太阳一闪一闪像在轻抚镜面似的渐渐沉落。突出在海面上的小岛就这么缓缓变成剪影。"

我为何会说这种话呢？心里一边感到不可思议，一边欣然领悟。决定生下这孩子时在我眼前展现的，或许就是这片景色。是大海，是天空，是云彩，是阳光。

我发觉，在新干线上感到的恐惧，现在已在心中消失得干干净净。没事的，一定没问题。仿佛有某只大手，正在我背上摩挲安抚。

对，没问题，什么也不用担心。等孩子生下来就搬回立川的家吧。就让无法成为母亲的妈妈和不知怎样的人才算是母亲的我，一起来养育这个即将诞生的宝宝吧。就让总是想逃避父亲这个角色的爸爸像个父亲一样疼爱宝宝吧。就算我爸妈派不上用场，就算我是个没用的母亲，还有千草在，还有真理菜在。到时我可以去工作。工作赚钱，让宝宝穿可爱的小衣服，吃好吃的东西，告诉宝宝他什么都不用操心。如果想见那个人——岸田先生时，就紧紧地抱住生出来的孩子吧。就像岸田先生以前对我做的那样，我会在宝宝耳边一再告诉他，全世界我最爱的人就是他。到时我应该就不会恨岸田先生了吧。一定没问题的。

"那么今天，我们就找个可以看夕阳的地方过夜吧。有那种酒店吗？"

千草一边大口吞着海苔卷，一边翻开旅游指南。

"有啊，一定有。即使从酒店看不见，还有可以放眼环视四方的山呀。只要在太阳下山前爬上山，便可看到太阳沉落海面的风景。下山之后，还有很多猴子哦。千草你看到那个一定会吓一跳。跟你说哦，那边有座古老的木造学校。学校里有古老的风琴，排列着小桌子。今天来不及的话就明天去。还可以进教室，学校后面就是海。"

每次开口，我的话语都如同开启门扉般显现新的光景。我热切地诉说。千草瞪圆了眼看我，然后笑了出来。

"那等于观光旅行嘛。不过，就算是观光旅行也好。"

"对呀，去观光吧，尽情观光。否则等宝宝出生后，就有好一阵子都无法旅行了。"

我瞥向窗外。浮在海上的绿色群岛不停向身后流逝。天空澄澈高远。海面在阳光照耀下染成整片银色。

广播通知即将抵达土庄港。千草匆匆吃掉剩下的海苔卷，开始收拾垃圾。刚才还在哭闹的小孩，现在从身后传来笑声。

肚子里的宝宝轻抚似的踢着肚子内侧，于是，我清楚想起十七年前的港边，野野宫希和子高叫的话语。

——那孩子还没吃早餐呢。

是的，当时她对着把我带走的刑警们只高喊着这句话。

——那孩子，还没，吃早餐，呢。

自己即将被捕的当下，一切都要结束的当下，那个女人居然还在担心我的早餐问题。怎么……怎么会有这么傻的女人。于是我明白，朝我冲过来一股脑地紧紧抱住我、被尿裤子的我吓得猛然推开我的秋山惠津子，和这样的野野宫希和子，同样是母亲。

我凝目望着前方，渐渐看到土庄港。我看到那个被陌生的大人们带着的小孩伫立在那里。她穿着印有狗熊图案的蓝色 T 恤、牛仔裤和粉红色球鞋，茫然伫立着。她不知发生了什么事，只是隐隐刺痛地感到自己孑然一身，为之困惑、害怕，好想哭却哭不出来，只能咬紧牙根紧抿双唇僵着面孔。那个小孩的身影缓缓变成大人。那就是我。我保持那张面孔就这么长大成人置身此处。我头一次在没有镜子的地方清楚看见自己的脸。

渡轮缓缓进港，屁股底下持续不断的振动猛然停止。

"你还好吧？"

千草右手拎着两个旅行袋和塞满食物的塑料袋起身，朝我伸出左手。我看着千草，悄然握住那只手。

"我没事。"

我任由千草牵着我走出渡轮。小店门口翻飞的布帘，耸立在背后的青山，海潮的气息，烧烤东西的酱油焦香味，朝着银色大海笔直洒下的阳光笼罩着走下渡轮的我。

我的目光从渡轮码头这头仔细扫视到那头。中年女性团体，坐在小店长椅上抽烟的公交车司机，抱着特产纸袋的成群的老人。转身一看，静谧的大海反射冬日的太阳发出银光。闪亮的大海，悠悠直到彼方。

为了抱紧从渡轮窗口看到的那个满脸畏惧、茫然伫立的自己，我大大张开双臂，用力深吸带着海潮味的空气。

两个年轻女孩结伴进来时，希和子瞄了她们一眼。一个好像是孕妇，另一个让年轻的准妈妈坐下后，便去了售票口。

希和子将目光从她们身上移开，眺望前方无垠的大海，然后视线不由得回到坐在前排座椅的女孩身上。

短发下，她的耳朵乍然露出。灰色大衣外围着红色围巾。是那孩子。希和子蓦地暗想，然后慌忙打消念头——不可能。最近，只要一看到年轻女孩，希和子就会条件反射般地觉得那是熏，总觉得鼻子的形状、下巴的线条、耳朵的轮廓很像，不知不觉痴然凝视，某次还因此被一个金发女孩呵斥，问她想怎样。就连那凶恶的嘴脸，似乎都残留着熏的面貌。希和子心跳加快地扭开脸。

对于怎么过日子、今后要做什么不抱任何愿望与希望的希和子，就这么出狱、回到外面的世界。希和子知道自己已经一无所有。她自弃地觉得，就算不放她出来也没关系。

她漫无目的地走到最近的车站。那是个大热天。车站前翻飞的冰店布帘映入眼中时，希和子发现自己口渴异常，她像被吸引般走进站前的餐厅。店内没有客人，桌前坐着身穿围裙的老妇。老妇托腮，正着迷地看着架设在天花板的电视。开着冷气的昏暗餐厅墙上贴满菜单，希和子逐一浏览。

草莓刨冰，哈密瓜刨冰，抹茶红豆冰。拉面，叉烧面，饺子，炒饭。可乐，汽水，苏打冰淇淋。

希和子本来只是想喝杯饮料润喉，看到菜单后顿时腹鸣如雷，回过神才发现自己向点菜的老妇点了拉面和可乐。这是一间时间恍如静止的店，坐在店里，自己仿佛仍是二十几岁的年纪。

冒着热气的拉面端来后，希和子吃了一口，然后就把脸埋进碗中一股脑地猛吸面条。这种咸味和油腻都令人倍感怀念。她停不下筷子，连汤都喝得干干净净。用筷子挑起粘在碗底的细面后，希和子意识到自己的行为，不禁愕然。好吃——这个自然涌起的感想令她愕然。

人生似乎已不再属于自己。她从女子大学毕业后开始工作，本该像大多数女人一样结婚、离职，成为幸福的妻子、幸福的母亲。然而赫然回神时，竟已成为举国知名的罪犯。

那也无所谓，只要有熏在。然而那个熏也已不在了。永远不在。就算获准回到外面的世界，该以什么为目标、往哪儿前进，希和子毫无概念。

可是，明明处在这种状况下，自己居然还觉得破旧小餐馆的一碗拉面美味无比，连面渣都舍不得放过。这令希和子深感震惊。

或许还能活下去。不，也只能继续活下去吧。

响着电视声音的昏暗餐馆一隅，希和子如此暗想。

她在东京住了一阵子。有一天，一个陌生人出现在希和子面前想采访她，吓得她落荒而逃。从东京逃往埼玉、茨城、仙台、金泽，每次被陌生人采访，她是案件加害者的传言一流传开，希和子便落荒而逃。虽然已经没有任何东西需要保护，但打从抱着熏离开日野的公寓起，她仿佛一直在逃。

日复一日，当她准备冷冻速食晚餐时，当她在超市收银台前排队时，当她在任职的工厂贴罐头标签时，当她坐在公交车里望着黑暗的窗外时，总有浮光掠影不时闪现。那是她曾经捏造假名住过的小岛的风景。她想起的，总是那曾经强烈渴望定居之处的美好。和自己现在所在之处形成对比，那浮光掠影总是阳光灿烂。

虽然陌生人来访的情形已大幅减少，接二连三的大新闻已把当年那桩幼童绑架事件推到人们记忆的角落，但希和子仍继续迁徙着，从金泽到千叶、大阪、神户。然后她发现，自己其实渴望回到那个小岛。在神户的超市工作一阵子后，她前往冈山。

她前往近二十年前带熏去过的冈山港，买了开往小豆岛的船票。几十分钟后渡轮来了，但希和子无法上船。她的两腿发软，甚至无法从候船室的长椅上站起来。

渡轮启航离去，一个小时后再度驶来。站起来吧，上船吧，即便这么告诉自己，她还是无法起身。好不容易站起来时，她全身都在颤抖。

结果那天，她总共目送四艘渡轮离去。昔日曾经渴望定居的小岛，虽然搭船只有一个小时的距离，却如同再也无法重返的青春记忆般遥远。

希和子在冈山住了下来。她找到提供住宿的商务旅馆清洁工作，存到一点钱后便租了一间廉价公寓。每逢早班——下午四点前结束工作——的日子以及假日，前往渡轮码头就成了希和子的例行功课。

她坐在候船室的长椅上，仅仅是望着渡轮启航，前往自己绝不可能前往的场所。有时，十七年前的情景会毫无预兆地浮现。熏没付钱就拿走商品的笑容，熏嚷着渡轮好可怕的模样和紧抓着自己不放的手心的触感，如此鲜活地重现于脑海。

一想到熏的模样，她耳畔总会听见啜语。空壳子，那个声音如是说。真的，希和子每次听了都想笑。失去一切的我的确是地道的空壳子。为何那时会被那个词伤得那么深呢？为何会狂怒到忘我的地步呢？那女人只不过是说出真话罢了。而且，人似乎真的是一种可以空空如也地活下去的生物。

今天，希和子也在下班后来到渡轮码头，在她每次坐的后排长椅上坐下，望着阳光普照的室外。

希和子漫不经心地环视坐在前排的人们。操作手机的男人，戴红围巾的女孩，把纸箱堆在走道上的男人。孕妇的同伴回来了。两人正在说着什么。希和子暗忖，她们要去小豆岛做什么呢？

应该不是观光旅行吧，是返乡生产吗？陪同的女孩大概是孕妇的姐姐吧。希和子如此想象着。

能够在那个岛上生孩子，是多么幸福啊。想必小孩一睁眼就能看到风平浪静的大海，浮在水上的众岛，随风翻飞的橄榄叶片，高远澄澈的天空。他也一定能够尽情呼吸岛上弥漫的酱油味吧，而且会很安心，因为知道走出阴暗场所的前方，将有祝福自己的美好风景。

通知渡轮出发时间的广播响起。候船室的人们纷纷起立，朝室外迈步而去。

小女孩在小店前哭了起来，似乎是想买零食。希和子凝视哄劝的母亲和哭泣的孩子。不知不觉中，嘴角浮现笑意。做母亲的终于放弃，抱起小孩朝着码头行色匆匆地走去。

那身影令希和子想起十八年前的自己与熏。从面线店步行回家的夏日，令她决定在此定居的大海与艳阳。热闹的祭典活动上，把棉花糖分给自己吃的熏。那些小小的寺庙，从海上吹来的凉风。希和子不知不觉在记忆中呆然伫立。我哪里也不去——熏的声音清清楚楚地在耳边响起。

不知昌江姨现在过得怎样了。久美回到面线店了吗？新之介和有里现在又在何处、过着什么生活呢？小花去东京学画画了吗？她拼命追逐着一一浮现的情景与人们的面容。最后希和子的眼前浮现并排躺在地上的蝉蜕下的空壳。那是在神社境内，孩子们收集的、空洞干燥的空壳。

希和子轻轻摇头，试图甩去脑中浮现的情景，然后叹了口气。回忆的色彩一天比一天浓，希和子感到，那种浓度似乎象征着距离。距离越远，色彩越鲜明。人的记忆，是何等残酷。

她本以为大概不会搭船的年轻孕妇护着肚子缓缓站起。

逆光中看不清女孩的脸，背后的阳光将她的轮廓镶出金边。霎时间希和子看得目驰神迷，仿佛看见什么非常神圣的东西。

被走在前头、看似姐姐的人呼唤，年轻的孕妇走向渡轮。

熏。希和子在心中呼唤。一看到二十岁左右的女孩，她便自然而然地想这么呼唤。

熏。等一下，熏。

从阴影中迈步跨入阳光的孕妇像被什么唤住似的朝这边回头。她目光游移似在搜寻什么，然后又朝前方走去。阳光洒满她全身。

熏。希和子一边用目光追逐她的身影，一边在心中悄然低语。

愿你能走出愚昧的我带来的痛苦。愿你的日子永远充满阳光。熏。

目送载着乘客的渡轮渐去渐远，希和子起身。

"今天特别温暖呢。"已经是熟面孔的扫地大婶对希和子说。

"是啊，若能就这样直到春天该多好。"希和子含笑回答。

"那未免想得太美了，听说明天又要变冷呢。"

"不过，只要再过一个月，就是春天了。"

希和子含笑行礼，走出候船室。越过人行道，走向回公寓的路途，她临时起意，改道去买菜，打算煮晚餐。牵狗的老人越过希和子，希和子沿着河边缓缓迈步。

为什么呢？

希和子边走，边将双手举向空中。为什么？憎恨别人，闯下大祸，求助别人的善意，然后又面不改色地背叛。逃离、逃离。在这过程中，自己明明已失去一切，变成空壳子，为何还觉得这手中仍握着什么呢？明知不该却仍抱起婴儿时，在手心漫开的温暖与柔软以及沉重的分量——那些早已失去的事物，为何好像还留在这双手中呢？

希和子尽情张开双手，眺望指缝间的蓝天。她猛地握拳像要抓住蓝天，然后将手插进大衣口袋，朝超市迈步走去。希和子边走边回头，可以看见远去的渡轮。刚才搭上渡轮的陌生孕妇和她姐姐，额头贴窗眺望大海的模样浮现在脑海。几时自己也能渡海而去呢？

在阳光照射下，大海的海面波光粼粼、瞬息万变。宛如嘲弄，宛如认同，宛如安慰，宛如宽宥。阳光在海面跃动着。

文治

磨铁图书旗下子品牌

更 好 的 阅 读

监　　制　潘　良　于　北
产品经理　邸　树
责任编辑　徐　婷
文字编辑　朱韵鸽
营销支持　于　双　温宏蕾
封面绘制　Lisk Feng
装帧设计　昆　词

关注我们

官方微博：@文治图书
官方豆瓣：文治图书
联系我们：wenzhibooks@xiron.net.cn

图书在版编目（CIP）数据

第八日的蝉／（日）角田光代著；刘子倩译.
杭州：浙江人民出版社，2024. 11. -- ISBN 978-7-213
-11531-8

I.1313. 45

中国国家版本馆 CIP 数据核字第 2024TK8413 号

第八日的蝉

DI BA RI DE CHAN

［日］角田光代 著　刘子倩 译

出版发行　浙江人民出版社（杭州市拱墅区环城北路 177 号　邮编　310000）

责任编辑　徐　婷

责任校对　杨　帆

封面绘制　Lisk Feng

装帧设计　昆　词

印　　刷　嘉业印刷（天津）有限公司

开　　本　880 毫米 × 1230 毫米　1/32

印　　张　9.5

字　　数　181 千字

版　　次　2024 年 11 月第 1 版

印　　次　2024 年 11 月第 1 次印刷

书　　号　ISBN 978-7-213-11531-8

定　　价　56.00 元

如发现图书质量问题，可联系调换。质量投诉电话：010-82069336